Linda Grant

Tödliche Chips

Serie Piper
Band 5590

Zu diesem Buch

Was das harte, kaputte Chicago für Sara Paretskys Krimiheldin V.I. Warshawski, das ist San Francisco für die Privatdetektivin Catherine Sayler, die sich in »Tödliche Chips« dem deutschsprachigen Leser vorstellt.

Catherine verteidigt sich, wenn es not tut, durch Aikidogriffe und hat sich auf Wirtschaftsverbrechen spezialisiert, die in der Treibhausatmosphäre von Silicon Valley bestens gedeihen. Anders ihr Lover und Kollege Peter: Er stolpert geradezu in die unprofitablen, riskanten Fälle hinein. Und mehr als einmal muß Catherine, die eigentlich Gewalt haßt, ihre Prinzipien vergessen und Peter aus der Gefahr helfen.

Linda Grant war Hochschullehrerin, bevor sie mit dem Schreiben von Kriminalromanen begann. Ihr Erstling »Tödliche Chips« wurde für den Anthony Award nominiert. Linda Grant lebt in Berkeley.

Zwei weitere Catherine-Sayler-Kriminalromane sind in der Serie Piper Spannung in Vorbereitung.

Linda Grant

Tödliche Chips

Kriminalroman

Aus dem Amerikanischen von
Gloria Ernst

Piper
München Zürich

SERIE PIPER
SPANNUNG
Herausgegeben von Friedrich Kur

Für Andy Williams und Barbara Dean,
Domo Arigato Gozaimashita

Die Originalausgabe erschien 1988 unter dem Titel
»Random Access Murder«
bei Avon Books, New York.

ISBN 3-492-15590-1
Deutsche Erstausgabe
Oktober 1992

Umschlag: Federico Luci,
unter Verwendung einer Zeichnung von Jörg Extra
Foto Umschlagrückseite: Susan Lindh
Gesamtherstellung: Clausen & Bosse, Leck
Printed in Germany

1

Es war 15.10 Uhr am zweiten Donnerstag im Oktober. Irgendwo in San Francisco überfiel ein 16jähriger Jugendlicher eine Frau, die dem Alter nach seine Großmutter hätte sein können, fuchtelte ein Junkie mit seinem Revolver vor dem Verkäufer in einem winzigen Lebensmittelgeschäft in der Nachbarschaft herum und machte ein aufstrebender junger Geschäftsführer, der nicht schnell genug befördert worden war, seine Firma klammheimlich um einige hunderttausend Dollar ärmer.

Der Straßenräuber und der Junkie würden schließlich im Dienstbuch der Polizei landen und für ihre Verbrechen, die ihnen weniger als hundert Dollar eingebracht hatten, ins Gefängnis verfrachtet werden. Der junge Geschäftsführer würde die Polizei niemals zu Gesicht bekommen. Er würde, nachdem er seine Stelle diskret gekündigt hätte, in meinem Büro auftauchen und anbieten, das veruntreute Geld ratenweise zurückzuzahlen.

Anstatt in einem Vernehmungszimmer zu sitzen, würde er es sich auf meinem Stuhl bequem machen, denn die leitenden Herren solcher Unternehmen ziehen es vor, gegenüber den Aktionären zu verschweigen, von ihren Angestellten reingelegt worden zu sein. Der Vorgesetzte des aufstrebenden jungen Geschäftsführers würde mein Büro aufsuchen. Er würde betonen, daß Diskretion das A und O sei, und verdrießlich nicken, wenn er den üblichen Preis dafür erführe. Dann würde er meine Dienste als Privatdetektivin in Anspruch nehmen, inständig darum beten, daß ich als Frau diesem Job gewachsen sei, und er würde – sollten wir uns jemals in Gegenwart der Polizei begegnen – so tun, als sei ich unsichtbar.

Der Oktober war ein guter Monat für Wirtschaftskriminalität gewesen – genügend einfache Fälle, um die Rechnungen zu bezahlen, und ein paar komplizierte, um das Leben interessant zu machen. Die meisten Betrüger in einem Unternehmen zeigen nicht mehr Einfallsreichtum als ihre ehrlichen Kollegen, aber die Kombination aus Angst und Gier läßt sie gelegentlich auf brillante Ideen kommen, und dann wird meine Arbeit zum Genuß. Ich hatte gerade fast zwei Wochen damit verbracht, einen verwirrend komplexen Plan aufzudecken, den ein Juniorpartner sich ausgedacht hatte, um seine Seniorpartner zu betrügen. Nach dem Vergnügen, das mir diese Nachforschungen bereitet hatten, fand ich meine anderen Fälle für einen sonnigen Nachmittag zu langweilig.

Nachdem ich schließlich zum fünfzehntenmal meine Aufmerksamkeit zu dem Papierstapel auf meinem Schreibtisch zurücklenken mußte, beschloß ich, daß es Zeit zum Heimgehen sei.

Draußen bestätigte das Wetter, daß ich einen weisen Entschluß gefaßt hatte. Es war phantastisch. Mit Ausnahme von Kalifornien kündigt der Oktober in jedem anderen Bundesstaat den Übergang von der Wärme und dem Überfluß des Sommers zur kalten Kargheit des Winters an. Doch San Francisco tanzt wie immer aus der Reihe. Hier ist es umgekehrt. Von Juni bis August fröstelt die Stadt unter einer Nebeldecke, die die unvorsichtigen Touristen halb erfrieren läßt; dann, wenn sich die Besucher wieder auf den Heimweg machen und die Tage sonst im Land kühler zu werden beginnen, kommt hier die Sonne hervor und beschert der Stadt eine Zeit voll Licht und Wärme, die wegen ihrer Kürze um so kostbarer ist.

Der Mittwoch war klar, aber windig gewesen, und deshalb konnte man heute die Sonne ohne eine Spur von Nebel genießen – es war ein Tag, prall und bunt, an dem das staubige Grün des Sommers einen fast glauben machte, daß gleich hinter den Hügeln die warmen Wasser des Mittelmeeres liegen und nicht die kalten Brecher des Pazifiks.

Ich machte es mir in meinem briefmarkengroßen Garten hinter dem Haus bequem, um auf meiner Gitarre herumzuklimpern, und versuchte mich an Carcassis Etüde Nr. 19. Selbst wenn ich berücksichtigte, daß mein Instrument neue Saiten nötig hatte, klang meine Interpretation nicht im entferntesten wie die von Christopher Parkening. Vielleicht war ich mit 36 Jahren zu alt, um mit klassischer Gitarre anzufangen. Vielleicht sollte ich mir lieber eine Tasse Tee machen.

Ich ging ins Haus, und dabei kam mir eine Idee, die mir weit attraktiver erschien, als Tee zu trinken oder Gitarre zu spielen – ein romantisches Wochenende in den Redwoods. Romantik bedeutete Peter Harman. Unter Umständen konnte ich ihn überzeugen, sich freizunehmen.

An einem Tag wie diesem war es gut möglich, daß er das bereits getan hatte. Nachdem er in den Sechzigern das Lustprinzip entdeckt hatte, legte Peter keinen großen Wert auf Arbeit um der Arbeit willen. Er tat nicht viel mehr, als er unbedingt mußte, außer wenn er damit beschäftigt war, irgendeine verlorene Seele zu retten, deren Bedürfnisse weit über das hinausgingen, was man von einem Privatdetektiv erwarten konnte. Dann war er in seinem Arbeitseifer nicht mehr zu bremsen.

Das Telefon unterbrach meine Überlegungen. Und wie ich erhofft hatte, gehörte die Stimme am anderen Ende Peter.

»Peter, mein Liebling. Du hast meine Gedanken gelesen. Ich wollte dich gerade anrufen, um dir einen dekadenten Vorschlag zu machen.«

»Klingt großartig«, antwortete er mit einer Stimme, die ein ganzes Stück zu kühl war, um romantische Gefühle aufkommen zu lassen. »Laß mich später darauf zurückkommen. Ich stecke gerade fürchterlich in der Scheiße. Ich muß dich sehen.«

»Willst du herkommen?«

»Nein, die Bullen sind hinter mir her. Ein weniger auffälliger Ort wäre mir lieber. Erinnerst du dich, wohin wir meinen Neffen letzten Monat mitgenommen haben?«

»Soll das hier ein Quiz werden?«

»Hör zu. Die Polizei arbeitet zwar selten so gründlich,

aber es besteht immerhin die Möglichkeit, daß deine Leitung abgehört wird.«

Das klang mir ein wenig paranoid, aber wie Peter einmal erklärt hatte, haben selbst Paranoide Feinde. Ich überlegte einen Moment und erkannte dann, daß er das Exploratorium, San Franciscos berühmtes Museum der Wissenschaften, meinen mußte.

»Verstanden.«

»Ich treffe dich dort in einer halben Stunde vor dem Haupteingang.«

»Peter«, sagte ich schnell, um zu verhindern, daß er gleich einhängte, »in was für einer Scheiße steckst du? Und warum wirst du von der Polizei gesucht?«

»Du weißt von der schönen Blondine in Palo Alto? Sie ist jetzt nicht mehr schön. Sie ist tot. Und irgend jemand hat sich eine Menge Mühe gemacht, damit es so aussieht, als sei ich der Mörder. Den Rest erzähle ich dir, wenn wir uns sehen.«

Die Verbindung brach ab, bevor ich noch irgendwelche weiteren Fragen stellen oder irgendwelche Ansichten von mir geben konnte, was auch nicht besser gewesen wäre.

Die wunderschöne Blondine war in einen Sorgerechtsfall verwickelt, den Peter übernommen hatte, um einer alten Freundin einen Gefallen zu tun. Der Ehemann jener Freundin verbrachte beachtlich viel Zeit mit der wunderschönen Blondine. Das war unmoralisch, aber normalerweise nicht verhängnisvoll.

Im allgemeinen gehe ich nach dem Prinzip vor, mich von Fällen fernzuhalten, in denen Gewalt an der Tagesordnung ist. Und mit Mord will ich schon gar nichts zu tun haben. Als ich mich entschieden hatte, Privatdetektivin zu werden, beschloß ich, konsequent diejenige Art von Arbeit zu meiden, die die meisten Leute mit diesem Beruf verbinden. Dies und das Verlangen nach regelmäßigen Mahlzeiten waren die Hauptgründe, weshalb ich mich auf Wirtschaftsdelikte spezialisierte. Wirtschaftsgauner können gelegentlich gewalttätig werden, doch da ihnen die Erfahrung fehlt, sind sie dabei gewöhnlich nicht besonders gut.

Peter hatte sich bei der Ausübung seines Berufs keinen solchen Beschränkungen unterworfen. Er war ein erzkonservativer Hippie und kämpfte für die Verlierer in der Gesellschaft – die Ausreißer, deren Eltern sie schon vor langer Zeit abgeschrieben hatten, die mißhandelten Frauen, die zeit ihres Lebens immer wieder Opfer von Männern werden würden, die Einwanderer, die auf der Suche nach einem Traum hierherkamen und nur Alpträume erlebten. Peter war ein Anachronismus, ein Mann, der immer noch glaubte, daß es Aufgabe der Starken sei, die Schwachen zu beschützen, und daß die Privilegierten ihre Möglichkeiten einsetzen sollten, den weniger Glücklichen zu helfen. Das war einer der Gründe, weshalb ich ihn liebte. Es war zugleich aber auch der Grund dafür, weshalb ich mich weigerte, in seine Fälle verwickelt zu werden.

Denn um die Schwachen vor Verbrechern zu beschützen, muß man gewillt sein, mit Verbrechern zu tun zu haben, und das bin ich nicht. Mit Unehrlichkeit und Gier komme ich zurecht. Bei Grausamkeit und Gewalt ist das schwerer. Als Tochter eines Polizisten und Exfrau eines Inspektors der Mordkommission habe ich über Grausamkeit und Bosheit schon mehr erfahren, als mir lieb ist. Eines weiß ich sicher – ich möchte in meinem Leben nicht ständig damit zu tun haben.

Zu Peters Fällen hatte ich immer vorsichtigen Abstand gehalten. Einmal war ich in einen seiner Fälle hineingezogen worden und mußte prompt meine Ausbildung in Selbstverteidigung anwenden, um meine Haut zu retten. Danach hatte ich mir geschworen, unsere Beziehung streng romantisch zu halten. Ich hoffte, ich würde diesen Schwur jetzt nicht brechen müssen.

Das Exploratorium lag von hier aus gesehen jenseits des Hügels. Die Straße verlief, wie es für San Francisco typisch ist, beinahe senkrecht nach oben und stürzte dann in einem Neigungswinkel nach unten, der sie einer Achterbahn nicht unähnlich machte. Während die Straße nach Lombard hinunter steil abfiel und dann flacher wurde, um in einem weiten, schwungvollen Bogen zum Jachthafen hin auszulaufen, war zwischen großen eleganten Wohnhäusern immer wieder ein Stück der Bay zu sehen. Hinter dem winzigen Wald aus Masten am Rande des Wassers schimmerte blau das Meer, gesprenkelt von weißen Segeln.

Ich nahm die Lombard Street und war wie gewöhnlich schon fast an der Zufahrt zur Golden Gate Bridge angelangt, bevor mir endlich klar wurde, wo ich abbiegen mußte, um zum Exploratorium zu gelangen. Ich stellte den Wagen auf dem kleinen Parkplatz in der Nähe des Haupteingangs ab und machte mich zu dem niedrigen Gebäude auf, das neben den großartigen künstlichen Ruinen des Palace of Fine Arts kauerte. Die hohen Säulen und die gewölbte Kuppel erweckten den Anschein eines europäischen Schauplatzes. Man durfte allerdings nicht zu genau hinsehen, sonst erkannte man, daß sie aus Gips waren.

Ich überquerte den Parkplatz und trat aus dem hellen Sonnenlicht in die höhlenartige Dunkelheit des Exploratoriums. Meine Augen brauchten einen Moment, um sich umzustellen, dann sah ich Peter. In seinen verwaschenen Jeans, dem grauen Pullover und den teuren, aber verlotterten Laufschuhen paßte er gut zu der bunten Gruppe von Schülern, Eltern und Kindern, die die Exponate des Wissenschaftsmuseums erkundeten. Hier in San Francisco hätte er vom Collegeprofessor bis zum Drogendealer alles sein können.

Wie so viele Männer seiner Generation hatte Peter kurz nach dem College damit aufgehört, sich um Mode zu kümmern. Zwar war sein blondes Haar kürzer, als er es in den späten Sechzigern getragen hatte, und sein roter Bart etwas gepflegter, doch sein Geschmack tendierte immer noch zu den blauen Hemden und Hosen, die während dieser Zeit beinahe eine Uniform gewesen waren. Mit seinen knapp einsfünfundachtzig war er größer als der Durchschnitt, und er sah auch besser aus. Es war ihm gelungen, nicht so massig zu werden wie viele muskulöse Männer, wenn sie die Vierzig überschritten haben. Und wenn die Falten in seinem Gesicht sein

Alter offenbarten, so verliehen sie ihm gleichzeitig auch Charakter.

Peter schien ganz in die Beobachtung eines Streits zwischen zwei Kindern versunken zu sein. Er sah ganz und gar nicht wie ein Mann aus, der in Schwierigkeiten steckte. Ich konnte dem Drang nicht widerstehen, zu probieren, wie weit ich in seine Nähe gelangen konnte, ohne daß er mich bemerkte. Es war eine Art von Spiel, die Privatdetektiv-Version von »Fang mich, wenn du kannst«. So leise wie möglich pirschte ich mich an ihn heran, aber noch bevor ich nahe genug war, um seinen Arm berühren zu können, unterbrach er mich mit »Hi, Babe«, drehte sich dann langsam um und strahlte mich mit seinem Hab-ich-dich-Grinsen an.

Er trat auf mich zu, legte den Arm um meine Taille und zog mich an sich. »Gehen wir hinaus. Hier drin ist es zu laut.« Seine Berührung rief bei mir höchst unprofessionelle Reaktionen hervor. Es ist schwer, die Gedanken auf geschäftliche Dinge zu lenken, wenn der Körper etwas ganz anderes will.

Der Park vor dem Gebäude war für einen sonnigen Tag überraschend wenig bevölkert. Ein junges Pärchen räkelte sich im Gras, ein alter Mann fütterte die Enten, und eine Gruppe junger Mütter saß auf einer Bank und unterhielt sich, während ihre Kinder lärmend spielten. Wir fanden einen Fleck, der von den anderen weit genug entfernt war, um ungestört reden zu können.

»Erzähl mir von der Blondine«, sagte ich, als wir uns niedersetzten.

»Sie ist tot. Das ist schlimm, noch schlimmer aber ist, daß sie ein Stück von meinem Hemd fest in ihrer Hand hielt.«

»Na wunderbar. Und wie kam dieses Stück dahin?«

»Ich weiß es nicht. Ich weiß, daß es mir gehört, weil irgendein angeheuerter Schläger es mir ungefähr drei Stunden, bevor ich die Leiche fand, abgenommen hat.« Er wandte mir sein Gesicht zu, doch seine Augen suchten den Park und die dahinterlaufende Straße ab. Ich wartete, daß er die Geschichte auf seine Weise erzählte.

Er schaute mich wieder an. »Die Blondine – sie heißt, hieß

Marilyn Wyte – rief gestern an. Sie wußte, daß ich sie observierte, und sie wollte mit mir reden. Mehr wollte sie nicht sagen. Sie bat mich nur, um zwei Uhr nachmittags zu ihrem Apartment zu kommen.«

»Wie konnte sie wissen, daß du sie observiert hast?«

Peter zuckte die Achseln. »Keine Ahnung. Ich muß weniger vorsichtig gewesen sein, als ich dachte.«

Observieren war eine von Peters Stärken. Ein anderer Profi hätte ihn vielleicht entdeckt, aber daß jemand, der nicht vom Fach war, das konnte, schien sehr unwahrscheinlich. Noch unwahrscheinlicher war es, daß eine ganz normale Sekretärin in der Lage gewesen sein sollte, seine Identität herauszufinden und mit ihm Kontakt aufzunehmen.

Peter fuhr fort: »Der Anruf kam um ungefähr halb elf. Etwas später, vielleicht gegen elf, statteten mir zwei Schläger einen Besuch ab. Sie hatten Revolver, prügelten mich ein bißchen durch die Gegend und warnten mich dann, daß ich mich besser um meine eigenen Angelegenheiten kümmern sollte. Sie stellten mir ein paar Fragen, die ich nicht beantwortete, aber so scharf auf Antworten waren sie nicht, daß sie mich in die Mangel nahmen. Größtenteils saßen sie nur da, blickten bedrohlich und schlugen die Zeit tot.

Kurz vor eins wiederholten sie ihre Drohungen, fesselten mich und gingen. Auf dem Weg nach draußen griff sich einer von ihnen mein Hemd, eine Kreditkarte und ein paar andere Kleidungsstücke. Du weißt, wo ein Stück des Hemdes gelandet ist. Ich vermute, der Rest davon ist voller Blutflecken und steckt irgendwo in der Wohnung des toten Mädchens, wo selbst ein Bulle ihn nicht übersehen kann.

Ich hätte mißtrauisch werden sollen, als sie beim Fesseln nicht besonders sorgfältig vorgingen, aber ich war so darauf aus, zu dem Treffen zu kommen, daß ich mir nicht die Zeit nahm, darüber nachzudenken, warum ich mich so mühelos hatte befreien können.«

»Und so bist du genau rechtzeitig eingetroffen, um deine Verabredung einzuhalten und ohne ein Alibi für die vorangegangenen zweieinhalb Stunden dazustehen«, bemerkte ich.

»Fein, nicht?«

»Todesursache?« fragte ich.

»Man hat ihr die Kehle durchgeschnitten, und so wie ihr Gesicht aussah, hat man sie vorher noch ziemlich verprügelt. Es war kein schöner Anblick.«

»Ich kann verstehen, warum du kein Verlangen danach hast, jetzt der Polizei zu begegnen.«

Wie auf ein Stichwort fuhr auf der anderen Seite des Parks ein Polizeiwagen vorbei. Peter drehte sich zu mir um. »Behalte den Streifenwagen im Auge«, befahl er. Das Auto bog um die Ecke und verschwand.

»Weg«, sagte ich.

Peter lenkte seine Aufmerksamkeit wieder auf die Straße. »Ich bin offensichtlich reingelegt worden. Was ich nicht weiß, ist, von wem oder warum.«

»Es gibt eine naheliegende Kandidatin«, meinte ich. »Deine Auftraggeberin.«

Peter schüttelte den Kopf. »Die andere Frau war ihr egal. Sie ist diejenige, die die Scheidung will.«

»Glaubst du immer alles, was dir deine Auftraggeber erzählen?« fragte ich ein wenig sarkastisch.

Peter lächelte wehmütig. »Du müßtest sie kennen. Sie ist einfach nicht der Typ dazu.«

»Komm schon, Peter, so etwas wie einen bestimmten Typ gibt es nicht. Wie gut kennst du diese Frau?«

Ich kannte die Antwort oder glaubte sie zu kennen. Ich erinnerte mich, wie Peter mir erzählt hatte, daß er im Sommer auf einer Party eine ehemalige Mitstudentin von der Stanford-Universität getroffen hatte. Sie war mit einem reichen Mann verheiratet. Peters Beschreibung nach hatte sie einen Diamantring von der Größe eines kleinen Felsbrockens getragen sowie genügend anderen Schmuck, um die Leute vom Brinks-Sicherheitsdienst nervös zu machen.

Die Tatsache, daß er als Privatdetektiv arbeitete, hatte sie mehr als nur ein wenig interessiert, und sie hatte ihm lauter Fragen zu seiner Arbeit gestellt. Was Detektive betrifft, leiden viele Frauen unter romantischen Phantasien. Sie aber hatte sich eher wie eine Klientin verhalten und nicht wie ein Groupie.

Sie hatte ihn gebeten, sich am nächsten Tag mit ihr zum Essen zu treffen. Er hatte eingewilligt, und sie waren in einem kleinen, schmuddeligen Lokal gelandet, wo sie sicher sein konnte, niemandem, der sie kannte, zu begegnen. Sie wollte die Scheidung, fürchtete jedoch, ihr Ehemann würde ihr die Kinder wegnehmen, wenn sie vor Gericht ging. Sie wußte, er hatte Frauengeschichten, und wollte, daß Peter den Beweis dafür erbrachte, damit sie im Kampf um das Sorgerecht etwas in der Hand hatte.

Peter schien über die Frage, wie gut er seine Auftraggeberin eigentlich kannte, nachzudenken. »Ich habe sie fünfzehn Jahre lang nicht gesehen, und Menschen verändern sich, aber nicht in diesem Maße. Es ist nicht so sehr, wie sie damals war; es ist, wie sie jetzt ist. Sie war bei unserer Begegnung nervös und verkrampft, und als ich ihr sagte, daß ich mich nicht mit Scheidungen befasse, brach sie regelrecht vor mir zusammen. Auf der Universität war sie eine ausgeglichene junge Frau gewesen, lebhaft, aus sich herausgehend, selbstbewußt, ohne hochnäsig zu sein. Heute wirkt sie wie die klassische geprügelte Ehefrau – kein Selbstvertrauen, voller Furcht, ein Häufchen Elend. Sie sagt, er hätte sie niemals geschlagen, aber darauf würde ich nicht wetten. Was immer er getan hat, es hatte jedenfalls dieselbe Wirkung. Ich konnte sie nicht fortschikken.«

Nein, dachte ich, natürlich konntest du das nicht.

Jeder, der Peter kannte, wußte, daß er jemanden, der in Bedrängnis war, nicht abweisen konnte, besonders, wenn dieser Jemand hilflos war. Es war ein Charakterzug an ihm, den ich liebte, aber er machte ihn auch verwundbar. Ich fragte mich, ob Peters Klientin wirklich so hilflos war, wie sie gewirkt hatte.

»Außerdem«, fuhr Peter fort, »sollte ich gar nicht Marilyn Wyte beobachten, sondern eine andere Frau. Susan – so heißt meine Auftraggeberin, Susan Clayton – gab mir eine Telefonnummer. Es war nicht die von Marilyn Wyte; sie gehörte einer gutaussehenden Brünetten, die als Sekretärin in der Computerfirma von Susans Mann arbeitet. Sie wohnte in einem der ›Luxus‹-Apartments, die entlang der Schnellstraße südlich von Daly City wie Pilze aus dem Boden schießen. Ich beobachtete sie eine Zeitlang; dann beobachtete ich Susans Ehemann. Er ist ein richtiger Don Juan. In der Woche, in der ich ihn observierte, hat er fünf verschiedene Mädchen aufgesucht – eine beachtliche Leistung für jemanden über achtzehn, vor allem, wenn man bedenkt, daß er nebenher eine überaus erfolgreiche Computerfirma leitet. Das tote Mädchen in Palo Alto war offensichtlich seine Lieblingsfreundin. Ich beschloß, mich auf sie zu konzentrieren. Ich ließ Eileen in ihrer Nähe einziehen, damit sie versuchen konnte, Kontakt mit ihr zu knüpfen.«

Eileen war Peters enthusiastische, doch unerfahrene Assistentin. Ich hatte das Gefühl, daß ihr Scheidungsarbeit genausowenig gefiel wie Peter, daß sie aber großes Geschick besaß, wenn es darum ging, Leute zum Reden zu bringen.

Peter beobachtete wieder aufmerksam unsere Umgebung. Jetzt begriff ich, warum er so vorsichtig war. Ich wußte, was ein Strafgericht von dem halten würde, was er mir gerade erzählt hatte – lebenslänglich ohne Hafturlaub bestenfalls.

»Und was ist mit der Ehefrau?« fragte ich. »Wird sie deine Erklärung, warum du dich für das Mädchen interessiert hast, bestätigen?«

Peter verzog das Gesicht. »Darauf zähle ich nicht. Sie war verängstigt, als ich sie sah, und sie wird es noch viel mehr sein, wenn sie erfährt, daß die Geliebte ihres Mannes ermordet wurde. Es ist durchaus möglich, daß sie den Mund hält und vorgibt, mir niemals begegnet zu sein.«

Ich hatte denselben Gedanken gehabt. »Hast du irgendwelche Freunde bei der Polizei auf der Peninsula?«

»Niemanden, der seinen Kopf für mich hinhalten würde. Und die Bullen von San Francisco kann ich wohl kaum um eine Referenz bitten.«

Bei der Anspielung auf meinen Exmann zuckte ich zusammen. »Wenn du Dan meinst, dann brauchst du dir keine Gedanken zu machen. Er würde nicht zulassen, daß persönliche Angelegenheiten Einfluß auf seine Arbeit nehmen. Davon abgesehen war diese Sache vorbei und unsere Scheidung beinahe rechtskräftig, als ich dir begegnet bin.« Ich fragte mich zum tausendstenmal, wann die Vergangenheit endlich aufhören würde, Teil der Gegenwart zu sein.

Peter war zu sehr mit seinen eigenen Problemen beschäftigt, um die Irritation in meiner Stimme zu bemerken. »Für dich mag es vorbei sein«, sagte er, »aber bei ihm bin ich mir da nicht so sicher. Er und ich sind noch nie allzu gut miteinander ausgekommen, selbst bevor du ins Spiel gekommen bist. Ich denke, es wird ihn wohl kaum den Schlaf kosten, wenn er mich nach St. Quentin bringt.«

Vom Ozean her waren graue Nebelwolken aufgezogen, die die späte Nachmittagssonne verdunkelten und die Luft abkühlen ließen. Ich fröstelte, und Peter trat näher zu mir, um den Arm um mich zu legen.

»Was willst du jetzt tun?« fragte ich.

»Tja, die Tatsache, daß ich der Star der Abendnachrichten sein werde, legt mir natürlich gewisse Beschränkungen auf.«

»Was kann ich tun?« Das Angebot kam automatisch, noch bevor ich darüber nachdenken konnte, wie sehr ich wünschte, nichts mit Leuten zu tun zu bekommen, die andere Leute umbringen.

»Bei zwei Dingen könnte ich deine Hilfe gebrauchen«, sagte er. »Ich glaube nicht, daß sie gefährlich sind. Allerdings kann man sich da nie ganz sicher sein. Ich brauche eine Verbindungsperson zu den hiesigen Bullen, um herauszufinden, ob sie zu irgendeinem Ergebnis gelangt sind, und ich brauche jemanden, der zu Eileen geht. Sie versteckt sich in meinem Ferienhaus in Ben Lomand, und sie sagt, sie habe eine Information, die nützlich sein könnte. Sie ist noch recht neu in diesem Geschäft, und wahrscheinlich fürchtet sie sich zu Tode. Das beste wäre vermutlich, sie in ein Flugzeug zu setzen und heim zu ihren Eltern zu schicken.«

»Ihre Aussage ist der einzige Beweis, daß dein Interesse an Marilyn Wyte beruflicher Natur war«, erinnerte ich ihn.

»Für sich betrachtet wird mir ihre Aussage nicht viel helfen. Ich würde nur die Aufmerksamkeit auf sie lenken. Bei ihren Eltern wäre sie am sichersten aufgehoben«, wiederholte er.

»Macho«, kommentierte ich trocken.

»Was?«

»Du spielst den Macho. Du hast bereits entschieden, was das beste für sie ist, ohne sie auch nur gefragt zu haben. Hast du bedacht, daß es für sie schlimmer sein könnte, sich nach Hause zu flüchten, als hierzubleiben?«

Peter runzelte die Stirn und dachte nach. Das mußte ich ihm hoch anrechnen, die meisten Männer hätten meinen Einwand auf der Stelle abgetan.

»Okay, es ist nicht meine Sache, sie nach Hause zu schikken. Kannst du irgendeinen Ort für sie ausfindig machen, wo sie sicher ist, wenn sie nicht nach Hause gehen will?«

»Ich denke schon«, erwiderte ich zögernd. Na prima, dachte ich, jetzt darf ich für Eileen den Babysitter spielen. »Hast du irgendeine Vermutung, was für eine Art von Information sie hat?«

Peter zögerte, und sein Gesicht wurde ausgesprochen ernst. »Ich will nicht, daß du darin verwickelt wirst, und ich möchte auch nicht, daß du mehr tust, als die Polizei aufzusuchen und zu Eileen zu gehen. Es ist nicht deine Art von Fall. Wir haben es nicht mit netten höflichen Burschen aus der Wirtschaft zu tun. Diese Kerle sind echte Gangster.«

Ich schluckte meinen Ärger über diese letzte Bemerkung hinunter. Zwar riß ich mich nicht darum, es mit Leuten zu tun zu bekommen, die einer Frau die Kehle durchschnitten, aber ich nahm Peter seine Andeutung, ich könnte mit dem Fall nicht klarkommen, übel. »Ich werde vorsichtig sein«, versprach ich. »Ich hoffe nur, daß du es auch bist. Jetzt, wo du als Hauptverdächtiger giltst, könnte der Mörder Interesse daran haben, daß du verschwindest – und zwar für immer.«

»Ja, daran habe ich gedacht.«

»Ben Lomand ist vielleicht nicht der schlechteste Ort, um seine Zeit zu verbringen.«

»Und währenddessen warte ich, daß sich die Schlinge zuzieht? Nein danke. Ich habe vor, einige alte Freunde zu besuchen, die mir vielleicht einen Hinweis auf die Witzbolde geben können, die über mich hergefallen sind.«

Ich fragte nicht, wer diese Freunde sein mochten. Bei Peter konnte das jeder sein, angefangen bei ehemaligen Weathermen, Drogendealern und Hells Angels bis hin zu Collegeprofessoren oder Polizisten. In etwas mehr als 40 Jahren war es ihm gelungen, eine seltsame Kollektion von Freunden anzusammeln, deren einziges gemeinsames Merkmal Achtung vor Peter oder sogar Zuneigung zu ihm war. »Ich versuche nicht, die Menschen zu ändern, und ich muß nicht alles an ihnen mögen, um ihre guten Seiten zu schätzen«, hatte er diese kuriose Zusammenstellung von Freunden erklärt.

Meine Freunde waren beträchtlich konventioneller, und obwohl viele darunter waren, die eine Uniform trugen, arbeitete keiner von ihnen auf der Peninsula. »Ich werde mich mit der Polizei von Palo Alto in Verbindung setzen. Ich kann mir nicht vorstellen, daß sie sich bemühen, nach anderen Verdächtigen zu suchen, wenn sie einen so herausragenden Kandidaten haben. Aber ich werde versuchen, sie dahingehend zu ermutigen.«

Ich fröstelte wieder. In der für San Francisco typischen Art war das Wetter urplötzlich von warmem Sonnenschein in kalten Nebel umgeschlagen, der einem bis ins Mark kroch. »Ich friere, Peter. Setzen wir uns in mein Auto.«

Mein blauer Volvo, Baujahr 1979, war das einzige Auto, das noch auf dem Parkplatz stand. Peter tätschelte es mit scherzhafter Zuneigung. »Ah, der treue blaue Bus«, stimmte er an.

»Schlag mein Auto nicht.« Peter lag mir schon seit Monaten damit in den Ohren, daß ich mir ein neues Auto kaufen sollte. Es war beruhigend, zu unserem altvertrauten Wortgeplänkel zurückzukehren – ein Augenblick des Rückzugs vor der rauhen Wirklichkeit.

»Ich mag meinen Volvo. Ich mag, daß niemand auf ihn aufmerksam wird. Ich mag die Art, wie er fährt, und vor allem mag ich die Tatsache, daß er nach einem Mack Truck das sicherste Gefährt ist, das es gibt.«

»Es verblüfft mich, daß eine Frau, die vom Gedanken an Sicherheit regelrecht besessen ist, als Detektivin arbeitet«, kommentierte Peter, während er seine mehr als 180 Zentimeter in das Auto faltete. »Erscheint dir das nicht ein wenig inkonsequent?«

»Ich bin eine Frau voller Widersprüche.«

»Genau das liebe ich so an dir.«

»Hält dich auf Trab.«

»Ja, allerdings ist das nicht meine liebste Gangart.«

»Im Gefängnis wirst du dafür nicht viel Gelegenheit haben. Doch zurück zum Geschäft, Peter. Wenn ich mit der Polizei rede, möchte ich nicht wissen, wo du dich befindest, aber ich muß Kontakt zu dir aufnehmen können. Irgendwelche Vorschläge?«

»Ruf LeRoy an. Er wird wissen, wo du mich erwischen kannst.«

LeRoy Hayes war einer von Peters Freunden aus seinen Haigth-Ashbury-Tagen. Wie Peter war er ein wenig älter und weiser gewesen als die Blumenkinder. Und wie Peter hatte er seine Zeit damit zugebracht, ihren Glauben an Frieden und Liebe in eine lebensfähige neue Ordnung zu übersetzen. In den späten Sechzigern hatte er sich um euphorische Hippies gekümmert; in den Achtzigern betreute er ihre jüngeren Brüder und Schwestern in einer Zufluchtsstätte für Ausreißer. Sein aus früheren Tagen stammendes Mißtrauen gegenüber der Obrigkeit hatte er sich erhalten und über die Jahre hinweg ein echtes Geschick dafür entwickelt, nie irgend etwas zu wissen, was für die Polizei auch nur im entferntesten von Nutzen sein könnte.

»Dir ist klar, daß er einer der ersten sein wird, den die Polizei befragen wird.«

»Ja, aber es macht ihm nichts aus zu lügen«, grinste Peter.

»Stimmt, und er macht das wirklich gut.«

»Du auch, mein Herz, selbst wenn du es nicht zugeben magst.«

Ich lächelte. »Ich habe es mir zur Regel gemacht, weder meinen Geliebten noch die Polizei jemals anzulügen.«

»Das bringt mich in großartige Gesellschaft, oder?«

Er beugte sich über den Schaltknüppel, um mich zu küssen. Peters Küsse waren nie eine kurze Angelegenheit und wirkten sich verheerend auf meine Konzentrationsfähigkeit aus. Als er seinen Arm um mich legte, entzog ich mich ihm zögernd. »Peter, dieses eine Mal ist es, glaube ich, besser, wenn wir die Arbeit vor das Vergnügen stellen.« Ich hielt inne und versuchte, meinen Gedankengang wiederaufzunehmen. »Wenn du es ihnen ein bißchen schwerer machen möchtest, dich wiederzuerkennen – ich hab da einen Freund, der könnte helfen.« Ich fuhr mit den Fingern durch sein dichtes, gewelltes Haar. »Eine Dauerwelle vielleicht, ein wenig Make-up?« Bei diesem Gedanken mußte ich mir das Kichern verbeißen.

Peter zog eine Grimasse. »Es ist nicht wahrscheinlich, daß die Bullen mich erkennen, außer wenn sie über mich stolpern, und ich möchte, daß die Leute, die ich aufsuche, wissen, mit wem sie sprechen.«

»Es gibt da wahrscheinlich noch ein paar andere, die ebenfalls nach dir suchen.«

»Um so besser. Ich will es ihnen wirklich leichtmachen. Je eher ich eine Spur von ihnen habe, desto schneller kommen die Dinge ins Rollen. Ich rufe Eileen an und sage ihr, daß du morgen zu ihr kommst.«

»Soll ich dir irgend etwas aus deinem Büro holen? Ich meine, gibt es dort was, das die Polizei nicht finden soll?« fragte ich.

»Ich habe schon LeRoy gebeten, die Akte mit den Informationen zu dem Fall mitzunehmen. Ich möchte Susans Namen da raushalten.«

»Und was ist mit deiner Wohnung?«

»Da ist nichts«, sagte er und fügte dann stirnrunzelnd hinzu. »Oh, Scheiße.«

»Was?« fragte ich.

»Man wird die Polizei von San Francisco in die Ermittlungen einschalten, und du weißt, was das bedeutet.«

Mit Verdruß erkannte ich genau, was das bedeutete. Dan Walker würde Peters Wohnung durchsuchen. Ich machte eine schnelle Bestandsaufnahme, welche meiner Sachen sich dort befanden. Die Vorstellung, daß mein Exmann die Wohnung meines Geliebten durchstöberte, ließ einen Anflug von schulmädchenhafter Verlegenheit in mir aufsteigen. Aber das war das geringste unserer Probleme. »Wann kann ich morgen damit rechnen, etwas von dir zu hören?« fragte ich.

»Wahrscheinlich am Abend. Versprich mir nur, daß du, sollte Eileen eine Spur haben, dieser nicht nachgehst; das ist mein Job.«

»Versprochen«, sagte ich.

»Himmel, ich würde dich heute nacht gerne nach Hause mitnehmen«, sagte er in einem Ton, der deutlich machte, daß er das nicht konnte. Er beugte sich zu mir herüber und gab mir einen untypisch kurzen und sehr sanften Kuß. »Bitte sei vorsichtig.«

Ich erwiderte den Kuß. »Das werde ich, wenn du es auch bist.«

2

Ich starrte ratlos in den Kühlschrank und überlegte, welche Art von Mahlzeit sich aus dem Inhalt zusammenstellen ließ, als es an der Tür klingelte. Die Uhr über dem Herd zeigte 19.30 Uhr – wahrscheinlich war es jemand, der Geld für irgendeinen guten Zweck sammelte.

Ich spähte durch das kleine Fenster in der Tür. Anstelle eines idealistischen College-Studenten, bewaffnet mit Schreibunterlage und Broschüren, sah ich dort meinen Exmann. Er lächelte und wartete, daß ich meine Fassung wiedergewann.

Es gelang mir, das Lächeln zu erwidern, die Tür zu öffnen und ihn hereinzubitten. Obwohl ich Dan seit unserer Scheidung von Zeit zu Zeit begegnet war, war es doch verwirrend, ihm hier, in unserem ehemals gemeinsamen Heim gegenüberzustehen. Ich hatte das merkwürdige Gefühl, als sei die Zeit auf einmal um Jahre zurückgedreht. Er sah genauso aus wie damals – sein dunkles Haar war noch feucht und lockig von der Dusche, die er nach dem Training immer nahm, seine Kleidung kam direkt von Brooks Brothers. Das Sportjackett aus Kamelhaar war eine neue Errungenschaft in seiner Garderobe, aber er trug dieselbe Art von Freizeithosen und Flanellhemden, die er bevorzugt hatte, als wir noch miteinander verheiratet waren. Das Hemd war am Kragen offen. Die Krawatte befand sich mit Sicherheit sauber zusammengelegt in der rechten Tasche seines Sportmantels. Er roch sogar noch genauso wie früher, der leichte würzige Duft von Aftershave, der sich mit dem von Irischer-Frühling-Seife vermischte. Es wäre einfacher, überlegte ich, wenn er nicht immer noch so verdammt attraktiv wäre.

Wir setzten uns ins Wohnzimmer. Er schien ganz entspannt, doch ich kannte ihn lange genug, um jene Zeichen zu entdecken, die etwas anderes erzählten.

»Wir bekamen heute nachmittag einen Anruf von der Polizei in Palo Alto. Es ging um Peter Harman.«

Ich nickte.

»Ich nehme an, er hat sich mit dir in Verbindung gesetzt.«

»Fragst du das in offizieller Funktion?« erkundigte ich mich.

Er schüttelte den Kopf. »Nein, mein Interesse ist in keiner Weise beruflich.«

»Ich habe mit ihm gesprochen«, sagte ich.

Dan ärgerte sich über meine Verschwiegenheit. »Hat er dich um Hilfe gebeten?«

»Er hat mich gebeten, ein paar Dinge nachzuprüfen.«

Der Unmut war weg. Dan war absolut cool und professionell, ein sicheres Zeichen dafür, daß die Sache ernst war. »Was weißt du über den Mord, Catherine?« fragte er.

»Ich weiß, daß man Peter reingelegt hat.« Ich erzählte Dan von den Schlägern und wie man ihn in die Falle gelockt hatte.

Dan dachte über diese Information nach. Dann meinte er endlich: »Ich habe mit einem der Beamten von Palo Alto über den Fall gesprochen. Es ist eine besonders scheußliche Sache, Catherine. Man hat dem Mädchen die Kehle durchgeschnitten, richtig, doch bevor sie umgebracht wurde, wurde sie brutal zusammengeschlagen. Der Ermittlungsbeamte sagt, es sei einer der schlimmsten Fälle, die ihm je untergekommen sind.«

Er hielt inne, um die letzte Bemerkung wirken zu lassen.

»Peter erzählte, ihr Gesicht sei übel zugerichtet gewesen«, sagte ich schließlich.

»Das war noch nicht alles...« Er hätte mir die ganzen grauenhaften Einzelheiten beschrieben, doch ich schüttelte den Kopf.

»Ich begnüge mich mit dem allgemeinen Eindruck, außer da ist etwas, das für die Lösung des Falles hilfreich sein könnte.«

Dan machte keinerlei Anstrengungen, seinen Ärger zu verbergen. »Ich bin nicht hergekommen, um dir zu helfen, diesen Fall zu untersuchen, Catherine. Ich bin gekommen, um dich zu überzeugen, dich davon fernzuhalten. Hier geht es nicht um Veruntreuung in einer Firma. Der Kerl, der das getan hat, ist ein Killer, und ein sadistischer dazu.«

Das war heute schon das zweite Mal, daß jemand andeutete, dieser Fall sei zu hart für mich, und ich wurde es allmählich leid.

»Vielen Dank für deine Sorge«, sagte ich eisig.

»Um Gottes willen, Catherine«, explodierte Dan. »Sei doch vernünftig. Dieses eine Mal wenigstens –«

»Hör auf, Dan«, unterbrach ich ihn. »Versuch nicht, mir zu erzählen, wie ich mein Leben leben soll. Ich bin nicht mehr deine Frau.«

Es tat mir leid, sobald ich es gesagt hatte, und es tat mir noch mehr leid, als ich den schmerzlichen Ausdruck über sein Gesicht zucken sah. Es war nicht nötig, den Kampf zu wiederholen, der unsere Beziehung zerstört hatte. Das hatten wir zu oft getan.

Der einzige Ausweg war die Scheidung gewesen, und wir hatten es schnell und sauber hinter uns gebracht, während wir einander noch gern hatten und bevor die Häßlichkeit unserer

Kämpfe das zunichte machte, was uns noch verband. Die Entscheidung hatte uns vor der Bitterkeit einer langsam zerbröckelnden Ehe gerettet, doch sie hatte uns mit einer ungelösten Beziehung zurückgelassen – einer Beziehung, in der die gegenseitige Anziehung mit dem sicheren Wissen kämpfte, daß wir niemals miteinander leben konnten.

Dan hatte sich schnell wieder in der Gewalt. »Du hast natürlich recht; es steht mir nicht zu, dir Ratschläge zu erteilen.«

Mein Zorn verwandelte sich in Traurigkeit und ein Gefühl von emotionaler Erschöpfung, das unsere Streitigkeiten immer hervorgebracht hatten. »Ich weiß deine Besorgnis zu schätzen.«

Dan lächelte matt.

»Wenn es dich irgendwie beruhigt, Peter möchte auch nicht, daß ich aktiv in den Fall verwickelt werde. Ich besorge nur einige Informationen für ihn.«

Ich hatte Erleichterung erwartet, doch Dan sah wieder unbehaglich drein. Nach einer Pause erwiderte er: »Catherine, versuch bitte zu verstehen, was ich dir jetzt sagen werde. Versuch dir vorzustellen, daß nicht ich dir diese Frage stelle, sondern jemand anders, jemand, der mit uns nichts zu tun hat.« Wieder eine Pause. »Wie gut kennst du Peter Harman wirklich?«

Ich war wie betäubt von der Frage und jener, die impliziert war. »Gut genug, um zu wissen, daß er nicht der Mörder ist«, entgegnete ich.

Dan nickte. »Ich sage ja auch nicht, daß er es ist. Es ist nur so, daß es eine Menge Hinweise gibt, die auf ihn hindeuten, und dagegen steht nur sein Wort, daß er unschuldig ist.«

»Dan, du kennst Peter. Kannst du dir vorstellen, daß er eine Frau verprügeln und ihr die Kehle aufschlitzen würde?«

»Ich kenne ihn nicht gut genug, um das zu beantworten.«

»Nun, ich schon«, sagte ich. »Und ich kann dir versichern, er könnte so etwas nicht tun. Es liegt einfach nicht in seinem Wesen.«

»Ich hoffe, du hast recht. Vergiß nicht, wenn wir so einen

Burschen aufgreifen, können seine Nachbarn nie glauben, daß er ein Mörder ist. Sie werden dir erzählen, daß er ein Pfundskerl war – liebenswürdig, freundlich, ein echter Goldjunge. Oft läßt sich sogar die Ehefrau täuschen.«

»Die meisten Nachbarn und Ehefrauen verdienen sich ihren Lebensunterhalt nicht damit, die strafrechtliche Verantwortlichkeit der Menschen in ihrer Umgebung zu bewerten«, verwies ich. Wir befanden uns gefährlich nahe an einem unserer alten Reizthemen. Es war Zeit, die Taktik zu ändern. »Sieh dir Peters Beziehungen zu Jugendbanden an«, führte ich an. »Ihm ist es gelungen, Ausreißer ausfindig zu machen, die ihr nicht finden konntet. Diese Jugendlichen vertrauen ihm wirklich.«

»Das habe ich berücksichtigt, Catherine, und ich bewundere seine Arbeit mit diesen Jugendlichen, doch das wird ihm bei einem Prozeß nicht helfen. Eigentlich ist es eher geeignet, gegen ihn zu arbeiten. Die Staatsanwaltschaft wird darauf hinweisen, daß Ausreißer für Psychopaten eine ideale Beute sind. Wenn sie verschwinden, meldet das niemand.«

Ich war von der sauberen Logik seiner Argumentation beeindruckt. Niemand interessierte sich wirklich für Streuner. Für die meisten Erwachsenen waren sie ein Haufen Außenseiter. Die Tatsache, daß Peter sich um sie kümmerte, würde man so hinstellen, als würde er von perversen Motiven getrieben.

»Ich weiß, daß Peter das nicht getan hat«, sagte ich, »genauso wie ich weiß, daß du so etwas nicht tun könntest.«

Dan nickte. »Es tut mir leid, das angedeutet zu haben«, sagte er. »Jemand hat diese junge Frau auf eine besonders scheußliche Weise umgebracht. Wenn es nicht Harman war, dann war es jemand, der eine Menge über ihn weiß. Egal, von welcher Seite du es betrachtest, wenn du dich in den Fall einmischst, bringt dich das in große Gefahr.«

Ich muß wohl nicht genügend erschrocken ausgesehen haben. Er stieß einen resignierten Seufzer aus. »Nichts von dem, was ich gesagt habe, hat den geringsten Eindruck auf dich gemacht, stimmt's? Verdammt, du bist eine dickköpfige

Frau.« Diesmal war sein Ärger durch Zuneigung gemildert. »Tja, da du beschlossen hast, dich da hineinziehen zu lassen, werde ich alles tun, was in meiner Macht steht, um dir zu helfen.«

»Danke, Dan. Das ist sehr großzügig von dir, wenn man bedenkt, was du von Peter hältst.«

»Ich tue es nicht für ihn. Ich versuche nur, dich vor Schaden zu bewahren.«

Ich rang mir ein gequältes Lächeln ab. Der gute alte Dan, immer der Beschützer. Es ist hart, ein Ritter in glänzender Rüstung zu sein, wenn die Dame gar nicht von ihm gerettet werden will, dachte ich. Doch war ich noch nicht zu stolz, um ihn um Unterstützung zu bitten. »Ich könnte etwas Hilfe bei der Polizei von Palo Alto gebrauchen. Kennst du jemanden dort unten?« fragte ich.

»Der Mann, der für die Ermittlungen verantwortlich ist, heißt Lou Martin. Ich habe vor ein paar Stunden mit ihm gesprochen.«

»Ich könnte ihn anrufen«, sagte ich, »aber dir würde er mehr Aufmerksamkeit schenken.«

»Ich nehme an, er wird dir auch nichts anderes erzählen als mir.«

»Wahrscheinlich. Doch ich muß ihm vor allem klarmachen, daß die ganze Sache ein Komplott ist. Ansonsten würde er keine Beweise oder Spuren verfolgen, die mit Peter nicht in direktem Zusammenhang stehen.«

Dan runzelte die Stirn. »Es wird nicht leicht sein, Martin dazu zu bringen, nach anderen Verdächtigen zu suchen. Selbst wenn er dir glaubt – was er wahrscheinlich nicht tut –, deutet so viel auf Harman hin, daß es schwer sein wird, die Indizienkette zu durchbrechen. Die Beamten würden nicht bewußt Hinweise ignorieren, sie würden sie einfach nicht bemerken.«

»Sie wären eher geneigt, dir zuzuhören.«

Dan blickte gequält drein. »Du möchtest, daß ich Martin anrufe und mich für Peter Harman verbürge? Ich bin nicht einmal überzeugt, daß er unschuldig ist.«

»Du sollst dich nicht für ihn verbürgen. Du sollst sie nur wissen lassen, daß es Grund zu der Annahme gibt, daß das Ganze ein Komplott ist. Sie nur dazu bringen, ihre Arbeit zu tun.«

»Du weißt, daß ich ihnen dann deinen Namen geben muß; sie werden dich befragen wollen. Und die erste Frage wird sein, ob du weißt, wo er sich versteckt.«

»Und ich kann ehrlich antworten, daß ich keine Ahnung habe.«

»Das dachte ich mir.« Er seufzte und sah auf seine Uhr. »Dies hier ist ein großer Fall. Er könnte noch in seinem Büro sein.« Er ging in mein Arbeitszimmer und setzte sich am Schreibtisch nieder. Er griff nach dem Telefon, rief die Auskunft an, wiederholte eine Nummer und wählte sie anschließend.

»Schreibst du dir nie etwas auf?« fragte ich, sein Gedächtnis bewundernd.

»Nein.« Nach einem Moment legte er auf. »Und ich habe die Nummer nicht vergessen; ich habe mich verwählt.« Er wählte wieder. »Lou Martin, bitte. Dan Walker...« Pause. Dann: »Hallo, Lou. Nein, ich habe den Bericht noch nicht bekommen, doch ich rufe wegen des Falles an. Ich glaube, ich habe dir erzählt, daß ich Harman flüchtig kenne, wir haben eine gemeinsame Freundin.« Es gelang ihm, seine Worte nicht ironisch klingen zu lassen.

»Ich habe mit ihm auch ein paarmal zusammengearbeitet... Nein, ich glaube nicht, daß er der Typ dazu ist. Er hat eine Menge schlechter Eigenschaften, doch Mord gehört nicht dazu. Arbeitet viel mit Ausreißern hier oben. Die Stadtstreicher, besonders die Frauen, haben echtes Vertrauen zu ihm... Ja, ich weiß, daß diese Leute nicht die beste Referenz sind. Doch ich rufe nicht an, um als Leumundszeuge zu dienen. Ich habe etwas für dich. Meine Freundin, die Harman kennt, hat von ihm gehört. Er sagt, es sei eine Falle, es hätte ihn jemand reingelegt.«

Es herrschte eine Pause. Dan sah kurz zu mir hoch, doch ich konnte den Blick nicht deuten.

»Nun mal langsam, Lou. Ihr Name ist Catherine Sayler, und ich habe sie bereits dazu gebracht, zuzustimmen, morgen früh vorbeizukommen. Ja, ich habe gefragt, ob sie irgend etwas über seinen Aufenthaltsort weiß, und sie weiß nichts.«

Dan hielt den Hörer ein wenig von seinem Ohr weg. Die Stimme am anderen Ende der Leitung hörte sich nicht erfreut an.

»Sie wird morgen bei euch sein, Lou. Doch ich dachte, du solltest schon einmal wissen, daß es möglicherweise eine Falle war.«

Dan zog die Stirn kraus, während er zuhörte. »Ja, das klingt ziemlich nach Überlastung, und ich weiß, wie es ist, wenn man zuwenig Personal hat.« Das Stirnrunzeln verstärkte sich. »Lou, ich versuche dich zu warnen – ich kenne Harman. Er hat für ein paar berühmte Strafverteidiger gearbeitet, und er wird den Gerichtssaal mit einem der besten betreten. Ich würde es äußerst ungern sehen, wenn eine Menge guter Polizeiarbeit über den Haufen geworfen wird, weil irgendein Klugscheißer von Rechtsanwalt es so aussehen läßt, als hättest du bei dem Fall gepfuscht. Das ist uns hier oft genug passiert. Ich dachte, ich an deiner Stelle würde gerne schon vorher wissen wollen, ob der Trottel nicht ein Komplott geltend machen wird. Dann könnte ich nämlich beweisen, daß wir alle Aspekte überprüft haben.« Das Stirnrunzeln wurde milder. »Ja, sicher. Gern geschehen. Ich werde dafür sorgen, daß meine Freundin vorbeikommt. Viel Glück.«

Er lächelte, als er den Hörer auflegte. In der Tat sah er durch und durch zufrieden aus. Jetzt war ich an der Reihe, die Stirn zu runzeln.

»Ich bin nicht sicher, ob ich dir danken oder dich anbrüllen soll«, schimpfte ich. »Das klang mehr nach einem Verriß als nach irgend etwas anderem.«

»Du wolltest, daß sie Spuren überprüfen, nicht wahr? Das müßte sie eigentlich dazu veranlassen. Martin ist nicht der Typ von Mensch, bei dem Andeutungen wirken. Ich dachte, er würde auf einen Kollegen, der versucht, ihm zu helfen, positiver reagieren als auf Hinweise, wie er eine Ermittlung zu leiten hat. Die Polizisten aus der Vorstadt können sehr empfindlich sein, wenn wir Großstadt-Typen ihnen erzählen, was sie zu tun haben.«

»Du hast wie gewöhnlich recht.« Ich lächelte. »Danke, Dan, und ich werde morgen dort vorbeischauen.«

Er stand auf und ging in den Flur. »Ich nehme nicht an, daß ich dich davon abbringen kann, zu tun, wozu du dich entschlossen hast. Willst du mir trotzdem einen Gefallen tun, um alter Zeiten willen?«

Um alter Zeiten willen waren ungewöhnliche Worte für Dan Walker. Wie konnte ich da ablehnen? Ich nickte.

»Benutze mich als Rückendeckung. Wenn das Ganze anfängt, gefährlich zu werden oder auch nur danach aussieht, dann ruf mich an.«

»He, ich habe nicht vor, in die Nähe von etwas Gefährlichem zu kommen, doch wenn etwas unangenehm wird, dann hörst du von mir.«

»Ich habe noch etwas erfahren. Möchtest du wissen, was die Beamten in Palo Alto in der Hand haben?«

»Natürlich.«

Es stellte sich heraus, daß sie ungefähr das hatten, was Peter vermutet hatte: ein Stück Papier, auf dem in der Handschrift des Opfers seine Telefonnummer stand und das man auf dem Schreibtisch der Toten gefunden hatte; sein Name, seine Anschrift und seine Telefonnummer in ihrem Adressenbuch; seine Hemdentasche in ihrer Hand und den Rest des Hemdes mit Blutflecken im Badezimmer; und seine Hose mit einer Kreditkarte in ihrem Schrank. Das waren verdammt viele Indizien, die gegen Peter sprachen.

Es herrschte unangenehmes Schweigen. Schließlich fragte ich: »Möchtest du zum Abendessen bleiben?«

Dan lächelte, doch mehr aus Unbehagen als aus Freude. »Ich denke, das tue ich besser nicht.«

Ich legte die Hand auf seinen Arm. »Dan, Menschen, die sich einmal geliebt haben, können immer noch Freunde sein.«

»Klar« – er lächelte –, »doch das funktioniert am besten, wenn man mehr auch nicht sein will.«

Nachdem Dan gegangen war, nahm ich ein rasch zusammengerührtes Mahl zu mir und setzte mich mit einer Tasse Kaffee, einem Kugelschreiber und einem Schreibblock hin, um den Fall zu überdenken. Es war ein Ritual, das ich, immer abends, Hunderte von Malen wiederholt hatte. Dan hatte es »Nachgrübeln« genannt, und es war ein Prozeß, den wir während unserer Beziehung gern gemeinsam erledigt hatten – die Hinweise sorgfältig durchgehen, Theorien aufstellen, gegenseitig die Hypothesen prüfen. Doch es war nicht Dan, an den ich heute abend dachte; ich dachte an den Mann, der mich mit dieser Methode bekannt gemacht und mich jene Denkweisen gelehrt hatte, die inzwischen zu meiner zweiten Natur geworden waren.

Keith Stone war mehr als mein Arbeitgeber und Mentor gewesen. Er war ein zweiter Vater für mich. Bei der Bekämpfung der Wirtschaftskriminalität war er der beste Mann. Er hatte mich eingestellt, um meinem Vater einen Gefallen zu tun. Es war eine schlecht verhüllte Maßnahme gewesen, um mich von einer Bewerbung an der Polizeiakademie abzuhalten, und er hatte mir weit mehr über Ermittlungsarbeit beigebracht, als ich irgendwo anders hätte lernen können.

Am Anfang war ich kaum mehr als eine Sekretärin gewesen, doch Keith besaß eine Eigenschaft, die bei Männern seiner Generation selten zu finden ist – er nahm Frauen ernst. Als ich bewies, daß es mir mit meiner Arbeit ernst war, gestattete er mir, in zunehmendem Maße an seinen Fällen mitzuarbeiten. Als wir uns kennenlernten, war seine Frau Janet schon seit drei Jahren tot, und seine beiden Töchter lebten im Osten. Ich war neu in San Francisco, hatte nur ein paar flüchtige Bekannte. Die Arbeit war eine Zeitlang mein gesamter Lebensinhalt, und Keith wurde zu meiner Familie.

Er bildete mich aus und erlaubte mir, immer mehr Verantwortung in seinem Büro zu übernehmen. Er hatte mir die Strukturen von Firmen erklärt – mir nicht nur gezeigt, wie sie funktionierten, sondern auch wie ich zu arbeiten hatte, um Teil von ihnen zu werden. Ich war in San Francisco angekommen, und man hatte mir genau angesehen, was ich war: die

Tochter eines Polizeibeamten in Denver. Nach weniger als einem Jahr bei Keith konnte man mich für die Vizepräsidentin einer Gesellschaft halten (obwohl in jenen Tagen die einzigen Frauen, die es in den höheren Etagen gab, Stenoblöcke in der Hand trugen).

Keith hatte mir noch etwas anderes vermittelt. Er hatte mir klargemacht, daß eine Frau, die sich mit der Aufklärung von Straftaten beschäftigt, etwas über Selbstverteidigung wissen sollte. Er hatte Karate vorgeschlagen; ich hatte Aikido gewählt, eine sanftere, aber nicht weniger wirksame Form der Verteidigung. Was als Körperschulung begonnen hatte, als Mittel zu einem bestimmten Zweck, war allmählich zu einer Lebensart geworden. Es hatte mir nicht nur die Fertigkeit geboten, mich in einer gefährlichen Welt sicher zu fühlen, sondern eine Lebenssicht, die sowohl zweckmäßig wie auch philosophisch war.

Ich zwang mich, wieder an den Fall zu denken, und begann damit, alles niederzuschreiben, was ich darüber wußte. Dies allerdings ließ mehr Fragen offen, als es Antworten brachte. Der Mord selbst wirkte wie das Werk eines klassischen Psychopathen; doch Psychopathen machen sich nicht die Mühe, Leute anzuheuern, um den Tatverdacht auf jemand anderen zu lenken. Das Ganze war sowohl für ein Verbrechen aus Leidenschaft als auch für das Verbrechen eines Geisteskranken zu kompliziert. Der Mord mußte geplant gewesen sein, wahrscheinlich schon eine ganze Weile vorher. Die Schläger, die Peter festgehalten hatten, waren Profis. Jemand mußte sie engagiert haben.

Susan Clayton hatte das Geld, um sich professionelle Schläger zu kaufen. Sie hatte behauptet, einen Privatdetektiv zu brauchen, der ihren Ehemann beschattete, doch sie konnte nach einem Opfer gesucht haben. Anders als Peter glaubte ich nicht bedingungslos an ihre Wahrheitsliebe. Eines der ersten Dinge, die man in unserem Geschäft lernte, war ein gesunder Skeptizismus gegenüber jener Version der Ereignisse, wie sie der Klient erzählte. Peter wußte das. Es beunruhigte mich, daß er diese Regel so einfach vergessen konnte.

Hugh Clayton besaß ebenfalls das Geld, um sich professionelle Schläger anzuheuern, und wenn er wußte, daß Peter für seine Frau arbeitete, hatte er einen Grund, ihm eine Falle zu stellen. Ein Problem war allerdings das Motiv. Er schien keines zu haben.

Schließlich konnte es auch so sein, daß die Claytons zusammenarbeiteten. Ihr Kampf um das Sorgerecht wäre dann eine geschickte Erfindung gewesen, um ein Opfer für die Polizei in die Schlinge zu locken. In diesem Stadium der Nachforschungen war alles möglich. Ich rief mir in Erinnerung, daß Susan und Hugh Clayton verlockende Verdächtige abgaben, denn wir kannten niemand anderen, der mit dem Mädchen in Beziehung stand. Ich wollte nicht den gleichen Fehler machen wie die Polizei bei Peter, mich zu rasch für einen Verdächtigen zu entscheiden und dabei zu versäumen, gründlich nach anderen Möglichkeiten zu suchen.

Ich wendete einen Trick an, den Keith mir beigebracht hatte, und versuchte, den Fall von einem anderen Winkel her zu betrachten. Ich ging die Vermutungen durch, die ich schon aufgestellt hatte. Mir fiel auf, daß ich angenommen hatte, der Mörder sei hinter Marilyn Wyte hergewesen, und Peter wäre für ihn ein geeigneter Sündenbock gewesen. Was aber, wenn der Mörder in Wirklichkeit hinter Peter her war und der Mord an Marylin Wyte dazu dienen sollte, ihn mürbe zu machen? Das würde die Sorgfalt erklären, mit der das Ganze geplant worden war. Es erklärte vielleicht auch die Brutalität.

Ich hatte es vermieden, mich damit zu beschäftigen, was man genau mit Marylin Wyte gemacht hatte, bevor man sie umbrachte, doch Dan hatte deutlich gesagt, daß es ein besonders häßliches Verbrechen gewesen war. Mord war immer schrecklich. Ein gemeiner, sadistischer Mord jedoch rief besonders starke Abscheu und Antipathie gegen den Mörder hervor. Wenn die Einzelheiten dieses Verbrechens herauskamen, dann würden die Presse, die Öffentlichkeit und alle außer Peters engsten Freunden ihn für ein Monster halten.

Doch warum Marilyn Wyte? Wenn jemand Peter wirklich weh tun wollte, warum hatte er sich dann eine Frau gesucht, die er nicht einmal kannte? Warum nicht jemanden, an dem ihm etwas lag? Mich zum Beispiel. Der Gedanke jagte mir einen Schauder über den Rücken.

Die Stücke paßten einfach nicht zueinander. Wenn Peter das Ziel war, dann war Marilyn kein naheliegendes Opfer. Und wenn Marilyn das Ziel war, warum hatte sich jemand dann soviel Mühe gemacht, um Peter reinzulegen? Entweder waren Peter oder Marylin eine zufällige Wahl gewesen, oder aber sie waren im Geiste des Mörders auf irgendeine Weise miteinander verbunden. Es war durchaus möglich, daß ein solches Verbindungsglied, wenn es existierte, der Schlüssel zu diesem Fall war.

3

Am nächsten Morgen ging ich um 7.15 Uhr aus dem Haus und entdeckte, daß mein unbeschreiblicher blauer Volvo wie ein Muni-Bus dekoriert war. Irgendwelche Vandalen waren mit Sprühdosen auf die Motorhaube und beide Seitenteile losgegangen. Über die Fahrerseite war die Botschaft *Kauft amerikanisch* gekrakelt, während die Beifahrerseite mit *Schwedische Kommunistenschweine* beschriftet war.

Unter dem Scheibenwischer bemerkte ich ein Stück Papier und zog es hervor. Es war die Kopie einer Schmähschrift gegen jene Verräter, die amerikanische Bürger um ihre Arbeit bringen, weil sie ausländische Autos kaufen, und war mit *The Buy America Brigade* gezeichnet.

Ich fragte mich, ob meine Versicherung auch Sabotageakte patriotischer Wahnsinniger abdeckte. Selbst wenn, würde meine Selbstbeteiligung ungefähr die Summe ausmachen, die eine Neulackierung kosten würde. Schlimmer noch, ich würde wieder einmal meinem Volvohändler, der mit der Geschwindigkeit eines Antiquitätenrestaurateurs arbeitete und auch solche Preise verlangte, auf Gedeih und Verderb ausgeliefert sein.

Die Fahrt nach Ben Lomand dauert etwa anderthalb Stunden. Ich hatte mich darauf gefreut, die Zeit nutzen zu können, alles, was Peter und Dan mir erzählt hatten, noch einmal genau durchzugehen. Statt dessen verbrachte ich die ersten 20 Minuten damit, mich über die *Buy America Brigade* schwarz zu ärgern. Sie hätten sich unmöglich einen schlechteren Zeitpunkt aussuchen können, um zuzuschlagen. Ich hatte keine Möglichkeit, mein Auto sofort in eine Werkstätte zu bringen, und war von der Aussicht, ein Auto zu fahren, das nicht einmal ein Blinder übersehen konnte, alles andere als begeistert.

Auf dem Highway 280, der Schnellstraße, die die malerischen Vorberge zwischen der unregelmäßigen Ausbreitung des Stadtgebietes der West Bay und den bewaldeten Hängen der Coast Range hindurchschnitt, fuhr ich nach Süden und versuchte, die vielen identisch aussehenden, schachtelartigen Häuser und geschmacklosen »Luxus«-Apartmentkomplexe zu ignorieren, die, seit ich mit Peter diese Route zum erstenmal gefahren war, neu entstanden waren. Jedesmal dauerte es länger, die häßliche Ausbreitung der Stadt hinter sich zu lassen und zu den goldenen Hügeln, die mit knorrigen schwarzen Eichen gesprenkelt waren, zu gelangen.

Schließlich schaffte ich es, meine Gedanken auf den Fall zu konzentrieren, und merkte, daß mein Interesse nicht allein von der Sorge um Peter herrührte. Die Gewohnheit ist eine heikle Sache und läßt sich nicht so leicht besiegen. Er hatte mir ein verlockendes Puzzle gegeben, und ich konnte nicht widerstehen, die Einzelteile herumzuschieben und zu sehen, wie sie zusammenpaßten.

Inzwischen hatte ich das Vorland der Santa-Cruz-Berge passiert und viel Zeit gehabt, den Fall durchzugehen. Das einzige, was ich wußte, war, daß ich über eine Reihe von Dingen mehr Informationen brauchte. Das war mir schon am vergangenen Abend klar gewesen.

Ich nahm die Boulder-Creek-Ausfahrt. Die zweispurige Straße, die von Redwood-Bäumen gesäumt wurde, war mein bevorzugter Teil der Strecke. Mit Peter dieses Stück zu fahren, dauerte ewig, denn er hatte Hunderte von Lieblingsplätzen, an denen er anhielt, und er entdeckte immer wieder neue.

Er wußte, wohin jede einzelne Abzweigung führte, und kannte die Blumen, die dort blühten. Er wußte auch, welche Straßen zu Quellen oder Flüssen führten und welche zu prächtigen Redwood-Gehölzen.

Ich nahm eine ungeteerte Straße, fuhr an mehreren kleinen Ferienhäusern, die in den vierziger Jahren gebaut worden waren, und an einem größeren Haus im Ranch-Stil vorbei, das mehr in die Vororte von San Jose gepaßt hätte. Am Ende der Straße bog ich nach links ab und parkte an einer Reihe von Redwood-Bäumen, die das kleine Ferienhaus, das direkt unter ihnen lag, abschirmten.

Es sah so ruhig und friedlich wie immer aus. Eileens Auto konnte ich nirgends entdecken, und mein Magen verkrampfte sich warnend. Peter oder ich würden ein Stück vom Ferienhaus entfernt geparkt haben, doch ich konnte nicht damit rechnen, daß Eileen daran gedacht hatte. Die andere Erklärung – daß der Mörder wußte, daß sie für Peter arbeitete, und sie bis zum Ferienhaus verfolgt hatte – war unwahrscheinlich. Allein die Möglichkeit jedoch reichte schon, daß mir ein Adrenalinstoß durch den Körper schoß, geradewegs bis zum Magen.

Ironischerweise hätte ich mich besser in der Gewalt gehabt, wenn ein Angreifer hinter einem Baum hervorgekommen wäre. Jahrelang hatte ich im Dojo geübt, angesichts einer Attacke gelassen zu bleiben. Bei einem richtigen Angriff war alles in mir plötzlich sehr ruhig, für Angst gab es keine Zeit. Doch hier, in einer Situation, die wahrscheinlich ganz ungefährlich war, hämmerte mein Herz wie wild.

Ich holte mehrmals tief Luft und stieg aus dem Auto. Irrationale Angst war keine Entschuldigung für Sorglosigkeit. Ich hielt mich hinter den Bäumen, während ich mich dem Ferienhaus näherte. Dann stellte ich mich so hin, daß man mich von der Tür aus sehen konnte, ich mich aber trotzdem, wenn nötig, leicht hinter den Bäumen ducken konnte, und rief: »Eileen, ich bin's, Catherine.«

Langsam öffnete sich die Tür, und sie spähte hinaus. Bis jetzt war ich ihr nur einmal begegnet, doch mir fiel die Veränderung in ihrem Aussehen auf. Eileens Haar war dunkel, fast schwarz, aber sie besaß die helle Haut einer Blondine. Es war eine bemerkenswerte Kombination, und ich war von ihrer Schönheit beeindruckt gewesen. Ich erinnerte mich, Peter das Leben schwergemacht zu haben, weil er eine so attraktive Assistentin eingestellt hatte. Die nervliche Anspannung der letzten 24 Stunden hatte alle Farbe aus Eileens Gesicht weichen lassen und ihre natürliche helle Hautfarbe in Blässe verwandelt. Ihre jetzt ungesund aussehende weiße Haut, umrahmt von kurzem, dunklem Haar, verlieh ihr ein beinahe geisterhaftes Aussehen.

»Catherine«, rief sie, und ihre Stimme veriet, wie erleichtert sie war. Sie trat zu mir heraus.

Ich legte meinen Arm um sie und drückte sie an mich. Dann führte ich sie ins Haus und schloß die Tür. Sie hatte Angst, klar. Peter hatte in diesem Punkt recht gehabt. »Ich hole Ihnen etwas zu trinken«, schlug ich vor. »Ich glaube, es ist Brandy da, wahrscheinlich auch Tee und Kaffee.«

»Ich hätte gerne etwas Tee, bitte, Kräutertee, wenn Sie welchen haben.«

Kräutertee schien mir ein schwacher Trost; an ihrer Stelle hätte ich den Brandy genommen. Doch Eileen war eindeutig der Kräutertee-Typ. Ich sah mich um und fand eine Plastiktüte, auf der Pfefferminztee stand. Der Inhalt roch wie Pfefferminze und sah wie Tee aus. Also warf ich etwas davon in den Teefilter und stellte den Kessel auf.

Ein rascher Blick in den Kühlschrank zeigte, daß Eileen ihre Fahrt nicht unterbrochen hatte, um sich mit Lebensmitteln zu versorgen. Auf dem Küchentisch standen verloren die Reste einer Kentucky-Fried-Chicken-Mahlzeit. Im Schrank war zwar nicht viel, aber immerhin eine ungeöffnete Schachtel Triscuits. In der Kaffeebüchse befand sich noch ein bißchen gemahlener französischer Bohnenkaffee (vermutlich alt, aber immer noch besser als Instantkaffee), und so konnte ich mir eine ordentliche Tasse Kaffee machen, während Eileens Tee zog.

Ich stellte alles vor sie hin. »Wie geht es Ihnen?« fragte ich.

Sie hatte nervös an ihren Fingernägeln herumgekaut, doch beim Klang meiner Stimme hörte sie damit auf. »Ich bin okay.« Ihre äußere Erscheinung sagte das Gegenteil.

»Ich glaube, ich wäre an Ihrer Stelle ziemlich mitgenommen«, meinte ich.

»Ja, nun, ich habe ganz schön Angst, wirklich. Ich meine, ich weiß, das sollte ich nicht, doch ich ... habe Angst. Ich höre ständig irgendwelche Geräusche und denke, da draußen ist jemand.«

Ich nickte und erkannte, daß es eigentlich nicht viel gab, was ich hätte sagen können. »Fühlen Sie sich in der Lage, über Marylin Wyte zu sprechen?« fragte ich.

Eileen schien erleichtert. »Oh, ja«, sagte sie. Sie holte Luft und begann: »Ich habe etwas für Sie, aber ich weiß nicht, was es bedeutet. Dienstag abend, zwei Tage, bevor sie umgebracht wurde, bekam ich Marylin dazu, mit mir etwas trinken zu gehen. Sie war immer sehr distanziert gewesen, und ich vermute, ich habe sie im richtigen Moment erwischt, denn sie stimmte zu. Jedenfalls lenkte ich das Gespräch auf Rendezvous und erzählte, daß ich immer nur verheirateten Männern begegnete. Sie machte ein paar verächtliche Bemerkungen über Männer im allgemeinen und meinte dann, daß die Chancen von Frauen gleich Null seien. Es klang nicht nach feministischen Parolen, verstehen Sie, es war mehr persönlich. So, als ob sie von irgend etwas die Nase voll hätte. Sie ist – war – eine ziemlich starke Trinkerin, doch sie vertrug Alkohol nicht sehr gut. Beim dritten Martini fing sie damit an, wie blöd die Männer doch seien. Frauen seien klüger als ihre Chefs, aber das spiele keine Rolle, weil es niemanden interessiere, wie klug man sei, sondern nur, wieviel Geld man habe.«

Eileen hielt inne, um durchzuatmen und zu sehen, ob ich ihr folgte. Ich nickte, und sie fuhr fort: »Dann lehnte sie sich über den Tisch und sprach davon, daß sie ihr Leben nicht als die Sekretärin irgendeines Mannes oder gar als seine Frau verbringen wolle. Sie sagte – und das waren ziemlich genau ihre Worte – ›Ich steige aus, und zwar erster Klasse. Ich gehe nach Mexiko oder Spanien, kaufe mir ein großes Haus und mache mir ein schönes Leben.‹ Ich tat so, als glaubte ich ihr nicht, als sei ich der Meinung, sie würde scherzen. Ich sagte: ›Es dauert aber ziemlich lange, soviel Geld zusammenzusparen.‹ Worauf sie meinte: ›Nicht für mich. Ich gehe demnächst –‹ An dieser Stelle hielt sie plötzlich inne, lachte und tat so, als hätte sie nur Spaß gemacht. Am nächsten Tag wich sie mir aus. So blieb das unser letztes Gespräch. Ich hatte das deutliche Gefühl, daß sie plante, bald aufzubrechen – in einer Woche, vielleicht einem Monat, nicht mehr.«

»Irgendwelche Hinweise, woher sie das Geld hatte?« fragte ich.

Eileen schüttelte den Kopf. »Nein, aber ich wette, es kam von einem der Männer, die sie besuchten. Clayton war nicht ihr einziger Geliebter, wissen Sie. In den Wochen, in denen ich dort wohnte, hatte sie ein wirklich aktives Sexualleben.«

Die Sache wurde allmählich interessant. »Wie viele verschiedene Männer waren es?« fragte ich.

»Außer Clayton noch vier, vielleicht mehr.«

»Ging er mit ihr aus?«

»Manchmal, aber oft blieben sie zu Hause. Nur einer übernachtete bei ihr. Manchmal kam sie am Nachmittag mit einem Mann nach Hause und ging am Abend mit einem anderen aus.«

»Ist es Ihnen gelungen, irgendwelche Namen herauszubekommen?«

»Nein, aber ich habe die Kennzeichen von allen vier Autos.«

Peter hatte recht gehabt mit Eileen. Sie versprach, eine gute Detektivin zu werden. Sie kannte sich genügend aus, um ihre Aufmerksamkeit Einzelheiten zu widmen, die nicht erkennbar mit dem Fall verknüpft waren, an dem sie arbeitete. »Saubere Arbeit, Eileen«, sagte ich. »Das gibt uns eine gute Ausgangsbasis.«

»Was halten Sie von dem, was sie mir erzählt hat?« fragte Eileen.

Ich war mir nicht sicher. Bei fünf Männern, manchmal zwei am Tag, war Prostitution eine Möglichkeit, aber keine wahrscheinliche. Prostitution ist ein Geschäft, in dem der Verdienst von der Zahl der Kunden abhängt. Erfolgreiche Callgirls verschwenden wertvolle Zeit nicht damit, als Sekretärin zu arbeiten.

Clayton war wohlhabend genug, um sich eine Geliebte zu halten. Wenn die anderen vier ebenfalls reich waren, konnte Marilyn auf diese Weise Geld gemacht haben. Andererseits würde ein Mann, der eine Geliebte aushielt, erwarten, mehr als ein- oder zweimal die Woche ein paar Stunden mit ihr zu verbringen. Und er würde sie nicht mit einem Haufen anderer Männer teilen wollen.

Das konnte das Motiv sein, natürlich – Eifersucht. Einer von ihnen hatte etwas über die anderen herausgefunden und Marilyn wegen ihrer Untreue umgebracht. Doch für ein Verbrechen aus Leidenschaft war der Mord zu sorgfältig geplant gewesen.

Erpressung kam als eine andere gute Möglichkeit in Frage. Allerdings schien es seltsam, daß sie sich mit so vielen Männern traf. Ein Erpresser geht normalerweise nicht gegen so viele Opfer auf einmal vor. Dennoch stellte Erpressung ein besseres Mordmotiv dar als der Wunsch, sich einer Geliebten zu entledigen; und wenn die Einsätze hoch genug waren, dann würde das einen Grund dafür liefern, Peter eine Falle zu stellen. Die Falle würde eine gute Methode sein, die Aufmerksamkeit der Polizei vom Sexualleben des Opfers abzulenken.

Ich ging für Eileen die verschiedenen Szenarien durch und entwickelte daran meine Gedanken. Keines von ihnen befriedigte mich wirklich, wenn auch Erpressung noch am besten zu den Tatsachen paßte.

Ich hatte vergessen, daß Eileen die Einzelheiten von Marilyns Tod nicht kannte. Als ich ihre Reaktion sah, verfluchte ich mich dafür, nicht feinfühliger gewesen zu sein. Sie mochte eine natürliche Begabung für diese Art von Arbeit besitzen, doch sie war noch weit davon entfernt, emotional mit den Realitäten umzugehen. Sie zitterte, und ihr bleiches Gesicht schien noch weißer als zuvor. Zögernd fragte sie: »Catherine, bekommen Sie nie Angst?«

Wir waren wieder beim Thema. Ich hätte wissen sollen, daß ich es nicht ignorieren konnte. »Natürlich«, antwortete ich wahrheitsgemäß. »Ich wäre dumm, wenn ich in diesem Geschäft keine hätte.«

»Wie gehen Sie damit um? Ich habe mich noch nie so gefühlt. Jedes Geräusch läßt mich aufschrecken. Mein Magen ist so verkrampft, daß ich kaum etwas essen kann.«

Sie brauchte wohl ein paar beruhigende Worte. Doch Worte ändern nichts daran, wie man sich im Innern fühlt. Das ändert sich nur, wenn man lernt, die Angst zu beherrschen. Bei mir hatte Aikido das bewirkt. Doch es hatte Monate gedauert, bis sich jene Fertigkeiten einstellten, und Jahre, um sie zu perfektionieren. Eileen aber brauchte jetzt eine Antwort.

»Eine Art, mit der Angst umzugehen, wäre, Sie von hier an einen Ort fortzuschaffen, wo Sie sich sicher fühlen«, schlug ich vor. »Peter sagte, Sie hätten eine Familie im Mittleren Westen.«

Ich hatte Erleichterung erwartet; statt dessen sah ich Bestürzung. »Ich will nicht nach Hause«, sagte Eileen heftig. »Ich hasse es, Angst zu haben, aber ich will nicht nach Hause.«

Damit hatte sie meinen wunden Punkt getroffen. In ihrem schmerzlichen Aufschrei hörte ich meine eigene Stimme, Jahre früher, meinen eigenen Konflikt zwischen dem Drang, unabhängig zu sein, und dem Wunsch, daß jemand anderes sich um mich kümmerte und mich beschützte. »Ich denke, ich verstehe Sie«, sagte ich.

Sie sah mich ängstlich an. Ich spürte, daß etwas auf mich zukam. »Denken Sie – heißt das, daß ich auf irgendeine Art bei Ihnen arbeiten könnte?«

Das überraschte mich völlig. Ich war auf Peter losgegangen, weil er sie automatisch nach Hause schicken wollte, doch ich war gewiß nicht darauf vorbereitet, mir eine unerfahrene Assistentin zu nehmen.

Eileen beobachtete mich aufmerksam, und sie war scharfsinnig genug, meinen Gesichtsausdruck zu lesen. »Ich meine nicht im Außendienst. Ich weiß, ich bin noch nicht soweit.

Aber vielleicht im Büro. Vielleicht könnte ich dabei helfen, die Männer zu überprüfen, die Marilyn besucht haben.«

Eileen beeindruckte mich jeden Augenblick mehr. Da meine beiden Assistenten Chris und Jesse an anderen Fällen arbeiteten, konnte ich etwas Hilfe gebrauchen. Dennoch war ich nicht begierig darauf, Händchen halten zu müssen; und Eileen konnte leicht eher eine Last als eine Hilfe sein.

»Am sichersten wären Sie hier«, erklärte ich ihr.

»Am sichersten wäre ich bei meiner Mutter in Ohio, doch ich will nicht auf diese Weise sicher sein. Ich möchte Detektivin werden – wenigstens will ich es versuchen. Ich möchte herausfinden, ob ich es kann.«

»Und wenn Sie es nicht können?«

»Ich denke, dann gehe ich zurück nach Ohio.«

Sie hatte das mit einem kleinen Lächeln gesagt, das vermuten ließ, daß sie das nicht ganz ernst meinte.

Ich lachte. »Bis jetzt besteht für eine solch drastische Maßnahme keine Notwendigkeit«, versicherte ich ihr. »Ich habe in meinem Büro ein paar Wochen Platz für Sie. Eine meiner Assistentinnen ist wegen eines anderen Falles in Seattle, und ich erwarte sie nicht so bald zurück. Wo wohnen Sie?«

»In Berkeley.«

»Dort sollte alles in Ordnung sein. Doch ich werde Sie in meiner Wohnung unterbringen, bis wir davon ausgehen können, daß Ihre sicher ist. Ich möchte nicht, daß Sie dort unten auf der Peninsula sind, solange sich die Killer noch auf freiem Fuß befinden.«

Eileens erleichterter Blick machte deutlich, daß sie kein Verlangen hatte, auf die Peninsula zurückzukehren. »Oh, danke, Catherine«, rief sie. »Soll ich meine Sachen holen?«

Ich nickte. Eileen verschwand im Schlafzimmer und kam einen Augenblick später mit einem Parka und einer ziemlich mitgenommenen Lederhandtasche wieder zum Vorschein.

»Ich habe kein Auto gesehen. Haben Sie eins?« fragte ich.

Eileen nickte. »Ich habe es an der nächsten Straße geparkt, für den Fall, daß der Mörder weiß, wie es aussieht.«

»Gute Überlegung.« Ich mochte Eileen. Klugheit hatte ich

schon immer für eine Tugend gehalten, die besonders auf diesem Arbeitsgebiet eine gute Eigenschaft war. »Kennen Sie sich in der Gegend um San Francisco aus?« fragte ich.

»Ziemlich.«

Ich zog eine Geschäftskarte hervor. »Können Sie diesen Ort finden?« fragte ich, während ich auf die Adresse in der Divisadero Street deutete. »Er liegt mehrere Blocks nördlich vom Geary Boulevard. Meine Wohnung liegt nur ein paar Blocks weit entfernt in der Clay Street.« Ich schrieb die Anschrift auf die Rückseite der Karte.

»Kehren Sie nicht allein in Ihr Apartment oder das in Palo Alto zurück. Gehen Sie in mein Büro. Meine Sekretärin heißt Amy Montgomery. Ich werde vorher anrufen, damit man Sie erwartet. Wir sind im Büro ein ziemlich spießig aussehender Haufen, denn meine Klienten sind gewöhnlich große Unternehmen. Ich möchte, daß Sie sich ein gutes Kostüm und mehrere Blusen besorgen. Amy wird Sie begleiten und dafür sorgen, daß die Sachen mit der Kreditkarte der Firma bezahlt werden.« Ich griff in meine Tasche und zog den Umschlag heraus, den ich Eileen für ihre Rückfahrt nach Ohio hatte geben wollen. »Hier drin sind 200 Dollar für Benzin und sonstige Nebenausgaben.«

Eileen sah ein wenig verwirrt aus. Ich merkte, daß ich für sie vielleicht ein bißchen zu schnell war. Doch sie würde schon mithalten können, wenn sie anfing, an dem Fall zu arbeiten. »Haben Sie schon einmal einen Computer benutzt?« fragte ich.

Eileen gewann ihre Fassung wieder. »Sicher.«

»Haben Sie für Peter Hintergrundrecherchen gemacht?«

»Er hat mir gezeigt, wie das geht, aber ich habe noch nie eigenständig welche gemacht. Ich habe immer unter seiner Aufsicht gearbeitet.«

»Das ist schön. Ich beauftrage manchmal eine andere Agentur, die Hintergrundüberprüfungen vorzunehmen, doch diesmal werden wir die meiste Arbeit selbst erledigen. Mein Assistent Jesse kann Ihnen erklären, was Sie tun müssen und wie. Ich werde ihn anrufen, wenn wir hier losfahren, damit er schon anfangen kann, sich nach den Autokennzeichen zu erkundigen. Wir werden sie durch SCI laufen lassen – das ist ein Auskunftsdienst. Es dauert normalerweise 12 bis 24 Stunden, die Information zu bekommen. Deshalb wird in meinem Büro heute nicht viel los sein. Sie können jedoch damit beginnen, Marilyn Wyte zu überprüfen. Ich treffe Sie dann so gegen 18.30 Uhr in meiner Wohnung.«

Eileen nickte. »Wohin gehen Sie jetzt?«

Ich erklärte ihr, daß ich, nachdem ich Jesse angerufen hätte, bei der Polizei von Palo Alto vorbeischauen und Lou Martin meine Aufwartung machen würde.

»Werden Sie den Leuten dort von den vier Männern erzählen?« fragte sie.

Ich schüttelte den Kopf. »Noch nicht. Es könnte sein, daß sie etwas Nützliches zutage gefördert haben. Wahrscheinlicher aber ist, daß sie nur ein paar oberflächliche Vernehmungen durchgeführt und jeden mißtrauisch gemacht haben. Abgesehen davon wäre es unmöglich, Sie aus der Sache herauszuhalten, wenn ich ihnen von den Männern erzähle.«

»Was werden Sie ihnen *dann* erzählen?« fragte sie.

»Genau das, was Peter mir gesagt hat. Das erfordert weder Lügen noch Schummelei. Wenn ich versuche, nur einen Teil Ihrer Geschichte zu erzählen, würden sie merken, daß ich etwas verheimliche. Ich möchte zu Lou Martin ein so freundliches Verhältnis haben wie möglich. Ich bin nicht sicher, wo ich anschließend sein werde, wenn Sie mich aber vor halb sieben brauchen, hinterlassen Sie eine Nachricht im San Francisco Aikido Dojo. Ich gebe dort um fünf einen Kurs.« Ich schrieb ihr die Nummer auf.

»Aikido?« fragte Eileen.

»Es ist ein Kampfsport, ein bißchen wie Judo. Ich habe damit begonnen, um mich selbst verteidigen zu können, doch inzwischen bedeutet es für mich eine Menge mehr. Man wird dort eine Nachricht entgegennehmen und dafür sorgen, daß ich sie im Dojo bekomme. Sind Sie fertig?«

Eileen nickte und steuerte auf die Tür zu. Ich packte ihren Arm, als sie nach dem Türknopf griff. »Nicht«, sagte ich. »Sie fühlen sich jetzt sicherer. Verwechseln Sie das nicht damit, sicherer zu *sein*. Sie hatten vor einer Stunde Grund, sich zu fürchten – Sie haben ihn immer noch.«

Eileen hielt inne, sah verwirrt und erschreckt aus.

Ich glaubte nicht, daß da draußen tatsächlich jemand war, doch ich wollte nicht, daß Eileen ein trügerisches Gefühl der Sicherheit entwickelte, das sie unvorsichtig werden ließ. Schwierigkeiten bekommt man dann, wenn man sie am wenigsten erwartet, und das sollte Eileen besser lernen, solange sie mit Ermittlungsarbeit zu tun hatte.

Einer der positiven Nebeneffekte meines Berufs war die Wirkung, die er auf mein Bewußtsein hatte. Als ich damit begonnen hatte, war ich in halbwachem Zustand durchs Leben gegangen, hatte Tagträume gehabt, während ich durch die Straßen lief, dachte immer an etwas anderes als das, was gerade um mich herum geschah. Keith Stone und meine Ausbilder im Dojo hatten mir das abgewöhnt. Sie erinnerten mich unablässig daran, allem um mich herum Aufmerksamkeit zu schenken und meine Gedanken auf Gegenwärtiges zu konzentrieren.

Auch Peter war ein echter Gegenwartsmensch, doch ich hatte das Gefühl, daß er schon immer so war. Bei Keith schien ein waches Bewußtsein eine lange geübte Geisteshaltung zu sein. Im Beruf angeeignet, war es so Teil von ihm geworden, daß er es einfach nicht mehr ablegen konnte.

Peter war anders. Er studierte den ersten Krokus im Frühling oder den Nebel, der durch das Golden Gate hereinströmte, mit derselben Intensität, die er auf seine Arbeit verwendete. Mit ihm die Straße entlangzugehen war ein Abenteuer, voll von schönen Entdeckungen, die der Zufall bescherte.

Plötzlich wurde mir bewußt, wie sehr er inzwischen zu meinem Leben gehörte, und ich mußte einen Wirrwarr beunruhigender Gefühle beiseite schieben. Ich war eindeutig nicht in der Gegenwart.

Ich sperrte die Tür von innen zu und brachte Eileen zum Hinterausgang. »Der hier ist sicherer«, erklärte ich. »Die

Bäume stehen nahe am Haus, so daß Sie, falls erforderlich, Deckung haben. Ich glaube nicht, daß da draußen jemand ist, doch es hat keinen Sinn, unnötig etwas zu riskieren.«

Ich drückte die Tür einen Spalt weit auf und lauschte. Dann sagte ich ihr, sie solle zu meinem Auto gehen. »Wenn irgend etwas geschehen sollte, werfen Sie sich auf den Boden.«

Sie nickte. Ihr Gesicht war wie eine Maske, und ich hatte plötzlich Gewissensbisse, weil ich ihr so angst machte. Keith hatte das bei mir oft genug getan, wenn er mich auf unvorsichtige Verhaltensweisen, die üble Folgen haben konnten, aufmerksam machte. Etwas in ihrem Gesicht erinnerte mich an die Verwundbarkeit, die ich dann gefühlt hatte. Jung zu sein war nicht annähernd so wunderbar, wie die Werbespots es immer darstellten.

Eileen zwang sich, aus der Tür und zu meinem Auto zu gehen. Ich sperrte zu und folgte ihr.

»Ich bringe Sie noch zu Ihrem Auto und dann mache ich als brave Bürgerin meinen Besuch bei der Polizei von Palo Alto.« Sie lächelte nicht. Schließlich hatte sie dazu auch nicht viel Grund.

4

Das Rathaus von Palo Alto zählt, auch wenn es nur acht statt 40 Stockwerke hat, für die Verhältnisse auf der Peninsula als Hochhaus. Das Polizeirevier liegt diskret dahinter versteckt und ist in einem einstöckigen Gebäude untergebracht, das von Alleebäumen abgeschirmt wird. Die braven Bürger von Palo Alto haben es gern, wenn ihre Beschützer Zurückhaltung üben.

Ich stellte mich dem diensthabenden Polizisten vor, einem schlacksigen jungen Mann mit gelangweiltem Gesichtsausdruck und einem traurig dünnen Schnurrbart. Ich fragte nach Lou Martin. Als ich hinzufügte, mein Besuch stehe mit dem Marilyn-Wyte-Fall in Verbindung, war er auf einmal auffallend weniger gelangweilt und wurde etwas aktiver.

Martin war ein Mann in mittlerem Alter, kräftig gebaut, leicht zerknittert – die Sorte von Mann, die einen Mantel nur auf dem Weg zum Büro und zurück trägt. Zwei Dinge an ihm fielen auf – seine Augen und seine Stimme. Die Augen waren von einem blassen Blau, aber sehr intensiv, und zeigten eine Art von ernster Wachsamkeit. Die Stimme war ungewöhnlich sanft. Seine Art jedoch hatte nichts Sanftes, und ich war weit davon entfernt, meine neue Rolle als »Freundin des Verbrechers« angenehm zu finden.

Unsere Begegnung verlief ungefähr so, wie ich es erwartet hatte. Martin stellte eine Menge Fragen, von denen ich die meisten nicht beantworten konnte. Ich stellte einige Fragen, von denen er die meisten nicht beantworten wollte. Er war nicht offen feindselig, doch ich hatte das deutliche Gefühl, daß er mir mit Vergnügen ein paar Tage in einer Zelle angeboten hätte, um meine Einstellung zu verbessern.

Die Position, in der ich mich jetzt befand, war mir vor allem deshalb unangenehm, weil ich immer eng mit der Polizei zusammengearbeitet hatte. Ich fühlte mich unbehaglich und brachte die Befragung so schnell es ging hinter mich.

Ich wollte Jesse möglichst bald damit beginnen lassen, den Kennzeichen nachzugehen, doch als ich von Ben Lomand aus telefoniert hatte, war er nicht dagewesen. Von einer Tankstelle aus rief ich noch einmal an. Diesmal erreichte ich ihn.

Jesse Price war seit zwei Jahren bei der Agentur. Er war eines Tages ins Büro gekommen und hatte verkündet, daß er für mich arbeiten wolle. Er sah nach nichts Besonderem aus, ein magerer schwarzer Bursche in einem nagelneuen Anzug, doch er war von einem Rechtsanwalt, den ich schätzte und dem ich einen Gefallen schuldete, zu mir geschickt worden. Der Anwalt hatte Jesse an der Golden-Gate-Universität entdeckt, einer Abendschule, an der sich Sekretärinnen und Postbeamte mit etwas Verstand, beträchtlicher Geduld und einer Menge Willensstärke in Rechtsanwälte und Abteilungsleiter verwandeln können. Jesse arbeitete auf einen Rechtsabschluß hin, doch das war nur ein kleiner Teil seiner Pläne.

Er kam zu mir und wußte genau, was er wollte. Er sagte mir gleich, daß er fünf Jahre lang für mich arbeiten wolle. Nach Ablauf dieser Zeit habe er vor, weiterzukommen und den Posten eines Leiters der Sicherheitsabteilung für eine der 500 führenden Firmen zu übernehmen. Es dauerte nur kurz, bis ich merkte, daß er das Zeug dazu hatte, seine Ziele auch zu erreichen.

Er lernte schnell, und sobald er ein Gebiet beherrschte, befaßte er sich mit dem nächsten. Seine gegenwärtige Leidenschaft waren Computer, und er war in diesem Bereich bereits der Experte in unserem Büro. Ich war dankbar, jemanden zu haben, der mich bei der Hand nahm und mir die Feinheiten von WordStar und Lotus 1-2-3 beibrachte, doch Jesses wirkliche Interessen zielten auf die gesetzlich weniger statthaften Anwendungen von Computern ab.

Er war kein Hacker, doch es war ihm gelungen, die Anerkennung einer Gruppe von Hackern auf der Peninsula zu erlangen. Er verbrachte die Wochenenden mit ihnen und steckte am Montag voller Geschichten über ihre neuesten Eskapaden. Abwechselnd war ich von ihren Heldentaten entsetzt und von den Anwendungsmöglichkeiten ihrer Entdekkungen fasziniert.

Jesses Stimme ertönte in der Leitung. »Hi, Boß. Was kann ich für dich tun?«

Ich gab ihm die Kennzeichen und erklärte, was ich wollte.

»Schlechte Neuigkeiten«, sagte er. »Ich habe gerade wegen etwas anderem bei SCI angerufen. Ihr Computer ist kaputt, und sie haben bereits einen Rückstau von 48 Stunden.«

»Verdammt. Wir brauchen diese Namen so schnell wie möglich.«

»Du könntest sie einen Bullen für dich ausfindig machen lassen«, schlug Jesse vor.

»Das hatte ich eigentlich vermeiden wollen. Diese Nummern sind Beweismaterial in einem Fall, und es wäre mir nicht recht, wenn die Polizei von Palo Alto sie bekäme.«

»Tja, es gibt da noch einen *anderen* Weg, um an die Daten der Zulassungsstelle heranzukommen«, deutete Jesse an. Der

Ton seiner Stimme sagte mir, daß dieser Weg wahrscheinlich illegal war. »Ich habe Freunde auf der Peninsula, die das Paßwort kennen, das ein gewisses Polizeirevier benutzt, um den DMV-Computer abzufragen. Ein Bursche hat das Kennzeichen seiner Exfrau eingegeben; es funktioniert.«

Ich hielt mich zurück, Jesse einen Vortrag über angemessene Vorgehensweisen und den hohen Preis illegalen Tuns zu halten. Immerhin ging es hier um Peters Leben. »Du bist sicher, daß es funktioniert? Wenn man uns schnappt, verlieren wir unsere Lizenz und dürfen vielleicht sogar eine Zeitlang auf Kosten des Staates leben«, machte ich ihn aufmerksam.

»Es funktioniert«, versicherte mir Jesse.

»Wie sieht dein Plan aus? Kannst du dir Zeit nehmen, das Paßwort heute noch zu besorgen?«

Jesse überlegte einen Augenblick. »Ich muß nach San Jose fahren, um den Buchhalter im Eisley-Fall zu befragen, und ich habe um vier Uhr ein Treffen in Daly City, aber ich kann es wahrscheinlich dazwischenschieben.«

»Laß den Buchhalter weg, wenn nötig. Das Paßwort ist wichtiger«, sagte ich. »Hast du heute abend Zeit?«

»Für dich immer.«

»Ich werde dich nach dem Abendessen anrufen, und du kannst mich in die Wunder des Computerzeitalters einführen.«

»Ist mir ein Vergnügen. Claire wäre es wahrscheinlich lieb, wenn wir uns nach acht treffen könnten. Wäre das möglich?«

»Wie ist es mit neun?«

»Geht klar.«

Ich hatte noch mehrere Stunden bis zu meinem Kurs im Dojo, und es schien eine Schande, sie zu vergeuden. Ich beschloß, einem alten Freund an der Stanford-Universität einen Besuch abzustatten. Dr. Leo Goldberg war am Institut für Elektrotechnik beschäftigt, doch während er im Elfenbeinturm wohnte, hielt er stets die Ohren offen. Er war im College Zimmergenosse von Keith gewesen und betrachtete sich als eine Art Amateurdetektiv. Er verschlang Detektivromane, und seine erste Frage lautete stets: »Gerade an einem interessanten Fall?« Keith hatte seine Fälle niemals mit Fachfremden besprochen, nur bei Leo hatte er eine Ausnahme gemacht.

Ich hatte Leo seit Keith' Tod mehrmals gesehen. Außer daß er ein guter Freund war, war er eine ausgezeichnete Informationsquelle über das, was auf der Peninsula geschah. Er beriet eine Reihe von High-Tech-Firmen, und seine natürliche Neugierde und extrovertierte Art machten ihn zu einem Menschen, der eine Menge Fragen stellte und eine Menge Antworten erhielt. Wäre er eine Frau gewesen, hätte man ihn wahrscheinlich für eine Klatschbase gehalten. Doch so galt er, was den neuesten Stand der Computerindustrie anging, als eine Art Experte.

Eine lange palmengesäumte Auffahrt führte von Palo Alto City zu den grauen Sandsteingebäuden des Hauptkomplexes der Stanford-Universität. Die mit roten Ziegeln gedeckten Gebäude im spanischen Stil am Ende der Auffahrt waren echte Schmuckstücke. Sie wurden »die Farm« genannt, doch erinnerten sie eher an einen sehr teuren Privatclub. Es war mir immer ein wenig absurd erschienen, daß Peter mit seinen aggressiv egalitären Ansichten tatsächlich in Stanford studiert hatte.

Er hatte erklärt, es sei in erster Linie ein Mittel gewesen, um nicht einberufen zu werden, doch wenn das sein alleiniges Motiv gewesen wäre, hätte er auch in Berkeley an der Universität von Kalifornien bleiben können. Statt dessen hatte er sich am englischen Institut in Stanford immatrikuliert.

Soweit ich das beurteilen konnte, hatte er keine ungewöhnlich lange Zeit mit dem Studium verbracht. Das war damals in den späten Sechzigern gewesen, und außerhalb der Kursräume geschahen zu viele aufregende Dinge. Aber wenn er weder zynisch noch cool war, sprach Peter sowohl von Stanford als auch von seinem Studium mit deutlicher Zuneigung. Ein Teil von ihm wäre liebend gerne Professor für Englisch geworden, doch dieser Teil hatte gegenüber dem Sozialaktivisten schon lange das Nachsehen gehabt. Ich mußte zugeben, daß ich darüber froh war. Der Englisch-Professor wäre vielleicht bei weitem nicht so amüsant gewesen.

Ich machte einen Bogen und fuhr zur Nordseite des Campus, zum Elektrotechnischen Institut. Der nahegelegendste Besucherparkplatz war nur ein paar Meilen entfernt. Ich parkte mitten unter den Porsches und BMWs und marschierte zu Leos Büro. Die Tür stand offen, und ich spähte ins Zimmer. Inmitten von Büchern und Papierstapeln saß Leo. Er telefonierte gerade und winkte mich herein.

Ich nahm einen Stapel Bücher von einem Stuhl und setzte mich. Leo hatte sich, seit ich ihn vor ein paar Monaten das letzte Mal gesehen hatte, nicht viel verändert. Eigentlich hatte er sich in den ganzen Jahren, in denen ich ihn nun kannte, nicht viel verändert. Er war immer ein ziemlich kleiner, älterer Mann mit herrlichem, dichtem weißen Haar und einem leicht spitzbübischen Gesichtsausdruck gewesen. Mir war nie aufgefallen, ob sich das Muster von Runzeln und Furchen in seinem Gesicht verändert hatte.

Leo beendete sein Gespräch und wandte sich mir zu. »So, Catherine«, sagte er, »du wirst immer schöner. Woran arbeitest du gerade?«

»Wie kommst du darauf, daß ich an etwas arbeite? Vielleicht habe ich nur kurz vorbeigeschaut, um das Vergnügen deiner Gesellschaft zu haben und mich nach deiner reizenden Frau und deinen reizenden Töchtern zu erkundigen.«

Leo lächelte wissend. »Meiner reizenden Frau und meinen reizenden Töchtern geht es gut. Rebecca hat sich entschlossen, sich auf Kinderheilkunde zu spezialisieren, und Sarah ist dabei, mich zum zweitenmal zum Großvater zu machen. Was kann ein Mann sich mehr wünschen? Jetzt hast du die Neuigkeiten aus der Familie. Nun erzähl mir, was in deinem Leben so passiert, und dann können wir uns damit befassen, warum du hier bist. Ich hoffe, es hat mit einem Fall zu tun.«

Die Hauptsache, die sich in meinem Leben ereignet hatte, war Peter, und zu jedem anderen Zeitpunkt hätte ich Leo mit Vergnügen davon erzählt. Doch heute überging ich mein Privatleben und erwiderte: »Bei mir ist alles großartig, das Büro läuft wunderbar. Ich werde wohl sogar noch einen Assistenten einstellen müssen.«

»Keith wäre stolz auf dich«, sagte er. Er war scharfsinnig genug, zu merken, daß ich mein Privatleben übersprungen hatte, doch auch höflich genug, nicht nach dem Grund zu fragen. »Du bist wegen eines Falles hier?« fragte er pointiert.

»Das bin ich«, gab ich zu. »Ich brauche ein paar Hintergrundinformationen über einige Leute in der Industrie, und ich dachte, du könntest mir vielleicht helfen. Kennst du einen gewissen Hugh Clayton?«

»Hugh Clayton? Sicher, er ist hier unten ein ziemlich wichtiger Mann.«

»Wie gut kennst du ihn?« fragte ich.

»Ich bin ihm einige Male begegnet, habe einmal mit ihm in einer Kommission gesessen, doch er ist kein persönlicher Freund von mir, wenn es das ist, was du meinst.«

Leo gab sich keine Mühe, seine Neugier zu verbergen. Ich würde ihm einen Grund für meine Fragen nennen müssen. Ich wollte nicht lügen, doch die Wahrheit konnte ich ihm auch nicht sagen. Das brachte mich in eine unangenehme Lage. Schließlich meinte ich: »Ich brauche einige Hintergrundinformationen über ihn, weil sein Name in einem Fall aufgetaucht ist. Mehr kann ich dir nicht erzählen, ohne die Schweigepflicht gegenüber meinen Klienten zu verletzen.«

Das war keine besonders befriedigende Antwort auf Leos unausgesprochene Fragen, doch er wußte, daß das alles war, was er bekommen würde. »Erzählst du mir, was du über ihn weißt?« fragte ich.

Leo sah enttäuscht aus, doch er nickte. »Er ist Direktor von Clayton Electronics, einer mittelgroßen Firma, die die Computerindustrie mit einer Vielfalt elektronischer Prachtstücke beliefert. Er ist hier so etwas wie ein Phänomen. Er weiß zehnmal soviel wie ich und besitzt die außergewöhnliche Fähigkeit, das alles zusammenfügen zu können und Zukunftsprognosen zu stellen. Er ist jemand, der mit den Augen zwinkert und dir sagt, auf eine neue Produktankündigung von Soundso zu warten, und – Donnerwetter, ein paar Tage später ist sie da. Seine Kristallkugel hätte ich gerne.«

»Ich hörte, er sei ziemlich reich«, sagte ich.

»Das ist anzunehmen«, erwiderte Leo. »Über seine finanzielle Situation weiß ich nichts Genaues, doch ich würde vermuten, daß er als jemand, der an der Spitze eines erfolgreichen Unternehmens steht, ein Vermögen mit Investitionen gemacht hat. Diese Fähigkeit, Trends zu sehen und vorauszuahnen, was auf den Markt kommen wird, ist ein großer Vorzug, wenn man ein bißchen Risikokapital herumliegen hat.«

»Was kannst du mir über seine Firma erzählen?«

»Ah, da gibt es eine Geschichte, die dich interessieren wird. Du weißt, was man unter dem ›grauen Markt‹ versteht?«

Ich schüttelte den Kopf.

»Nun, es ist eine Erfindung von Silicon Valley. Man nennt ihn den grauen Markt, weil er nicht ganz so schmutzig ist wie der schwarze Markt, aber auch nicht ganz sauber.«

Leo, der unverbesserliche Geschichtenerzähler, machte eine Kunstpause und fuhr dann fort: »Du siehst, die High-Tech-Firmen sind davon abhängig, daß eine Anzahl anderer Firmen sie mit jenen Teilen versorgt, die sie in ihre Produkte einbauen, und oft gibt es eine Reihe von Firmen, die das gleiche Teil kaufen. Wenn Xerox und Apple beide zur gleichen Zeit den gleichen Chip brauchen, dann kann es passieren, daß jemand zu kurz kommt, und das kann Millionen von Dollar kosten.

Es ist gar nicht so ungewöhnlich, daß eine Firma feststellt, daß ein Millionen-Dollar-Geschäft zu platzen droht, weil sie ein bestimmtes Teil, das sie braucht, nicht bekommen kann. An diesem Punkt treten dann die Lieferanten vom grauen Markt auf den Plan. Sie können manchmal beschaffen, was du brauchst, für das entsprechende Geld allerdings. Tja, wenn du einen Chip wirklich dringend brauchst, dann fragst du nicht, woher er kommt. Und der Lieferant der Teile stellt demjenigen, der ihm die Teile verschafft, wahrscheinlich auch nicht zu viele Fragen.«

Ein junger Mann, der ungefähr wie zwölf aussah, steckte in diesem Augenblick den Kopf zur Tür herein und stellte eine Frage. Er wollte über seine Note im Abschlußseminar reden. Ich kam mir sehr alt vor. Leo sagte dem Wunderkind, es solle später wiederkommen, und fuhr mit seinem Vortrag fort.

»Wo war ich stehengeblieben?« fragte er und erwartete nicht wirklich eine Antwort. »Ah, ja, der graue Markt. Nun, oft ist die Quelle der Teile völlig rechtmäßig – jemand hat vielleicht einen Posten Teile gekauft, hat welche übrig und verkauft sie, oder der Lieferant hat vielleicht einen Schwung Teile ergattert, als sie reichlich vorhanden und billig waren, weil er sich ausrechnete, daß sie eines Tages knapp und teuer sein würden. Doch manchmal, und ich vermute, daß das gar nicht so ungewöhnlich ist, ist die Ware heiß, wie man im Handel sagt. Sie ist gestohlen, der Teilelieferant wird zum Hehler.«

Er konnte sehen, daß er mein Interesse hatte. Diebstahl ist immer ein heißes Thema.

»Man darf nicht vergessen«, fuhr er fort, »daß die teuersten Teile im Computergeschäft häufig die kleinsten sind. Die zentrale Recheneinheit eines Computers ist ein Mikrochip, nicht viel größer als mein Daumennagel. Ein Typ kann sich eine Handvoll von den richtigen Chips greifen und so mit mehreren tausend Dollar in der Tasche durch die Tür spazieren. Und dann geht er zum Lieferanten.«

»So wie du das sagst, klingt es unglaublich einfach«, wandte ich ein. »Sicherlich hat jemand diese Handvoll Chips im Auge, und ich vermute, die Polizei würde die Lieferanten überwachen.«

»Dies hier ist ein junger Industriezweig, gegründet von Leuten, die sich mit der Einstellung des Großen Bruders zum großen Geschäft nie wohl fühlten. Es herrscht die Ansicht, daß man sich die Arbeitnehmer entfremdet, wenn man bei ihnen zu hart durchgreift, und so jene Art kreativen Stroms verliert, der für diese Branche so vorteilhaft ist. Abgesehen davon war am Anfang so viel Geld vorhanden, daß sich niemand allzusehr darum kümmerte, wenn sich ein paar Typen ihr Gehalt aufbesserten, solange sie nicht zu gierig wurden. Das ändert sich jetzt in dem Maße, in dem die Firmen sich immer mehr etablieren und die Gewinnspannen kleiner werden, doch die Firmenüberwachung ist in vielen dieser Unternehmen noch ziemlich neu. Was den Druck auf die Lieferanten angeht, so ist das Ganze sehr zweischneidig. Immerhin geht dieselbe Firma, die über den Diebstahl ihrer Materialien flucht, los und kauft Chips oder Teile, die wahrscheinlich aus dem Lager einer anderen Firma gestohlen wurden. In diesem Geschäft ist Zeit Geld, und es ist den Leuten viel wert, nicht warten zu müssen, bis die regulären Lieferkanäle mit dem Teil, das sie brauchen, aufwarten können. Der graue Markt liefert eine Art von Schmiere, die die Industrie am Laufen hält. Niemand ist allzu begierig darauf, daran herumzupfuschen.«

»Und Hugh Clayton hat mit dem grauen Markt zu tun«, gab ich das Stichwort.

»Das hatte er früher. Ich weiß nicht, wieviel er heute noch damit zu tun hat. Seine Firma stellt viel von dem Zeug, das sie verkauft, selbst her. Ich bezweifle, daß er je bewußt mit gestohlener Ware gehandelt hat. Hughs Erfolg kommt meiner Meinung nach von der Eigenschaft, die ich vorhin beschrieben habe, jener Fähigkeit, vorherzusagen, was kommen wird. Verstehst du, wenn du eine ziemliche Ahnung davon hast, woran die Leute arbeiten, dann hast du einen Hinweis darauf, was sie brauchen könnten. Ein Mann wie Hugh weiß, welche Teile später wahrscheinlich gefragt sein werden.«

»Würde er etwas Unehrenhaftes tun?«

Leo überlegte. »Nein, das glaube ich nicht. Ich bin sicher, er ist ein harter Geschäftsmann. Wenn wir uns unterhalten, habe ich immer das unbestimmte Gefühl, daß ich ihm mehr erzählt habe als er mir, aber ich denke nicht, daß er wissentlich das Gesetz brechen würde.«

»Weißt du etwas über Claytons Frau Susan?« fragte ich.

»Susan Clayton. Ich glaube nicht, daß ich sie je getroffen habe.«

»Könnte Miri sie kennen?«

»Ich bezweifle, daß sie sich begegnet sind.«

»Miri kennt viele Leute«, meinte ich. »Würde es dir etwas ausmachen, sie anzurufen und zu fragen, ob sie irgend etwas über Susan Clayton weiß?«

Leos Augen funkelten. »Willst du damit etwa sagen«,

fragte er, »daß das Mädchen, das ich geheiratet habe, das Licht meines Lebens, eine Klatschbase ist?«

»Niemals. Ich will damit lediglich darauf hinweisen, daß sie deine gewaltige Neugierde und dein Interesse an den Angelegenheiten der menschlichen Rasse teilt.«

Leo tippte die Zahlen bereits in sein Telefon. Es war typisch für ihn, daß er sich ein Tastentelefon beschafft hatte, während alle anderen im Institut noch im dunklen Zeitalter der Wählscheibe lebten.

»Miri, hi, rate mal, wer in meinem Büro sitzt? Catherine. Nein, nicht Bernies Catherine, Keith' Catherine, die Detektivin. Richtig. Hör zu, Herzchen, hier ist deine große Chance. Catherine braucht einige Informationen für einen Fall. Grab mal in deiner Datenbank nach und sieh, ob du etwas über Susan Clayton weißt, Hugh Claytons Ehefrau.«

Miriam mußte etwas wissen, denn Leo hörte aufmerksam zu, nickte und brummte gelegentlich. Plötzlich wurde sein Gesicht sehr ernst. Er sah eindeutig beunruhigt aus.

Er legte auf und wandte sich mir mit demselben besorgten Gesichtsausdruck zu. »Du hast mir nicht gesagt, daß dein Freund Peter in Schwierigkeiten ist«, sagte er.

Ich war verblüfft. »Ich wußte nicht, daß du Peter kennst«, antwortete ich.

»Miri und ich sind ihm letztes Jahr beim Tag der offenen Tür, den du in deinem Büro hattest, begegnet. Wir haben uns den ganzen Abend lang mit ihm unterhalten. Ein außergewöhnlicher junger Mann! Wir haben über Existentialismus und östlichen Mystizismus diskutiert. Die beste Unterhaltung, die ich seit Urzeiten gehabt hatte. Miri sagt, er wird wegen eines Mordes in Palo Alto gesucht.«

Ich hatte nicht erwartet, daß Leo Peter kennen oder von dem Mord wissen könnte. Er vermied es, die Nachrichten im Fernsehen anzusehen oder im Radio anzuhören, und weigerte sich, eine andere Zeitung als die *New York Times* und das *Wall Street Journal* zu lesen. Seine Bekanntschaft mit Peter stellte mich vor ein Dilemma. Ich hatte zu Susan und Hugh Clayton bereits Fragen gestellt, und Leo war klug genug, zu vermuten, daß sie irgendwie mit Peters Fall in Verbindung stehen könnten. Ich wollte nicht, daß diese Information herauskam.

Ich begann zu erklären, was ich über den Mord wußte und wie Peter reingelegt worden war, und ließ dabei sorgsam zwei Fakten aus: daß Susan Clayton Peter eingestellt hatte und daß ihr Mann das tote Mädchen besucht hatte. Als ich fertig war, fragte Leo: »Und Hugh oder Susan Clayton haben irgend etwas damit zu tun?«

»Möglicherweise«, antwortete ich wahrheitsgemäß. »Ich kann dir wirklich nicht mehr als das sagen, und es ist äußerst wichtig, daß niemand erfährt, daß ich überhaupt nach ihnen gefragt habe.«

»Verstanden.« Leo nickte nachdenklich. Er war untypisch gedämpft. Schließlich sagte er: »Ich habe immer gedacht, es würde großen Spaß machen, in einen Fall verwickelt zu werden, aber Leute zu kennen, die das sind, ist wirklich sehr beunruhigend. Ich kenne Peter nicht gut, doch er war mir damals sehr sympathisch. Sag ihm, daß ich helfen werde, wenn ich es auf irgendeine Weise kann.«

»Das werde ich«, versprach ich.

»Ich muß dir sagen, daß ich mir nicht vorstellen kann, daß Hugh Clayton etwas mit einem Gewaltverbrechen zu tun haben könnte«, erklärte er.

»Höchstwahrscheinlich hat er das auch nicht«, sagte ich. »Hatte Miri irgend etwas über Susan Clayton zu sagen?«

»O ja. Ich war eben so bestürzt, als ich das von Peter hörte, daß ich das andere völlig vergessen hatte. Sie sagt, Susan sei eine sehr nette, sehr kluge Dame, die allerdings ›Probleme‹ habe. Sie hatte ein paar Zusammenbrüche. Miri kennt sie nicht gut; doch sie sind beide in einem Wohltätigkeitskomitee für das Stanford Kinderkrankenhaus, und Susan war mehrmals über längere Zeit nicht da. So etwas geschieht hier bei uns einfach, weißt du, besonders bei Frauen etwa in ihrem Alter. In Wirklichkeit sind sie zu intelligent und ehrgeizig, um Hausfrauen zu sein, sind jedoch aufgewachsen und haben geheiratet, bevor es die Frauenbewegung gab. Wenn die Kinder erst einmal in der Schule sind, haben sie plötzlich zuviel Zeit und zuwenig Sinnvolles zu tun. Das jedenfalls ist Miris Analyse. Leuchtet mir ein. Ich würde verrückt werden, wenn ich den ganzen Tag daheim herumsitzen müßte.«

Mir leuchtete das ebenfalls ein. Aber ich mußte mehr über die Zusammenbrüche wissen. Wenn es wirklich Nervenzusammenbrüche waren, dann konnten sie mit Paranoia einhergehen. Und das würde beträchtliche Zweifel an der Geschichte, die Susan Peter erzählt hatte, aufkommen lassen. Eine Geisteskrankheit war für ihre zerrüttete Erscheinung eine ebenso gute Erklärung wie körperliche oder seelische Mißhandlung. Andererseits konnten »Zusammenbrüche« eine bequeme Erklärung für periodische Abwesenheiten sein, in denen sie sich von körperlichen Mißhandlungen erholte. Für die Frau eines wohlhabenden Geschäftsmannes wäre es nicht angebracht, mit Blutergüssen oder einem blauen Auge aufzutauchen.

In gewisser Hinsicht paßte Miris Information über Susan Clayton besser zu Peters Geschichte von der bedrängten Unschuld als zu meinem Brigid-O'Shaughnessy-Szenario. Leo hatte mir eine Menge zu denken gegeben, und ich brauchte Zeit, um darüber nachzugrübeln. Das sagte ich ihm und verabschiedete mich ohne den üblichen Small talk, der ein Gespräch normalerweise beendet. Ich war dankbar, daß er verstand und mein plötzliches Aufbrechen nicht als Verstoß gegen den guten Ton oder, schlimmer noch, als persönliche Beleidigung ansah.

5

Ich kam um halb fünf im Dojo an. Als ich aus meinen Schuhen schlüpfte und mich verbeugte, war es, als betrete ich eine andere Welt. Das große weiße Zimmer wurde vom Sonnenlicht des Spätnachmittags durchflutet, das sich durch die hohen Fenster ergoß und auf dem weißen, mit Matten bedeckten Boden schimmerte. Am anderen Ende des Zimmers befand sich der einzige Schmuck, eine Schwarzweißfotografie eines vornehmen älteren Japaners, davor eine kleine weiße Vase mit helloranger Kapuzinerkresse. Ich verbeugte mich vor dem winzigen Schrein, eine Geste der Achtung vor Morihei Uyeshiba, dem Begründer des Aikido.

Irgendwie machte dieser Raum immer einen friedlichen Eindruck, selbst wenn er voller Leute war, die sich in tödlichem Zweikampf zu befinden schienen. Im Augenblick trainierten sechs Schülerpaare auf der Matte. Sie hatten lose sitzende weiße Hosen und Jacken an, die entweder von braunen oder von schwarzen Gürteln gehalten wurden; mehrere trugen auch den schwarzen *hakama*, ein langes rockartiges Gewand, das den Frauen und jenen, die den schwarzen Gürtel erreicht haben, vorbehalten ist. Das war der Fortgeschrittenenkurs, und ich hatte ihn wieder verpaßt.

Ich beobachtete, wie die Paare miteinander arbeiteten. Einem unerfahrenen Beobachter wäre es als brutaler Kampf erschienen. In Wirklichkeit stand die Ausführung einem sorgfältig choreographierten Tanz näher. Der eine Partner griff an, der andere führte die Verteidigung aus. Wo die Partner in etwa gleiches Können besaßen, war es ein Wettkampf, doch wo einer erfahrener war, wurde der Angriff gemildert, so daß er gerade heftig genug war, um eine Herausforderung darzustellen, ohne den weniger geübten Partner zu überwältigen.

Ich blickte über die Gruppe und fragte mich, wer von ihnen gewillt sein würde, für einen Übungskampf bis nach meinem Kurs hier zu warten. Am anderen Ende der Matte bemerkte ich eine kleine Frau mit einem elastischen Verband am Knöchel. Es war Janet Halliday, eine Schülerin aus dem ersten Kurs, den ich im Dojo gegeben hatte. Ich wußte, sie hatte sich letzte Woche leicht am Knöchel verletzt. Die Tatsache, daß sie auf der Matte stand, noch bevor er vollkommen ausgeheilt war, stellte ebenso ein Kennzeichen für ihre Entwicklung dar wie der braune Gürtel, den sie um die Taille trug.

Ursprünglich hatte Janet Aikido lernen wollen, damit sie sich auf der Straße sicherer fühlte, doch sie hatte sich schrecklich davor gefürchtet, im Training verletzt zu werden. Während einer Übungsstunde war sie mit einem besonders ungeschickten Partner zusammengekommen, der sie im Gesicht getroffen hatte. Sie war von der Matte geflogen und hatte den Rest der Stunde nicht mehr mitgemacht. Ich hatte befürchtet, sie würde diesen Kampfsport auf der Stelle aufgeben, doch als ich anschließend mit ihr redete, war sie bemerkenswert ruhig. Sie sagte zu mir: »Ich habe mein Leben in der Angst zugebracht, daß mich irgend jemand ins Gesicht schlagen könnte; es war nicht annähernd so schlimm, wie ich es mir ausgemalt hatte.« Nun hatte sie den braunen Gürtel, und eine Verletzung war einfach ein Teil des Lebens. Als ich Janet beobachtete, fiel mir wieder ein, daß es einen Grund gab, warum ich mich dafür entschieden hatte, die Anfängerkurse zu geben.

Ein lautes Klatschen ertönte, und die Partner erstarrten in ihrer Position, verbeugten sich dann voreinander und knieten auf der Matte nieder. Sie reihten sich vor Frank Bowden auf, dem Leiter oder *sensei*; er kniete mit dem Gesicht zu ihnen, und sie verbeugten sich voreinander, dann vor dem Schrein. Damit war das Training vorbei.

Als die Kursteilnehmer die Matte verließen, eilte ich herüber, um zu sehen, ob ich ein paar Leute dazu überreden konnte, dazubleiben, bis mein Unterricht vorbei war. Ich hatte Glück. Alex Ichazio und zwei seiner Freunde hatten vor, für Alex' Prüfung für den schwarzen Gürtel zu üben, und waren bereit, nach meiner Stunde noch mit mir zu trainieren. Wenn ich nicht mit der Fortgeschrittenenklasse arbeiten konnte, war das Training mit Alex und seinen Freunden fast ebenso gut.

Aus irgendeinem Grund schien der 17-Uhr-Kurs immer eine unverhältnismäßig große Zahl von Bruce-Lee-Fans anzuziehen. An manchen Tagen kam es mir so vor, als hätte ich die meiste Zeit damit verbracht, sie daran zu hindern, sich gegenseitig Schaden zuzufügen. Heute befaßten wir uns mit Schulterwürfen, und es waren mindestens drei junge Männer dabei, die sich wie Kamikaze-Flieger in den Angriff stürzten und sich in Wackelpeter auflösten, sobald ihr Gegner versuchte, sie niederzuwerfen. Ich klatschte in die Hände, und sie knieten nieder, wo sie sich gerade befanden.

»Denkt, während ihr trainiert, daran, daß die Rolle des *uke*, des Angreifers, ebenso wichtig ist wie die des Verteidigers. Wenn ihr der Angreifer seid, dann müßt ihr fallen; wichtig ist dabei, wie ihr es tut. Ihr dürft euch nie werfen lassen. Kontrolliert zu jeder Zeit eure Bewegungen. Wenn ihr zu Boden geht, dann werft euch aktiv. Steuert eure Energie.« Ich blickte in ihre Gesichter und versuchte zu erkennen, ob sie überhaupt begriffen, was ich meinte.

»Wir sprechen von Aikido als einer Lebensart. Wie ihr hier im Dojo mit der Rolle des *uke* umgeht, geht ihr auch mit schwierigen Situationen im Leben um. Wenn ihr gefeuert oder vorübergehend entlassen werdet oder wenn jemand, den ihr mögt, euch verläßt, könnt ihr daran nichts ändern, doch ihr könnt eure Reaktion darauf kontrollieren. Ihr könnt den Fall steuern, so daß ihr schnell wieder auf den Beinen seid, um mit dem fertig zu werden, was als nächstes auf euch zukommt.«

Einer der Kamikazes sah mich aufmerksam an – vielleicht bestand ja doch noch Hoffnung. Ich fuhr fort: »Einige von euch arbeiten viel zu sehr an den Würfen. Wir arbeiten hier mit Energie und Balance, nicht mit Muskelkraft. Wenn ihr euch auf die Muskelkraft verlassen müßt, dann führt ihr den Wurf nicht korrekt aus.« Ich rief zu Alex, der auf der nächsten Matte trainierte, hinüber: »Hilfst du mir bitte, etwas zu demonstrieren?«

Alex war für meine Zwecke eine gute Wahl. Er wog beinahe hundert Pfund mehr als ich. Wir verbeugten uns voreinander. »Greif an, wenn du bereit bist«, wies ich ihn an.

Einen Augenblick lang stand er ruhig da, dann sprang er mit einem Schlag vorwärts gegen meinen Magen. Ich drehte mich weg und packte sein Handgelenk. Die Wucht seines Schlages trug ihn nach vorn, und ich benutzte seinen Schwung, um ihn herumzuwirbeln, und hielt ihn auf Armeslänge am Handgelenk. Sacht steigerte ich den Druck. Schließlich verzog er sein Gesicht und klatschte als Zeichen, daß er sich unterwarf, mit der Hand gegen sein Bein. Ich gab seine Hand frei, und wir verbeugten uns voreinander.

»Ihr seht, ein Angreifer setzt immer Energie frei. Ihr braucht nur auszuweichen und diese Energie dann zu steuern. Ich habe Alex' Schlag nicht abgewehrt; ich habe nur seine Wucht gesteuert, so daß sie gegen ihn arbeitete. Übrigens, wenn jemand von euch hier diesen Wurf nicht geübt hat, mag es ihm so vorkommen, als würde dabei nicht sehr viel passieren. Ich kann euch versichern, daß dieser Haltegriff weit wirkungsvoller ist, als es aussieht. Wenn ihr versucht, euch zu wehren oder herauszuwinden, kann der Schmerz unerträglich sein.«

Genug geredet, zuviel schon vielleicht. Ich schickte sie wieder zum Training zurück. Einer der Kamikazes schien ein wenig sachter zu sein. Ah, ein Fortschritt.

Alex und seine Freunde warteten auf der Matte, als mein Kurs vorbei war.

Wir verbeugten uns voreinander, und ich wartete auf den ersten Angriff. Alex zielte auf meinen Kopf. Ich trat zur Seite, ergriff seinen Arm und schleuderte ihn vorwärts.

Bevor ich den Wurf vollendet hatte, griff sein Freund mit einem Schlag an. Ich drehte mich herum, packte ihn und warf ihn gegen Alex, der sich inzwischen auf seinen zweiten Schlag vorbereitete. Der dritte Mann mußte hinter mir sein. Ich wirbelte herum, gerade als er auf meine Schulter zielte. Ich war ein bißchen zu spät dran, und während mich der Schlag verfehlte, konnte ich seinen Arm nicht mehr fassen. Er erholte sich rasch und ging mich wieder an. Alex machte einen Bogen und bewegte sich hinter mich, sein Freund war nun seitlich von mir.

Ich machte weiter, sie griffen an. Es ging ziemlich glatt, doch meine Würfe waren nicht immer so gut, wie sie hätten sein sollen, weil ich entweder zu langsam war oder ein bißchen voreilig. Als ich das Ende des Trainings signalisierte, atmete ich heftiger als gewöhnlich.

Während ich mich vor Alex und den anderen beiden Männern verbeugte, bemerkte ich auf der Bank gegenüber eine vertraute Gestalt. Es war Dan. Er hatte, nachdem wir uns kennengelernt hatten, ungefähr ein Jahr lang Aikido gemacht. Doch er zog Karate vor und war noch vor unserer Hochzeit dazu zurückgekehrt. Ich glaubte nicht, daß er im Dojo war, um sich wieder anzumelden.

Er erhob sich und verbeugte sich, als ich ihn erreichte. Die Rituale des Dojo waren uns so in Fleisch und Blut übergegangen, daß sie sich sogar über die Übung hinaus erstreckten.

»Gutes Training?« fragte er.

»Nicht übel«, antwortete ich. Ich tat mein Bestes, um zu verbergen, daß ich außer Atem war.

»Bringst du dich für den neuen Fall in Form?«

»Ich versuche regelmäßig etwas Freikampf-Training zu bekommen, egal woran ich gerade arbeite«, erwiderte ich. »Zur Zeit gebe ich meistens Anfänger- und nur mäßig Fortgeschrittenenunterricht. Deshalb brauche ich ein bißchen mehr Herausforderung, um in Form zu bleiben.«

»Hast du denn nie Angst, daß du dich verletzen könntest, wenn du einen Fehler machst?« fragte er.

»Ach wo, ich liebe gebrochene Knochen.«

Dan sah wütend aus, und ich gratulierte mir dazu, daß ich mich von ihm nicht in unsere alten Streitereien hatte hineinziehen lassen.

»Was führt dich in diesen Teil der Stadt?« fragte ich.

»Ich war drüben im Federal Building und dachte mir, daß du wahrscheinlich Unterricht gibst. Ich habe heute nachmittag von Lou Martin gehört. Er hat angerufen, um sich zu erkundigen, wie verläßlich du bist.«

»Hast du dich für mich verbürgt«, fragte ich, obwohl ich wußte, daß er das hatte.

»Ich sagte ihm, daß du meine Exfrau bist und daß, ja, daß du vollkommen vertrauenswürdig bist. Auf Harman habe ich meinen Vermerk nicht ausgedehnt.«

Es konnte für Dan nicht leicht gewesen sein, Martin zu erzählen, daß ich seine Exfrau war. Geschieden zu sein war für Dan bereits so etwas wie ein Versagen. Daß die Exfrau auch noch eine Beziehung mit einem Klugscheißer von Privatdetektiv hatte, der des Mordes verdächtigt wurde, mußte ihm fürchterlich peinlich sein.

Ich war für seine Hilfe in bezug auf Lou Martin dankbar, doch das erklärte seine Anwesenheit im Dojo eigentlich nicht. Zu meiner Überraschung stellte ich fest, daß ich aufrichtig hoffte, er würde bleiben, um sich mit mir eine Weile zu unterhalten. Er schien nicht gleich wieder davonstürmen zu wollen. Deshalb schlug ich vor: »Ich hatte vor, in dem vietnamesischen Lokal in der Nähe meines Büros eine Kleinigkeit zu essen. Würdest du mir Gesellschaft leisten wollen?«

»Sicher«, antwortete er lächelnd.

»Ich geh duschen und mich umziehen und bin in ein paar Minuten wieder zurück«, versprach ich.

Das Abendessen verlief alles in allem bemerkenswert entspannt und angenehm. Wir unterhielten uns über das Wetter, meinen Anfängerkurs im Dojo, alte Freunde und seine aktuellen Fälle. Doch währenddessen dachten wir beide an den Mord an Marilyn Wyte.

Schließlich sagte ich: »Nimm einmal an, eine Privatperson gibt einem Polizeibeamten eine Information über ein Verbrechen, das von einer anderen Abteilung untersucht wird. Wäre er verpflichtet, diese Information weiterzuleiten?«

Dan lächelte. »Das käme auf die Information an. Wenn es eine Spur wäre, die ein Privatdetektiv verfolgt, und wenn diese Spur nicht deutlich mit dem Fall in Beziehung steht, dann könnte der Beamte entscheiden, daß keine Notwendigkeit besteht, die andere Abteilung zu informieren.«

»Das ist eine Menge Worte für jemanden, der gewöhnlich ziemlich direkt ist. Bedeutet das, daß ich dir erzählen kann, was ich über Marilyn Wyte erfahren habe, und du es nicht an Lou Martin weitergeben wirst?«

»All diese Worte sind dazu gedacht, dich zu warnen, mit dem, was du mir erzählst, vorsichtig zu sein. Ich kann keine Information zurückhalten, die für den Fall wichtig ist. Ich kann es jedoch hinauszögern, Martin zu informieren, wenn ich weiß, daß du deine Erkenntnisse offenlegst, sobald sie auf einen Verdächtigen hindeuten.«

»Ich würde dir gerne erzählen, was ich erfahren habe, und wissen, was du dazu meinst«, gestand ich. »Wenn wir zu etwas kommen, das du Martin mitteilen müßtest, wirst du mir dann einen Wink geben, aufzuhören?«

Dan sah ein bißchen unbehaglich drein, doch es war klar, daß er so viel hören wollte, wie ich zu erzählen bereit war. »Ich denke, das kann ich tun«, erwiderte er.

Ich erzählte Dan, was ich von Eileen und von Leo Goldberg erfahren hatte. Er war ebenso an Marilyns vier geheimnisvollen Besuchern interessiert, wie ich das gewesen war. »Du hast die Kennzeichen, du kannst die Namen vom DMV bekommen«, machte er mich aufmerksam und wartete, daß ich ihn um den offensichtlichen Gefallen bat.

Wenn er direkt angeboten hätte, die Namen zu besorgen, dann hätte ich dankbar angenommen, doch die Tatsache, daß er mich darum bitten ließ, ärgerte mich.

»Ja, ich habe vor, sie mir heute nacht zu beschaffen«, antwortete ich mit einer gewissen Genugtuung.

»Du?« fragte er.

»Ich«, erwiderte ich.

Dan sah ernst drein. »Wir wissen beide, daß das Kraftfahrzeugamt nachts geschlossen hat«, sagte er.

»Und wir wissen beide, daß der DMV-Computer niemals Feierabend macht.« Ich genoß das.

Dan räusperte sich und runzelte die Stirn. »Catherine, Privatpersonen können nicht einfach den Computer abfragen. Ich weiß, daß du das weißt, also kann ich nur annehmen, daß du irgend etwas Illegales vorhast.«

»Ich habe den Zugangscode, wenn es das ist, was du meinst.«

»Darf ich wissen, wie du den bekommen hast?«

»Ist das eine offizielle Frage?«

»Herrgott, nein. Mach schon, Catherine, hör auf, mit mir herumzuspielen. Ich bin nicht im Dienst. Ich bin neugierig, das ist alles.«

»Es ist einfach – und durchaus harmlos. Du weißt, daß die Peninsula voll von Computerfreaks ist – brillante, ungewöhnliche Typen, denen es Spaß macht, das System auszutricksen. Jesse hat jede Menge nützlicher Dinge von ihnen gelernt, zum Beispiel wie man in die DMV-Dateien eindringt.«

»Catherine, ich möchte nicht oberlehrerhaft klingen – oder schlimmer noch wie ein Bulle –, doch in den DMV-Computer oder in den Computer von irgend jemand anderem ›einzudringen‹, kann dich in große Schwierigkeiten bringen. Immer mehr heikle Informationen werden in Computern gespeichert, und du kannst darauf wetten, daß die Leute, die sie dort ablegen, gegenüber jedem, der versucht, sie da herauszubekommen, sehr unangenehm werden können. Warum ein Risiko eingehen, wenn du morgen einfach zum DMV hinuntergehen und die Information dort bekommen kannst?«

»Über eine offizielle Anfrage? Dan, hast du vergessen, daß das DMV Besitzer benachrichtigt, wenn ein Informationsersuchen gestellt worden ist? Es ist gut möglich, daß eines dieser Kennzeichen einem Mörder gehört. Das DMV würde ihn nicht nur warnen, daß gegen ihn ermittelt wird, es würde auch meinen Namen und meine Adresse bei den Akten haben, für den Fall, daß er wissen will, wer da Fragen stellt. Offen gesagt, was immer das DMV mir antun mag, es würde erheblich weniger unangenehm sein, als das, was dieser Kerl mir antun würde.«

Dan nickte nachdenklich. »Ich verstehe, was du meinst.«

»Abgesehen davon«, fügte ich hinzu, »werde ich, wenn ich es richtig mache, nicht geschnappt.«

»Wie kannst du so sicher sein, daß deine Informanten wissen, wie man ›es richtig macht‹? Jesse ist ein heller Bursche, doch seine Information könnte überholt sein.«

»Soll das ein Angebot sein, die Nummern für mich zu überprüfen?« fragte ich.

Dan sah gequält aus. »Du zwingst mich ja dazu«, warf er mir vor.

Ich lächelte. »Überhaupt nicht, Jesse und ich haben eine Verabredung heute abend um neun in meinem Büro, um die Nummern zu überprüfen. Ich bin sicher, er würde es vorziehen, den Abend mit Claire zu verbringen, und ehrlich, ich würde gerne sein Gesicht sehen, wenn er feststellt, daß ich den Computer ohne ihn bedienen kann. Doch ich will nicht, daß du etwas tust, wobei dir nicht wohl ist.«

»Es gab eine Zeit, da wäre dir bei dieser Art von Dingen nicht ›wohl‹ gewesen.« Er sagte das in einem beinahe wehmütigen Ton, der den Vorwurf milderte. Und er hatte recht. Ich hatte mich verändert, seit wir nicht mehr verheiratet waren.

»Es *gab* eine Zeit«, sagte ich lächelnd. »Ich bin nicht mehr ganz das brave kleine Mädchen, das ich damals war, doch ich hoffe, wir können weiterhin Freunde bleiben. Ich muß zum Büro zurück und mich auf Jesse einrichten.«

»Ich werde die Nummern für dich überprüfen«, kapitulierte Dan. »Doch niemand – vor allem dein Freund Harman nicht – darf davon etwas erfahren. Niemand!«

Mein Büro lag vom Restaurant aus ein Stück weiter oben in der Straße, in einem stattlichen viktorianischen Gebäude, dem die üppige und farbenprächtige Fassadenbemalung, der die meisten Gebäude seiner Generation unterzogen worden waren, erspart geblieben war. Es war lediglich gut erhalten, nicht »restauriert«, was bedeutete, daß es ein angenehmes Gefühl von Alter vermittelte und eine erschwingliche Miete hatte. Ich hatte darüber verhandelt, es zu kaufen, bevor die Stadtteilsanierung den Block erreichte und den Preis in unerreichbare Höhen trieb.

Mein Büro befand sich im ersten Stock und hatte ein großes Erkerfenster, das das Zimmer hell machte. Meinen Schreibtisch hatte ich trotz Amys Einspruch, daß diese Stelle für Pflanzen ideal wäre, vor das Fenster gestellt. Es war ihr gelungen, ein paar Hängepflanzen hinter dem Schreibtisch einzufügen, doch ich zog dort die Grenze.

Amy hatte außerdem darauf hingearbeitet, das Zimmer mit Antiquitäten auszustatten, aber mir waren die schlichten Formen skandinavischer Möbel lieber. Die bequeme weiße Ledercouch, die an der rechten Wand stand, war zwar nicht direkt skandinavisches Design, doch ihre einfachen Linien paßten gut zur restlichen Ausstattung. Der polierte Holzboden war teilweise mit Teppichen aus Belutschistan in hellen Rot- und tiefen Blautönen bedeckt. Bücherregale säumten die Wand gegenüber der Couch, und der Computer stand auf einem kleinen Schreibtisch an der anderen Wand.

»Du würdest ihn mehr benutzen, wenn du ihn auf deinen Schreibtisch stellen würdest«, machte Dan mich aufmerksam.

Das stimmte wahrscheinlich, doch ich wollte den Computer nicht auf meinem Schreibtisch haben. »Ich habe dort keinen Platz dafür«, sagte ich. »Soll ich woanders hinschauen, während du dich mit dem Computer unterhältst?«

»Himmel, nein!« rief er. »Es ist mir lieber, du lernst, wie man es richtig macht, als daß du Anleitungen von irgendeinem Computerfreak bekommst, der es vielleicht versaut, und du geschnappt wirst. Mach schon.«

Der Vorgang war einigermaßen unkompliziert, obwohl es eine Weile dauerte. Ich rief Jesse an und machte Kaffee, während wir warteten.

Als das »Bitte warten« auf dem Bildschirm schließlich durch Text ersetzt wurde, hatten wir die Namen und Adressen von drei Männern – Lawrence N. Cannaby, James C. Ralston und Timothy J. Sutton – und eine Leihwagenfirma. Ich verzog das Gesicht wegen der Firma.

»Dieser eine wird schwer herauszubekommen sein«, kommentierte Dan. »Natürlich könntest du das der Polizei übergeben und sie nachforschen lassen.«

»Ich werde mir das als Alternative offenhalten, aber ich möchte es zuerst noch auf einem anderen Weg versuchen.« Diesmal fragte Dan nicht, was ich vorhatte.

Sobald der Computer die Information des DMV ausgedruckt hatte, gab es für Dan keinen Grund mehr zu bleiben. Keinem von uns war jedoch danach, den Abend zu beenden. Ich machte noch mal Kaffee, und wir setzten uns auf die Couch und diskutierten das einzige »sichere« Thema, den Marilyn-Wyte-Fall. Das Telefon unterbrach unser Gespräch.

Ich nahm ab. Es war Eileen. »Peter ist verhaftet worden«, kündigte sie an.

Ich hielt mich zurück, Peters Lieblingsschimpfwort zu gebrauchen. »Schrecklich«, sagte ich. »Hat er angerufen?«

»Nein, Nathan Greely rief an. Er ist Anwalt.«

Ich kannte Nathan Greely vom Namen her. Er war nicht einfach Anwalt, er war einer »der« Anwälte in San Francisco. »Ja, ich kenne ihn. Was hat er gesagt?«

»Er sagte, Peter sei heute am Spätnachmittag im Menlo Park verhaftet worden. Sie halten ihn im North-County-Gefängnis in Palo Alto fest.«

»Weiter.«

»Das ist alles, was er gesagt hat. Er hat Ihnen eine Nummer dagelassen, die Sie anrufen sollen.«

Ich notierte die Nummer und legte auf.

»Etwas nicht in Ordnung?« fragte Dan.

»Peter ist festgenommen worden.«

»Das ging schnell. Ich hatte erwartet, Harman würde schwieriger zu fassen sein.«

»Das dachte ich auch«, antwortete ich. »Ich habe diesen Abend genossen, und es tut mir leid, ihn zu Ende gehen zu lassen. Aber ich muß dich jetzt wegschicken und Nate Greely anrufen.«

»Nate Greely... Harman bekommt den teuren Staranwalt«, kommentierte er.

»Ich nehme an, Greely wird sich bei dem Geschäft schon schadlos halten.«

»Zuerst wird er für Harman einen Freispruch erwirken müssen.« Dan griff nach dem Türknopf. »Sei vorsichtig, Catherine, und bleib bitte mit mir in Verbindung.«

Mit dieser Bemerkung ging er.

Die Nummer, die Eileen mir gegeben hatte, war Greelys Privatnummer. Eine Frau meldete sich und rief ihn herbei.

»Hallo.« Seine Stimme war voll und tief, eine ausgezeichnete Stimme für einen Prozeßanwalt. Er war einer aus San Franciscos kleiner Bruderschaft von Superstaranwälten, bekannt für seine gewandten Reden und gelegentlichen theatralischen Auftritte im Gerichtssaal sowie für die oft sensationellen Fälle, die er übernahm. In den späten Sechzigern hatte er eine Anzahl von Personen vertreten, die der Staat als subversiv und gefährlich einstufte, doch sein eigener Lebensstil war dem seiner Kollegen in der Kanzlei näher geblieben als dem seiner radikalen Mandanten.

»Hallo, hier spricht Catherine Sayler. Ich melde mich wegen Peter Harman.«

»Oh, ja. H bat mich anzurufen und Ihnen zu sagen, was passiert ist. Er sagte, Sie würden mit ihm zusammen an dem Fall arbeiten.«

Ich war verblüfft, daß Greely Peters Spitznamen verwendete. Es war ein Name, den er in Haight Ashbury verpaßt bekommen hatte, als er seine Zeit so aufteilte, daß er gleichzeitig Akademiker und Mitglied der Gegenkultur sein konnte. Die einzigen, die ihn jetzt noch benutzten, waren alte Freunde oder Stadtstreicher aus Gegenden in San Francisco und Berkeley, die Nate Greely wahrscheinlich nicht aufsuchte.

»Ich habe erfahren, daß Peter festgenommen wurde«, sagte ich.

»Um vier Uhr am Nachmittag ungefähr.«

»Wie haben sie ihn erwischt?« fragte ich.

»Er glaubt, sie haben einen Tip bekommen. Sie warteten, als er in einer kleinen Bar in Menlo Park auftauchte. Selbst wenn man der Polizei zutraut, daß sie mehr Geschick bei der Ermittlung an den Tag legt als sonst, ist es doch unwahrscheinlich, daß die Leute genau gewußt haben, wo sie ihn suchen müssen. Am selben Tag hatte er zufällig einen Burschen getroffen, der einen gewissen Groll gegen ihn hegte; er nimmt an, daß er derjenige war, der der Polizei den Tip gegeben hat.«

»Wer war der Bursche mit dem Groll?« fragte ich.

»Sein Name ist Willie Therman«, erwiderte Greely. »Er war damals Zuhälter. H erzählt, daß Mr. Therman die Bushaltestellen in San Francisco abklapperte und Ausreißerinnen aufgabelte, bis er ein Mädchen aus Walnut Creek einsammelte. Den Eltern lag soviel an ihrer Tochter, daß sie sie zurückhaben wollten. Sie beauftragten daraufhin H, ihnen zu helfen. H hat eine ziemlich starke Abneigung gegen Zuhälter, und dieser machte den Fehler, sich mit ihm anzulegen. Der feine Herr endete mit acht Stichen am Kopf und einer Gefängnisstrafe.«

»Besteht die Möglichkeit, daß der Zuhälter mit den Leuten in Verbindung steht, die Peter die Falle gestellt haben?« fragte ich.

»H glaubt, ja.«

»Was passiert als nächstes?« fragte ich. »Werden sie eine Kaution festsetzen?«

»Das hoffe ich, obwohl es in Anbetracht der Schwere des Verbrechens und der Beweislast keine Garantie dafür gibt. Selbst wenn sie einwilligen, ihn auf Kaution freizulassen, ist sie wahrscheinlich zu hoch. Ich könnte sie vielleicht dazu bewegen, sie niedriger anzusetzen, wenn ich genügend Leumundszeugen beibringen kann, die beweisen, daß H jener Typ von Musterbürger ist, der wahrscheinlich nicht flüchtet. Polizeibeamte wären am besten. Können Sie mir irgendwelche Namen geben?«

»Peters Verhalten ruft bei Polizeibeamten nicht gerade Begeisterung hervor«, sagte ich, »doch er hat einen guten Freund bei der Polizei in Berkeley, Matt Davis. Und dann ist da noch Hennessy beim Vermißtendezernat hier in San Francisco. Ich werde Peters Assistentin Eileen die Akten durchgehen und die Namen von Beamten heraussuchen lassen, mit denen er in anderen Städten zusammengearbeitet hat. Wenn es etwas hilft, können wir auch einige ziemlich mächtige Leute dazu bringen, sich für ihn zu verbürgen. Er hat für mehrere reiche Familien gearbeitet, um davongelaufene Kinder ausfindig zu machen. Peter würde sie selbst nie darum bitten, doch ich glaube nicht, daß er etwas dagegen hätte, wenn Sie dies in seinem Namen täten.«

»Das wäre sehr nützlich. Wir brauchen sobald wie möglich Aussagen. Wahrscheinlich könnte ich einen Richter finden, der einer Kautionsverhandlung über das Wochenende zustimmte, doch ich würde es vorziehen zu warten, bis wir triftige Gründe anführen können. Wir können nicht riskieren, daß der Richter entscheidet, H sei zu gefährlich, um auf die Bevölkerung losgelassen zu werden.«

Eigentlich war ich erleichtert zu hören, daß man Peter nicht sofort freilassen würde. Wenn der Grund für die Falle darin bestand, die Aufmerksamkeit vom wirklichen Mörder abzulenken, dann hatte Peter seinen Zweck erfüllt und würde tot weit nützlicher sein als lebendig. Es war möglich, daß das Gefängnis für ihn im Augenblick den sichersten Ort darstellte.

»Es wäre für mich viel leichter, Peter zu besuchen, wenn ich der Polizei sagen könnte, daß ich in diesem Fall für Sie ermittle. Wären Sie bereit, mir das zu bescheinigen?«

»Es wäre mir ein Vergnügen – solange sie mir keine Rechnung schicken.«

Ich lachte und erklärte mich einverstanden, von ihm kein Honorar zu verlangen. Für den Augenblick hatten wir so viel geregelt, wie wir konnten, doch meine Neugier verlangte Antwort auf eine weitere Frage: »Ich habe bemerkt, daß Sie Peters Spitznamen verwenden. Weist das darauf hin, daß Ihre Verbindung über das rein Berufliche hinausgeht?«

Es herrschte eine Pause. »H war auf dem College ein guter Freund meines Sohnes. Er half Jimmy zu einer Zeit, als er Hilfe brauchte, die ich ihm nicht zu geben vermochte. Ich bin ihm immer sehr dankbar gewesen. Wir haben oft genug zusammengearbeitet, so daß ich auch vor ihm als Fachmann eine tiefe Achtung habe.«

Ich dankte Greely für seine Hilfe und wünschte ihm eine gute Nacht. Im Augenblick erfuhr ich nicht viel darüber, wer Marilyn Wyte umgebracht hatte, doch ich förderte beständig interessante Stückchen über Peters Vergangenheit zutage. Ich hätte viel dafür gegeben, heimgehen und mich im Bett neben seinen großen, warmen Körper kuscheln zu können.

6

Früh am nächsten Morgen versammelte ich Amy, Eileen und Jesse unter dem üblichen Chor von Stöhnen, mit dem eine Arbeitssitzung am Samstag aufgenommen wird, in meinem Büro. Ich übertrug Amy die Aufgabe, mit den Hintergrundrecherchen über die drei Männer, die der DMV-Computer ausgespuckt hatte, zu beginnen. Jesse und Eileen wurden in Peters Büro geschickt, um die Akten von jenen Leuten herauszusuchen, die eventuell bereit sein würden, vor dem Richter für Peter zu bürgen.

Ich kam kurz vor zehn im North-County-Gefängnis an und bat darum, einen Besuch bei Peter in die Wege zu leiten. Sobald ich seinen Namen nannte, versteifte sich der Gefängnisbeamte.

»Sind Sie mit ihm verwandt?« fragte der Mann hinter dem Schreibtisch.

»Nein, ich bin Privatdetektivin und arbeite für Mr. Harmans Anwalt.« Ich holte meine Lizenz aus der Tasche und legte sie auf den Tresen. Der Mann sah mich an, länger und intensiver, als es noch höflich gewesen wäre, zuckte die Achseln und studierte meine Lizenz. Nach einer Zeit der aufmerksamen Prüfung, die darauf schließen ließ, daß er entweder gerade dabei war, Lesen zu lernen, oder aber, daß er allmählich erblindete, blickte er auf.

»Scheint in Ordnung zu sein«, gab er bedauernd zu. Er fuhr fort, mich mit einem beleidigenden Grinsen anzustarren.

Ah, ein erstklassiges Exemplar der Gattung Homo chauvinisticus der gewöhnlichen schweinsnäckigen Art. Ich führte ein behütetes Leben, erkannte ich. Meistens hatte ich es mit Büromenschen zu tun. Ihre Grundeinstellung mochte nicht viel besser sein als die meines Gegenübers, doch hatten sie wenigstens gelernt, anstößigere Verhaltensformen zu unterdrücken.

Zeit für die schwere Artillerie. Ich sah auf die Uhr. »Es ist 9.55 Uhr«, machte ich aufmerksam. »Die Besuchszeit beginnt um zehn Uhr. Um elf habe ich eine Verabredung mit Mr.

Harmans Anwalt Nathan Greely, und er wird keineswegs erfreut sein, wenn ich Mr. Harman dann nicht gesehen habe.«

Bei der Erwähnung von Nathan Greely wurde der Gefängnisbeamte plötzlich aktiv.

Man führte mich in einen Besuchsraum und sagte mir, ich solle warten. Ein paar Minuten später schritt Peter herein, gekleidet in den blauen Standard-Overall mit Einheitsgröße, der für jemanden mit schmaleren Schultern und einem größeren Bauch gemacht war. Der Gesamteindruck war beträchtlich weniger schmeichelhaft als bei Peters üblicher Kleidung.

»Meine Güte, siehst du heute morgen aber bezaubernd aus«, kicherte ich.

Peter grinste zu der Wache hinüber. »Man sollte einfach keine Frauen zu seiner Verteidigung engagieren – sie haben nur eine einzige Sache im Kopf.«

Peters unterbrochene Nachforschungen auf der Schattenseite der wohlhabenden Peninsula hatten keinerlei Hinweise auf die beiden Schläger erbracht, die ihn gefangengehalten und ihm den Mordverdacht angehängt hatten. Niemand kannte sie, niemand hatte von ihnen gehört.

»Was heißt das für uns?« fragte ich.

»Ich habe mit genügend Leuten gesprochen, um ziemlich sicher zu sein, daß die Männer, die ich suche, keine gekauften Schläger von der Peninsula sind. Es sind Profis – könnte auswärtiges Gesindel sein, oder aber sie arbeiten für jemanden, bei dem sie selten persönlich in Erscheinung treten müssen. Wer immer der Boß ist, er muß viel Geld haben, um diese Kerle anheuern zu können, vor allem dann, wenn sie auf seiner Lohnliste stehen.«

»Clayton ist gewiß reich genug«, bestätigte ich, »doch er ist wohl nicht der einzige Besucher von Marilyn Wyte gewesen, der Geld hat.«

Ich wiederholte, was Eileen mir über die vier Männer erzählt hatte, und wies darauf hin, daß zwei der Autos ein Mercedes und ein Porsche gewesen waren. »Ich habe mit einer Ausnahme die Namen und Adressen der Männer, die sie regelmäßig besucht haben«, berichtete ich ihm. Unerwähnt ließ ich, daß Dan Walker mir bei der Beschaffung geholfen hatte.

»Grady Dawson von Info Search überprüft den finanziellen Hintergrund bei Marilyn Wyte und Hugh Clayton. Ich habe ihm Freitag morgen die Namen gegeben und ihm gesagt, es sei dringend. Er sollte bis Montag oder Dienstag etwas für uns haben«, erklärte ich. »Ich werde ihn die Finanzlage der anderen Männer ebenfalls überprüfen lassen.«

Peter kaute an seinem Schnurrbart, ein deutliches Zeichen dafür, daß ihn etwas beunruhigte.

»Was ist?« fragte ich.

Peter verzog das Gesicht. »Grady Dawson ist ein bißchen teuer.«

»Er ist nicht billig, doch er ist schnell und gründlich. Ich nehme ihn immer für finanzielle Recherchen in Anspruch. Was das betrifft, sind seine Preise ungefähr wie meine.«

»Ja, klar, doch es besteht die Möglichkeit, daß ich bei dir Rabatt bekomme. Grady gibt mir auf keinen Fall einen.«

»Peter«, sagte ich und bemühte mich nicht, meinen Ärger zu verbergen, »sieh dich um. Das hier ist ein Gefängnis, und du wirst eine lange Zeit hier verbringen, wenn es uns nicht gelingt zu beweisen, daß du Marilyn Wyte nicht getötet hast. Das ist jetzt nicht die Zeit, deine Pennies zu zählen.«

Peter kaute noch etwas mehr auf seinem Schnurrbart herum. »Klar«, sagte er, »nur ist es so, daß ich, wenn das hier noch sehr lange so weitergeht, den Rest meines Lebens damit verbringen werde, für Nate Greely zu arbeiten.«

»Das, mein Lieber, wird nur geschehen, wenn du Glück hast.«

Peter lachte, doch es klang sehr hohl. »Was wirst du mit den vier Kerlen machen, von denen Eileen dir erzählt hat?« fragte er.

»Ich denke, wir werden das meiste der Hintergrundrecherchen selbst erledigen. Jesse kann Eileen am Montag mit der Prüfung der Gerichtsakten beginnen lassen, dann kann er –«

»Moment mal«, unterbrach Peter. »Ich dachte, du würdest für Eileen einen sicheren Ort suchen, an dem sie sich verstekken kann.«

»Vorläufig wohnt sie bei mir. Sie würde gerne bei dem Fall helfen, Peter. Wir können sie für Dinge wie die Überprüfung der Gerichtsakten einsetzen.«

Peter runzelte die Stirn. »Ich denke, es ist in Ordnung, solange sie bei solchen Überprüfungen bleibt. Ich habe ihr noch nicht beigebracht, wie man das macht. Aber sie lernt schnell.«

»Ich werde Jesse die anderen Nachforschungen durchführen lassen, Grady hingegen bitten, den Bankauszügen und der Vermögenssituation nachzugehen. Er ist bei solchen Dingen ein Zauberer. Ich werde Fragebögen in bezug auf den Beruf ausarbeiten.«

Peter kaute wieder an seinem Schnurrbart. »Wer macht die Befragungen?« erkundigte er sich.

Ich hatte gewußt, daß diese Frage kommen würde, und ich wußte, daß ihm die Antwort nicht gefallen würde. »Jesse und ich.«

Peter nickte, doch das war kein Zeichen von Zustimmung. »Ich bin dir wirklich für alles, was du tust, dankbar, doch ich möchte nicht, daß du die Befragungen machst. Erkundigungen über das Telefon einzuziehen und Führungszeugnisse zu überprüfen ist in Ordnung. Aber ich kann nicht zulassen, daß du da weiter hineingezogen wirst. Ich werde es von hier aus machen.«

»Von hier aus?« fragte ich sarkastisch, während ich auf das winzige Zimmer deutete. »Das wird ein ziemliches Kunststück werden.«

»Nate wird mich in ein oder zwei Tagen hier heraus haben«, erwiderte Peter.

Ich beschloß, ihn mit der Frage meiner Beteiligung an dem Fall direkt zu konfrontieren. Er ließ mir keine andere Wahl. »Peter, wenn unsere Rollen vertauscht wären, wie würdest du dich dann fühlen, wenn ich dich aussperrte, wenn ich nicht zuließe, daß du mir hilfst?«

»Verdammt, Catherine«, fluchte er, doch es lag kein Zorn

in seiner Stimme, »tu mir das nicht an. Ich würde wahnsinnig werden, wenn du in diesen Fall verwickelt wirst. Bitte, laß die Finger davon.«

»Ich werde die Finger davon lassen, wenn es das ist, was du wirklich willst«, versicherte ich ihm. »Doch es macht mich wahnsinnig, dich in diesem Schlamassel zu sehen und vollkommen hilflos zu sein. Es kommt mir so vor, als würdest du meinem Urteil nicht trauen, als würdest du glauben, du müßtest auf mich aufpassen. Du weißt, wie ich mich bei so etwas fühle.«

Peter sah mich über den Tisch hinweg scharf an. »Lasse ich zu, daß du mir hilfst, dann riskiere ich, daß du getötet wirst. Sorge ich dafür, daß du in Sicherheit bist, riskiere ich, dich auf eine andere Weise zu verlieren. Das ist eine wirklich tolle Auswahl.«

»Aber darauf läuft es doch schließlich hinaus, oder?«

Peter sah resigniert aus. »In Ordnung«, räumte er ein, »du mußt dir allerdings klar darüber sein, daß du jetzt bei einem anderen Spiel mitmachst. Die Leute, mit denen du normalerweise zu tun hast, sind Verteidigungsspieler. Sie denken sich die perfekte Gaunermethode aus, und wenn etwas schiefzugehen beginnt, reagieren sie auf das, was auf sie zukommt. Die Profis machen ein Angriffsspiel. Sobald sie merken, daß du dabei bist, berechnen sie, wann und wie sie dich schlagen können. Du mußt ständig auf der Hut sein.«

Ich hörte ernsthaft zu und unterdrückte die vorübergehende Furcht, daß er mit seiner Behauptung, dieser Fall sei zu hart für mich, recht haben könnte. »Was kann ich dazu sagen, außer, daß ich vorsichtig sein werde?«

Peter seufzte. »Ich hoffe, vorsichtig ist genug. Jedesmal, wenn ich die Augen zumache, werde ich sehen, wie diese Kerle schon vor deiner Tür stehen.«

»Vielleicht solltest du bei mir bleiben, wenn du wieder draußen bist. Dann wirst du zwischen mir und der Tür sein«, schlug ich vor.

Bei diesem Gedanken erhellte sich Peters Gesicht ein wenig, und ihm gelang ein ziemlich blasses Lächeln. »Das erinnert mich an etwas«, sagte er, »wie bald wird Nate mich aus diesem Loch heraushaben?«

»Frühestens Montag, wahrscheinlicher ist Dienstag.«

Peter stöhnte.

»Er verzögert die Kautionsverhandlung, bis wir Leumundszeugen aufmarschieren lassen können, die bescheinigen, daß du ein wahrer Heiliger bist«, erklärte ich. »Du wirst das brauchen, wenn du irgendeine Chance haben willst, auf Kaution freizukommen. Abgesehen davon ist das Gefängnis im Augenblick kein so schlechter Ort für dich.« Bevor er die Gelegenheit hatte zu unterbrechen, erklärte ich rasch weiter, daß es, vom Standpunkt des Mörders aus gesehen, höchst angenehm wäre, wenn Peter verschwände.

Peter schnaubte verächtlich. »Catherine, mein Schatz, du besitzt den Glauben der wahrhaft Unschuldigen. Nur jemand, der noch nie eine Zeit im Gefängnis verbracht hat, würde es für einen sicheren Ort halten. Ein Fluchtversuch, ein Kampf mit einem anderen Gefangenen, vielleicht Selbstmord – das ist für jemanden mit genügend Geld alles sehr leicht zu arrangieren. Wenn ich schon zum Ziel werden soll, dann habe ich lieber etwas Bewegungsfreiheit. Ich fühle mich hier wie eine Sardine in der Büchse.«

Er hatte natürlich recht, und ich ärgerte mich, daß ich die offensichtliche Logik dessen nicht vorher gesehen hatte. »Wir holen dich so schnell wie möglich heraus«, versprach ich. »Eileen und Jesse kümmern sich um die Leumundszeugen, doch selbst bei einer Handvoll Aussagen wird die Kaution hoch sein. Brauchst du ein Darlehen?«

»Ich habe es mir zur Regel gemacht, niemals Geld von einer Frau zu borgen, Ma'am«, sagte er mit John-Wayne-Stimme und fügte dann ernster hinzu: »Ich habe etwas Geld auf der Bank. Wenn es nicht ausreichen sollte, komme ich auf dein Angebot zurück. Ich weiß es zu schätzen.«

Ich erzählte Peter von meinem Besuch bei Leo Goldberg und was ich über Hugh und Susan Clayton erfahren hatte. Wie erwartet war er, was die Geschichte von ihrer seelischen Labilität betraf, skeptisch.

»Hast du dir überlegt, daß bei all dem du das wirkliche Ziel sein könntest, nicht Marilyn Wyte?« fragte ich.

»Du meinst, daß der Zweck des Mordes war, mir eine Falle zu stellen? Das glaube ich nicht. Warum hätte der Mörder dann Marilyn Wyte töten sollen? Wenn er hinter mir her war, warum hat er nicht dich genommen? Unsere Beziehung ist nicht direkt ein Geheimnis. Oder warum nicht Eileen? Abgesehen davon gibt es, obwohl ich nicht gerade jedermanns Liebling bin, sehr wenige Leute, die ich so verärgert habe, daß sie so etwas tun würden.

Allerdings –« er machte eine Pause, während er ein Stück Papier aus der Tasche seines Overalls zog – »haben mir meine Gastgeber eine Menge Zeit zum Nachdenken verschafft. So bin ich meine bewegte Vergangenheit durchgegangen und habe die Namen meiner übelsten Genossen herausgefischt. Matt Davis von der Polizei in Berkeley könnte dir sagen, wer davon in der Gegend sein könnte, um Ärger anzurichten. Vielleicht ist er sogar bereit, diejenigen zu überprüfen, die auf freiem Fuß sind.«

Ich nahm die Liste und versprach, sie Matt zur Durchsicht zu übergeben. Peter lehnte sich nach vorn. »Und jetzt laß uns zu den wichtigen Dingen kommen. Wie wäre es, wenn wir uns, sobald ich hier raus bin, im Shoals in Santa Cruz treffen würden?« Sein Lächeln wurde zu einem unmißverständlichen Grinsen.

»Peter, du bist unglaublich«, rief ich. »Es geht hier darum, ob du das nächste Opfer des Mörders wirst oder den Rest deines Lebens im Gefängnis verbringst, und du denkst an Sex. Das ist wohl kaum der richtige Zeitpunkt.«

»Selbst ein zum Tode Verurteilter bekommt eine Henkersmahlzeit.«

»Peter, kannst du denn nie ernsthaft sein?«

»Ich war niemals ernster, mein Schatz. Nichts eignet sich besser, sich über Wichtiges und Unwichtiges klarzuwerden, als 18 Stunden unter dem Damoklesschwert einer sehr soliden Mordanklage im Gefängnis zu verbringen.« Das Lächeln war verschwunden.

Ich hatte einen Kloß im Hals, doch ich zwang mich zu einem Lächeln. »Sieben Uhr, an dem Abend, an dem du rauskommst?« schlug ich vor.

»Nicht schlecht.« Er sah jetzt noch ernster aus. »Sei in der Zwischenzeit vorsichtig. Ich würde nicht davon ausgehen, daß der Mörder keine Ahnung davon hat, daß du mit mir in Verbindung stehst, vor allem nach diesem Besuch.«

»Ich bin immer vorsichtig. Wenn Nate dich nicht herausbekommen kann, dann warte auf einen Kuchen mit einer Feile drin.«

Peter lachte, wenn auch weniger herzhaft als üblich.

Nachdem ich Peter verlassen hatte, machte ich mich auf den Rückweg zum Polizeirevier von Palo Alto. Ich durchquerte die Eingangshalle und schritt am diensthabenden Beamten mit einer Selbstsicherheit vorbei, als sei ich ein häufiger Besucher. Den Einwand des Sergeanten tat ich mit einem sonnigen Lächeln und einem »Ist schon in Ordnung, ich schau nur kurz bei Lou vorbei« ab und ging weiter, noch ehe er etwas erwidern konnte.

Ich hatte Glück. Obwohl es Samstag war, war Lou Martin da. Er saß in seinem Büro über einen Berg von Papieren gebeugt. Auf seinem Schreibtisch befand sich eine Ansammlung von Papierstapeln, Aktenordnern und Bleistiftstummeln. Eine Tasse mit kaltem Kaffee, auf dem die Sahne gerann, stand vergessen mitten unter den Papieren. Ich steckte meinen Kopf zur Tür herein und fragte beinahe schüchtern: »Lieutenant Martin? Darf ich Sie einen Augenblick sprechen?«

Er sah überrascht auf, und ich blickte in diese außergewöhnlichen Augen, die niemals zu lächeln schienen. Ich ignorierte den leichten Ärger, den ich in seinem Gesicht entdecken konnte, und trat ins Zimmer. »Erinnern Sie sich an mich? Ich bin Catherine Sayler; ich habe Sie gestern wegen des Mordes an Marilyn Wyte aufgesucht.«

»Ja. Wie sind Sie unangemeldet hier hereingekommen?« wollte er wissen.

Ich versuchte erstaunt auszusehen. »Ich bin einfach hineingegangen.« Ich hielt einen Moment inne, dann lächelte ich entschuldigend. »Tut mir leid, ich bin mit Polizeirevieren vertraut, seit ich ein kleines Mädchen war. Manchmal vergesse ich, mich den Formalitäten zu unterziehen. Wenn ich Sie störe, dann kann ich auch später wiederkommen.«

Wie ich gehofft hatte, betrachtete Martin mich jetzt eher neugierig als verärgert.

»Mein Vater ist Polizeibeamter in Denver. Und beruflich habe ich bislang immer mit der Polizei zusammengearbeitet«, erklärte ich. »Ich würde das gerne fortführen. Wir beide wollen Marilyn Wytes Mörder finden. Innerhalb gewisser Grenzen bin ich gewillt, Sie über das, was ich erfahre, auf dem laufenden zu halten.«

Ich hatte mich in einer Entfernung von Martins Schreibtisch hingestellt, die darauf abzielte, ihm ein unbehagliches Gefühl zu vermitteln, ohne bedrohlich zu wirken. Er reagierte darauf und gab mir einen Wink, ich solle in dem Bürostuhl neben seinem Schreibtisch Platz nehmen.

»Es gibt etwas, das Sie mir erzählen möchten?« fragte er.

»Ich habe vielleicht etwas für Sie. Im Augenblick ist es jedoch nicht mehr als ein Gerücht. Ich habe mit jemandem gesprochen, der Marilyn Wyte flüchtig kannte, und diese Person behauptete, daß Marilyn erwartete, bald zu etwas Geld zu kommen.«

»Wer war diese Person?« fragte Martin trocken. Sein Gesicht verriet keinerlei Anzeichen von Interesse.

Ich erfand eine Begegnung mit einer fiktiven Dame in einer echten Bar und fügte eine ungefähre Wiedergabe von Eileens Gespräch mit Marilyn ein.

»Sie kennen den Namen dieser Frau?«

»Ich wünschte, es wäre so«, erwiderte ich, während mir peinlich bewußt war, wie zweifelhaft das klang. »Als ich sie nach dem Namen fragte, wurde sie sehr mißtrauisch und wollte nichts mehr sagen. Und als ich ihr erzählte, ich sei Privatdetektivin und arbeite an dem Fall, floh sie wie ein aufgescheuchtes Kaninchen. Sie ist kein Stammgast in der Bar; es kannte sie dort niemand.«

»Beschreiben Sie sie.« Martin sah immer noch gelangweilt aus.

Ich gab ihm eine allgemeine Beschreibung von Eileen, die auf eine beliebige Anzahl anderer Frauen ebenso gepaßt hätte.

»Diese Beschreibung könnte auf hundert Frauen zutreffen«, bemerkte Martin. »Von einer Detektivin hätte ich etwas Besseres erwartet.«

Ich ignorierte die höhnische Bemerkung. »Wenn Marilyn Wyte in etwas Illegales verwickelt war, könnte es in ihren Bankauszügen auftauchen. Ich würde wirklich gerne einen Blick darauf werfen.«

»Bitten Sie Harmans Anwalt, sie anfordern zu lassen«, schlug Martin vor.

»Das kann ich natürlich tun. Ich wollte nicht um etwas Unpassendes bitten, ich bin einfach nur daran gewöhnt, mit der Polizei zusammenzuarbeiten. Mir war nicht klar, daß das diesmal nicht möglich sein würde.« Ich erhob mich zum Gehen, doch Martin winkte mich zurück auf den Stuhl.

»Ich nehme an, ich sollte mir diese Belege ansehen. Es ist möglich, daß ich Sie ebenfalls Einsicht nehmen lassen kann. Geben Sie mir Ihre Telefonnummer, ich werde Sie anrufen.«

»Vielen Dank. Ich weiß Ihre Hilfe wirklich zu schätzen.« Ich übergab ihm meine Karte. Nach einem schnellen Blick darauf sah er mich an. »Ihr Vater ist wirklich Polizist?«

»Er ist Captain bei der Polizei in Denver.« Ich lächelte. »Ehrlich.«

Mir war aufgefallen, daß Martin Dan nicht erwähnt hatte. Ich konnte mir vorstellen, daß er, was mein Urteilsvermögen in bezug auf Männer betraf, die Meinung meines Vaters teilte. Meine Eltern waren zornig gewesen, als Dan und ich uns scheiden ließen; sie standen hundertprozentig auf seiner Seite. Peter waren sie noch nie begegnet, doch ich hatte den Verdacht, daß mein Vater wahrscheinlich einer der wenigen Menschen auf der Erde sein würde, den Peter nicht zu entzücken vermögen würde.

»Was hält Ihr Vater davon, daß Sie Privatdetektivin sind?« fragte Martin.

Ich lachte. »Es wäre ihm lieber, wenn ich Krankenschwester oder Lehrerin wäre, doch ich glaube, er ist dankbar, daß ich keine Polizistin geworden bin.«

»Wirklich? Warum?«

»Wir haben nicht viel darüber geredet«, erklärte ich, »ich denke aber, er weiß viel zu genau, was die Männer in seiner Abteilung von weiblichen Polizeibeamten halten, um zu wünschen, daß ich eine wäre. Er hatte keinen Sohn, und so zog er mich mehr wie einen Jungen auf – gab mir seinen Ehrgeiz und seine Liebe zu seiner Arbeit mit. Eines Tages dann sah er sich mit der Tatsache konfrontiert, daß es für Frauen in dieser Art von Welt keinen Platz gab. Als ich ins Teenageralter kam und immer noch Polizistin werden wollte, begann er damit, mir zu erzählen, es sei zu gefährlich.«

»Und Detektivin zu sein, ist sicherer?«

»Geringfügig. Doch die Art von Arbeit, die ich normalerweise tue, ist eigentlich ziemlich sicher. Ich habe hauptsächlich mit Wirtschaftskriminalität zu tun – das ist eine feinere Art von Verbrechen.«

Martin hatte sich soweit entspannt, daß er seinem Gesicht gestattete, mildes Interesse zu zeigen. Er betrachtete mich aufmerksam. Ich fragte mich, ob er eine Tochter hatte oder ganz einfach herauszufinden versuchte, ob ich die Wahrheit sagte.

»Ich sollte jetzt gehen«, sagte ich. »Vielen Dank, daß Sie sich Zeit für mich genommen haben. Ich hoffe, Sie entschließen sich, mich die Bankauszüge sehen zu lassen.«

Als ich das Polizeirevier verließ, kam mir der Gedanke, daß die Bankauszüge auch nutzlos sein konnten. Marilyn konnte ihr Geld genausogut auf einem Geheimkonto oder es vielleicht noch nicht erhalten haben. Wieviel Geld müßte es sein, daß eine Frau wie Marilyn sich als genügend reich betrachtete? Und auf welche Weise hatte sie geplant, es zu bekommen?

7

Ich war müde, als ich das Polizeirevier verließ, und stellte fest, daß es Zeit zum Mittagessen sein mußte. Marilyn hatte in einer Firma namens Microcomp gearbeitet. Deshalb beschloß ich, nach einem Restaurant dort in der Nähe zu suchen. Mit ein bißchen Glück würde ich beim Essen vielleicht etwas hiesigen Klatsch aufschnappen.

Microcomp hatte seinen Sitz in Santa Clara, ein paar Städte südlich von Palo Alto. Ich nehme an, man kann Santa Clara auch als Vorstadt von San Jose ansehen. Die beiden Städte breiten sich zusammen in dem flachen Becken am Ende der San Francisco Bay aus, bilden eine endlose Fläche undefinierbarer Häuser und Fabrikanlagen für »saubere« Industrie.

In einer der Industrieanlagen entdeckte ich Microcomp. Es war eine ziemlich große Firma, die in zwei weiträumigen, praktisch identischen Gebäuden untergebracht war. Die Stuckwände und die Ziegeldächer waren das, was in Kalifornien als spanische Architektur galt.

Eine größere Straße ein paar Blocks weiter bot die übliche Vielfalt an Fast-Food-Ketten. Ich entschied mich für Denny's. Mit seiner orange und gelben Plastikausstattung und dem unvermeidlichen holzgeschnitzten Hinweisschild, das mich aufforderte »Bitte warte Sie, bis Sie von der Bedienung einen Platz zugewiesen bekommen«, hätte es überall in den Vereinigten Staaten stehen können.

Doch dieses Denny's befand sich in Santa Clara, und seine Kunden und ihre Themen konnten nur aus dem Silicon Valley stammen, jenem Gebiet südlich von San Francisco, das von der Computerindustrie beherrscht wurde. Ich fand mich von Gesprächen über Chips mit vier- bis sechsstelligen Seriennummern und Namen von Software-Produkten umgeben. Die Worte zerrissen, und Teile von ihnen fügten sich wieder zu einem linguistischen Flickenteppich zusammen.

Rechts und links von mir konnte ich nur Bruchstücke der Unterhaltung hören. Die Leute in der Sitzgruppe vor mir waren nicht zu verstehen. Die beiden Männer hinter mir sprachen wenigstens Englisch. Einer versuchte offensichtlich, den anderen dazu zu bewegen, über Firmenangelegenheiten zu sprechen, was dieser aber nicht wollte.

»Was macht ihr Burschen dort unten in diesem Laden in San Jose?« fragte der eine Mann.

»Du weißt, daß ich darüber nicht reden kann. Warum, zum Teufel, glaubst du, haben sie uns dort hingeschickt? Herrgott, ich hasse es, mit Bailey zu arbeiten. Er kann einem derart auf die Nerven gehen, und ich stecke für mindestens drei Monate mit ihm zusammen.«

»Trotzdem sollte es einen guten Bonus dafür geben, am Superchip zu arbeiten.«

»Wer sagt, daß es der Superchip ist?« erwiderte der andere. »Wie willst du übrigens wissen, ob der Superchip nicht einfach wieder ein Werbetrick der Firma ist? Jedesmal, wenn sie die Sicherheitsvorkehrungen verstärken, sind alle überzeugt, es käme ein heißes, neues Produkt heraus. Vielleicht sind sie nach der letzten Panne einfach dazu übergegangen, die Vorkehrungen zu verstärken.«

»Blödsinn, dieser Diebstahl war nicht bedeutend genug, um sie derart nervös zu machen. Für eine ganz gewöhnliche Sache arbeiten im Augenblick zu viele Leute an Projekten, über die sie nicht reden können. Irgend etwas ist da los.« An diesem Punkt des Gesprächs erschien die Bedienung, um meine Bestellung entgegenzunehmen. Ich hätte gerne mehr gehört, vor allem über den jüngsten Diebstahl von Chips. Nach dem, was ich über die Sicherheit in der Computerindustrie erfahren hatte, sollte ich Jesse zum Partner machen und ihm hier unten ein Büro einrichten.

Ich bestellte Kaffee und ein Sandwich, eine Entscheidung, die ich sofort bereute, als ich mein Essen bekam. Während mich die Kellnerin bediente, gelang es mir, das Verbrechen zur Sprache zu bringen: »Das arme Mädchen, das ermordet wurde, hat es nicht hier in der Nähe gearbeitet? Ich nehme nicht an, daß Sie sie kannten?«

Die Kellnerin war nicht gesprächig. Sie schüttelte den Kopf. »Nein, Ma'am, wollen Sie noch etwas bestellen?«

Ich schüttelte den Kopf, und sie verschwand. Die Männer hinter mir feilschten darum, wie sie ihren Essensbon aufteilen sollten, und von den anderen Gesprächen um mich herum klang keines interessant oder verständlich.

Zeit, an die Arbeit zu gehen. Marilyn Wyte war bei Microcomp beschäftigt gewesen. Einige ihrer Besucher waren vielleicht Arbeitskollegen. Wenn sich herausstellte, daß nur einer der Männer auf dem Dienstplan von Microcomp stand, würde mir das beträchtlich viel Zeit bei den Hintergrundrecherchen ersparen. Es war einen Versuch wert, und Microcomp lag gleich um die Ecke.

Ich fuhr die beiden Blocks zu Microcomp hinüber. Die Tatsache, daß Samstag war, sollte sich zu meinen Gunsten auswirken. Ich hoffte, daß am Wochenende anstelle der regulären Empfangsdame ein Sicherheitsbeamter Dienst hatte. Ich hatte Glück.

Der Sicherheitsbeamte war jung, höchstens Anfang Zwanzig. Seine Haut war schokoladenbraun, und die Andeutung eines britischen Akzents in seiner Aussprache ließ darauf schließen, daß er aus der Karibik kam. Ich erklärte ihm, daß ich meine beste Freundin aus dem College ausfindig zu machen versuchte. Ich hätte ihre Telefonnummer verloren und könne sie im Telefonbuch nicht finden. Doch ich wisse, daß sie für Microcomp arbeite und fragte mich, ob ich wohl einen kurzen Blick in das Telefonbuch der Firma werfen könne.

Er erklärte mir, daß er das eigentlich nicht zulassen dürfe. An seinem Verhalten hingegen konnte ich erkennen, daß er bei ein wenig mehr Ermunterung dazu bereit sein würde. Ich lächelte und flirtete mit ihm, bis er schließlich das Firmentelefonbuch hervorkramte.

Zuerst sah ich unter C nach. Meine erfundene Freundin war nicht dabei, dafür aber Lawrence Cannaby. »Oh, ich habe ganz vergessen, sie hat sich von ihrem Ehemann getrennt; sie muß sich jetzt Sutton nennen, das ist der Name ihres ersten Mannes.« Wir schlugen Sutton nach und fanden Tim Sutton. Das waren schon zwei. Blieb noch einer zu überprüfen. »Ich weiß nur, daß sie hier arbeitet. Würden Sie es mir schrecklich übelnehmen, wenn wir noch ihren Mädchennamen nachschlagen? Er lautet Ralston.«

Es standen zwei Ralstons im Buch. Meine drei geheimnisvollen Männer arbeiteten alle für Microcomp. Ich hatte einen oder zwei erhofft. Alle drei zu finden, war echtes Glück.

Ich verbarg meine Begeisterung sorgfältig hinter der gespielten Enttäuschung darüber, daß meine Freundin vom College nicht in dem Buch stand, bedankte mich bei dem sympathischen Sicherheitsbeamten und machte mich auf den Rückweg zu meinem Auto.

Abgesehen von der Tatsache, daß alle drei bei Microcomp arbeiteten, wußte ich nicht viel über die Männer, die Marilyn besucht hatten. Aber ich kannte ihre Adressen. Manchmal kann einem der Ort, an dem jemand wohnt, eine Menge über die Person sagen. Die Nachbarn erzählen einem normalerweise dann sogar noch mehr.

Ich zog eine Straßenkarte und den Adressenausdruck des DMV hervor. Der erste Name war Tim Sutton, und er hatte eine Wohnung in Los Gatos. Der zweite war Lawrence Cannaby; sein Kennzeichen gab Auskunft über eine Anschrift in San Jose. Der dritte, James Ralston, lebte in Palo Alto, und Hugh Claytons Wohnsitz befand sich in Woodside.

Die vier Adressen kreiste ich auf meiner Karte ein. Der Samstag war ein guter Tag für eine Besichtigungstour.

Ich beschloß, im Süden zu beginnen und mich nordwärts Richtung San Francisco voranzuarbeiten. Lawrence Cannaby wohnte in San Jose. Also machte ich mich zuerst auf den Weg dorthin. Ich fuhr durch endlose Neubaugebiete, die sich über das Land ausbreiteten, auf dem einst Plantagen mit Obstbäumen gestanden hatten. Es gab keine Obstplantagen mehr und auch kaum noch Bäume.

Cannabys Heim lag inmitten einer Ansammlung von kleinen Eigentumswohnungen. Ich denke, man nennt sie Reihenhäuser. Sie waren alle miteinander verbunden und hatten identische winzige Gärten, bepflanzt mit niedrigem Grünzeug.

Cannabys »Haus« war eine von acht Einheiten in einem zweistöckigen Gebäudekomplex, der mit Rotholzschindeln gedeckt war. Die Bauweise war ansprechend, und die Einheiten besaßen große Fenster, die das Innere vermutlich wunderbar hell machten. Es war ein hübsches Gebäude, doch keine teure Gegend. Wenn Cannaby die Quelle von Marilyns Träumen vom plötzlichen Reichtum sein sollte, dann hatte er nicht viel von seinem Vermögen fürs Wohnen ausgegeben.

Tim Suttons Adresse war in Los Gatos, einer Gemeinde in den Hügeln, die sich hinter Santa Clara erhoben. Ganz allgemein besteht im Gebiet der Bay ein eindeutiger Zusammenhang zwischen Wohnlage und Einkommen: Je höher man hinaufgeht, desto mehr zahlt man. Das trifft nicht überall zu, doch bei Santa Clara und Los Gatos stimmt es.

Los Gatos ist eine nette, waldige Gemeinde, älter und wahrscheinlich spießiger als vieles im Silicon Valley. Tim Sutton lebte in einem der wenigen Apartmentkomplexe, die es hier gab, einer Gruppe dreistöckiger Gebäude, die hellgrau gestrichen waren mit kohlschwarzen Verzierungen und in gotischen Lettern den Schriftzug »Oak Manor« trugen. Ich fand das Verwaltungsbüro und wurde von einer blonden Frau in den Dreißigern begrüßt, die erfreut war, mir die Vorteile der Anlage zu beschreiben. Sicherheit schien ganz oben auf der Liste zu stehen, obwohl Los Gatos nicht so aussah, als sei es ein Gebiet mit hoher Verbrechensrate. Sie erklärte mit großem Stolz, daß der Parkplatz unten und die Gebäude »sicher« seien. Mit Suttons Nachbarn ins Gespräch zu kommen, würde schwierig, wenn nicht sogar unmöglich sein.

Die Mieten für Wohnungen mit einem Schlafzimmer lagen bei 820 Dollar pro Monat aufwärts. Die Mieter waren Berufstätige, eine Mischung aus Singles und Paaren, keine Kinder. »Wir sind kein Ort für Singles mit häufig wechselnden Partnerschaften«, erklärte sie. »Die meisten der Leute hier arbeiten lange und neigen nicht dazu, viele Kontakte zu pflegen. Wir verfügen jedoch über ausgezeichnete Trainings- und Entspannungsmöglichkeiten.«

James Ralstons Haus befand sich in Palo Alto, jener Stadt, die Leland Stanford für seine Universität geschaffen hatte, als die nahegelegendste Stadtverwaltung sich weigerte, den Verkauf von Alkohol zu verbieten. Palo Alto hielt sich nicht an das Verhältnis Höhe – Einkommen. Der größte Teil der Stadt lag in der Ebene, und alles war teuer.

Ralstons Haus war ein durchgestyltes Gebäude im Ranch-Stil auf einer winzigen Parzelle, die großzügig wirken sollte. Es war sicher nicht billig gewesen, als es gebaut wurde. Die Preise in Palo Alto waren in den letzten Jahren weiter eskaliert und hatten diese Häuser für alle, mit Ausnahme der wirklich Reichen, unerschwinglich gemacht. Die Gärten paßten zu den Häusern. Sie waren sehr gepflegt – ein Full-time-Job für japanische Gärtner. Es sah aus, als würden in dieser Gegend Familien wohnen – ein paar Basketballkörbe zierten Garagenfassaden –, doch die Fahrräder und das Spielzeug, das die Anwesenheit von Kindern bewiesen hätte, fehlten.

Vor einem Haus einen Block weiter unten auf der anderen Straßenseite von Ralstons Anwesen prangte ein ZU VERKAUFEN-Schild. Ich parkte davor und schrieb mir die Nummer des Immobilienmaklers auf, dann stieg ich aus und ging zum Nachbarhaus.

Eine Frau Ende Dreißig kam an die Tür. Entweder wollte sie gerade ausgehen oder aber die Leute in dieser Gegend zogen sich förmlicher an, als sie es dort, wo ich wohnte, taten.

»Entschuldigen Sie, ich bin Caroline Messinger, und mein Mann und ich überlegen, ob wir dieses Haus nebenan kaufen sollen. Ich wüßte gerne, ob Sie mir ein wenig über die Nachbarschaft hier erzählen könnten«, sagte ich.

Sie schien erleichtert, als sie merkte, daß ich keine Zeitschriften verkaufen oder Seelen retten wollte. »O ja, natürlich. Möchten Sie nicht hereinkommen?« bot sie an.

Das, was sie über ihre Nachbarn wußte, ließ darauf schließen, daß die Bezeichnung »freundlich« für den Grad der nachbarlichen Beziehungen wahrscheinlich schon übertrieben war. Alles, was sie mir über die Ralstons sagen konnte, war, daß sie kleine Kinder hatten.

Ich bedankte mich für ihre Hilfe und wandte mich zum Gehen. Auf dem Weg zur Tür fragte ich, ob es jemanden gebe, der schon lange hier wohnte und über so ziemlich jeden Bescheid wüßte.

»Oh, das wird Mrs. Moser sein«, erwiderte sie. »Sie wohnt in Nummer 2118, rechts den Block hinunter. Sie weiß alles. Doch sie redet soviel, daß einem die Ohren abfallen.«

Mrs. Moser war offensichtlich die Dame, die ich aufsuchen mußte, und ich hatte Glück – sie lebte fast genau gegenüber von den Ralstons. Die meisten Gegenden besaßen eine Mrs. Moser. Die Schonungslosen mochten sie als Tratsche oder aufdringlichen Menschen bezeichnen, doch sie war auch die lokale Historikerin und Reklametafel der Gemeinde und lieferte auf diese Weise eine Art sozialen Kitt. Eine Gegend ohne eine Mrs. Moser war ein einsamer Ort.

Mrs. Moser war genau die Art von Informantin, auf die ich gehofft hatte. Ich erfuhr etwas über jeden im Block, einschließlich der Ralstons. Jim Ralston arbeitete als irgendeine Art Ingenieur in der Computerindustrie; seine Frau war Anwaltsgehilfin, blieb aber daheim, um ihre drei kleinen Söhne aufzuziehen. Sie waren eine gute, christliche Familie und besuchten jeden Sonntag die Episkopalkirche am Ort. Mr. Ralston war sehr aktiv in Kirchenangelegenheiten, er mochte vielleicht sogar Diakon sein, obwohl sie sich dessen nicht sicher war.

Es dauerte zwei Tassen Kaffee und mehr Zeit, als ich eigentlich hatte verbringen wollen, um eine genaue Übersicht über die Nachbarschaft zu bekommen. Doch das war der Hintergrund über Ralston durchaus wert.

Meine letzte Station war Hugh Claytons Adresse in Woodside. Die drei anderen Männer waren lediglich wohlhabend gewesen. Hugh Clayton hingegen war reich. Seine »Nachbarschaft« war ein Gebiet mit kleinen Anwesen, Häuser wie aus *Architectural Digest*, die auf großen Grundstücken standen, normalerweise mit einem Stall oder Tennisplatz dabei. Claytons Haus war von der Hauptstraße aus kaum zu sehen. Es befand sich am Ende einer langen Auffahrt, die von Oleanderbüschen gesäumt war. Ein Gittertor an meiner Seite der Auffahrt versperrte den Weg.

Dies war nicht die Art von Gegend, wo man an Türen klopfen und Fragen stellen konnte. Deshalb machte ich mich auf den Rückweg nach San Francisco.

Daheim stellte ich fest, daß LeRoy vor meinem Haus parkte. Sein mitgenommener alter Ford sah aus, als hätte ihn ein Abschleppwagen auf dem Weg zum Schrottplatz hier verloren. LeRoy stieg nicht aus, deshalb ging ich zum Auto hinüber.

»Peter sagt, bis er rauskommt, bin ich dein Schatten«, erklärte er.

Es hatte keinen Zweck, LeRoy darzulegen, daß es mir gelungen war, 36 Jahre lang auf mich selbst aufzupassen und daß ich das auch weiterhin tun konnte. Wenn Peter ihm gesagt hatte, er solle auf mich aufpassen, dann konnte ich genausogut gegen eine Wand reden. »In Ordnung«, sagte ich, fand mich mit LeRoys Gegenwart auf meiner Couch ab und hoffte auf Peters baldige Entlassung. »Komm rein.«

»Es geht mir hier drinnen gut«, erwiderte LeRoy. »Ich werde im Auto schlafen. Auf diese Weise kann ich dein Haus beobachten.«

»LeRoy«, erklärte ich in, wie ich hoffte, geduldigem Ton, »die Leute in dieser Gegend schlafen nicht im Auto. Die Bullen werden dich verhaften, wenn du draußen bleibst.«

»Nein. Werden sie nicht.«

»Glaub mir, LeRoy. Ich kenne diese Gegend. Die Dame in dem weißen Haus hat wahrscheinlich schon die Polizei gerufen.«

»Das geht klar. Lieutenant Walker wird sich darum kümmern.«

»Was hat«, fragte ich um einiges lauter, als ich beabsichtigt hatte, »Dan Walker damit zu tun?«

»Mr. Greely hat ihn angerufen, bevor er mit mir telefonierte. Er versprach, er würde den Uniformierten sagen, es wäre in Ordnung, wenn ich hier sei. Außerdem wird er veranlassen, daß sie ein Auge auf dein Haus haben.«

Ich blickte finster, und LeRoy grinste. Ich war nicht sicher, was schlimmer war – daß Peter LeRoy vor meinem Haus postierte oder Dans Zustimmung, seine Anwesenheit zu übersehen. Dies würde mein Image in der Nachbarschaft nicht gerade erhöhen.

Eileen war nicht in der Wohnung. Wahrscheinlich gab Jesse ihr immer noch einen kurzen Einführungskurs in Hintergrundrecherchen. Ich machte mir eine Tasse Tee, zog meine Jeans und eine bequeme Bluse an und begann, die Fragebögen auszuarbeiten.

Die meisten Menschen sprechen gerne über sich selbst und werden, den richtigen Vorwand vorausgesetzt, mit Vergnügen alle Arten von Information liefern. Die Computerindustrie ist eine junge Branche, und zwischen den Firmen besteht eine ganze Menge Bewegung. Es ist die Art von Situation, in der Arbeitgeber aktiv Talente rekrutieren und Abwerber reich werden.

Unter Verwendung des britischen Akzents, den ich für eine Collegeaufführung von *My Fair Lady* perfektioniert hatte, rief ich jeden der drei Männer an und wies mich als Vertreterin eines Vermittlungsdienstes aus, der Computer- und anderen High-Tech-Firmen Personal beschafft. Ich erklärte, daß wir mit Einzelpersonen in ihrem Fachgebiet Kontakt aufnähmen, um mit ihnen über etwaige Berufspläne zu reden und ihnen die Möglichkeit anzubieten, Lebensläufe vorzulegen. Die Männer tauten beträchtlich auf, als ich ihnen versicherte, daß alle Gebühren von den zukünftigen Arbeitgebern bezahlt würden. Zu meiner Überraschung waren alle drei nur zu gern bereit, meine Fragen zu beantworten.

Schon über das Telefon war zu erkennen, daß sie sehr verschiedene Personen waren. James Ralston war höflich und ein wenig schüchtern. Er antwortete auf meine Fragen, gab jedoch selten von sich aus Informationen preis. Er paßte zu der klischeehaften Vorstellung, die ich von einem Ingenieur hatte; er war ruhig und ein wenig förmlich – Peter würde sagen »verklemmt«.

Tim Sutton stand am entgegengesetzten Ende des Spektrums. Obwohl er nur ein paar Jahre jünger als James Ralston war, schien die beiden mindestens eine Generation zu trennen. Sutton war gesellig, sprach leicht und mit großer Selbstsicherheit. Er wirkte eher wie ein Vertreter als wie ein Ingenieur. Er versicherte mir, daß er stets daran interessiert sei, seine berufliche Position zu verbessern. Wo die anderen Männer die intellektuelle Herausforderung und das Maß der beruflichen Eigenverantwortung als wichtige Faktoren bei der Auswahl einer Position aufführten, nannte Sutton nur den Verdienst und die Aufstiegsmöglichkeiten.

Lawrence Cannaby war extrem geschäftsmäßig. Er begrenzte das Telefongespräch auf 15 Minuten, es gelang mir nicht, ihn, während er meine Fragen beantwortete, in eine Plauderei zu verwickeln. Er war der einzige, der mir Fragen stellte, und sie deuteten auf einen scharfen und etwas argwöhnischen Verstand hin. Ich erwartete nicht, daß er sich einverstanden erklären würde, mir einen Lebenslauf zu schicken, doch zu meiner Überraschung versprach er, ihn am Montag in die Post zu geben.

Ich versuchte mir auszumalen, wie die drei wohl aussehen mochten. Sutton klang so, als sei er einer von jenen Burschen, die für Stimmung sorgten, mit einem breiten Grinsen und einem Gesicht, das auch dann noch jung aussehen würde, wenn sein Haar zu ergrauen begann. Cannaby war wahrscheinlich stets für Geschäftsessen gekleidet und wirkte wie ein erfolgreicher Manager. Seit er die High-School abgeschlossen hatte, sah er wie 35 aus. Ralston stellte ich mir als ein wenig professorenhaft vor: Brille mit Stahlgestell, Anzüge von L. L. Bean.

Natürlich würden sie anders aussehen. Doch nach ihren Häusern und ihrem Gespräch entstand in meiner Vorstellung ein Bild von jedem dieser Männer. Der Einfachheit halber taufte ich Sutton »das As«, Cannaby »den Firmenboß ohne Geschäftsbereich« und Ralston »den Professor«.

Die Unterschiede in der Persönlichkeit waren deutlicher zu bemerken als die Unterschiede in ihrer Arbeit. Ich hatte jeden der Männer gebeten, mir eine kurze Beschreibung seiner gegenwärtigen Aufgaben und seines Fachgebietes zu geben. In jedem Fall hatte die Frage einen Schwall von technischem Kauderwelsch ausgelöst, das erst in verständliches Englisch übersetzt werden mußte, bevor es irgendwie von Nutzen sein konnte.

Es ist eindeutig illegal, Gespräche ohne die Zustimmung beider Parteien aufzuzeichnen. Meinen treuen Sony hatte das allerdings nicht davon abgehalten, alle drei Interviews aufzunehmen. Leo Goldberg würde mich nicht anzeigen, und wenn ich Glück hatte, würde er als einziger die Bänder anhören müssen.

Ich brauchte Leos Übersetzung nicht, um einen interessanten Punkt zu begreifen. Tim Sutton hatte ziemlich deutlich gemacht, daß er gegenwärtig an einem Geheimprojekt arbeitete, das zu »wichtigen Fortschritten« in der Industrie führen könnte. Ich dachte an das Gespräch zurück, das ich im Denny's mitgehört hatte, und fragte mich, ob Suttons Projekt etwas mit dem erwähnten »Superchip« zu tun haben konnte. Es war aufschlußreich, daß, während der Mann im Denny's nicht einmal mit einem Mitarbeiter über seine Arbeit reden wollte, Sutton mir die Information über seine Beteiligung an einem Geheimprojekt freiwillig gegeben hatte. Er war nicht die Art von Mensch, dem ich etwas anvertrauen würde, wo Geheimhaltung wichtig war. Wenn er an einem geheimen Projekt arbeitete, dann bestand wenig Zweifel darüber, daß auch Marilyn Wyte davon gewußt hatte.

8

Der Sonntag dämmerte neblig und kalt herauf, ein typischer Tag für San Francisco. Meine Stimmung paßte zum grauen Himmel. Ich stieg aus dem Bett, schlug mir das Schienbein an einem Stuhl an, stieß ein Glas vom Tisch, so daß es zerbrach, und entdeckte, daß in den Frühstücksflocken Getreidekäfer krabbelten. Ich fragte mich, was für einen Tag Peter wohl hatte.

Eileen spürte meine miserable Stimmung und ging mir aus dem Weg. Ich mochte das Mädchen immer mehr. Sie stieg in meiner Wertschätzung noch eine weitere Stufe, als sie mir einen Stapel heißer französischer Toasts brachte, während ich über der *Chronicle* saß und versuchte, die zwei oder drei für mich interessanten Artikel zu finden, die meiner Meinung nach ja irgendwo sein mußten.

Jesse rief ungefähr um zehn an. Er hatte alles getan, was er konnte, um für die Kautionsverhandlung Leumundszeugen herbeizuschaffen. Jetzt blieb uns nur noch abzuwarten, ob seine Anstrengungen sich auch auszahlten.

Normalerweise bitte ich meine Leute nicht, am Wochenende zu arbeiten. Ich arbeite übrigens am Wochenende normalerweise auch nicht. Doch wir mußten so rasch wie möglich vorwärtskommen. »Ich fahre hinunter nach Palo Alto, um die Bewohner in Marilyn Wytes Apartmentblock zu befragen. Kommst du mit?« fragte ich.

Jesses Antwort erfolgte unmittelbar, der Gute – keine Klagen über Sonntagsarbeit. Er versprach, in 20 Minuten bei mir zu sein.

Ich fragte Eileen, ob sie irgendwelche Vorschläge hätte, wen man in dem Apartmentkomplex befragen sollte. Sie war nicht nur auf meine Frage vorbereitet, sie hatte auch einen Plan der Anlage gezeichnet, der uns helfen sollte, uns zurechtzufinden.

»Ich bezweifle, daß die Hausverwalterin von großer Hilfe sein wird«, fing sie von sich aus an. »Sie ist verträumt und selten da. Am besten spricht man mit Ronald, dem Wartungsmonteur. Ihm entgeht nichts, und er ist viel schlauer als er tut. Die feineren Leute verhalten sich, als sei er unsichtbar.« Sie machte eine Pause. »Er wird wahrscheinlich leichter mit Jesse reden als mit Ihnen.«

»Haben Sie mit ihm je über Marilyn gesprochen?« fragte ich.

»Eigentlich nicht. Es gab keinen Grund dafür. Ich hatte einfach mit ihm zu plaudern begonnen, weil er ein netter Kerl zu sein schien.« Sie hielt inne. Ich spürte, daß sie noch etwas hinzufügen wollte.

»Ist da noch etwas, was das Apartment betrifft?« gab ich das Stichwort.

»Nun, Sie haben wahrscheinlich schon selbst daran gedacht, doch ich habe mir über die Männer Gedanken gemacht, die Marilyn besuchten, bevor wir damit begannen, sie zu observieren. Es könnte uns helfen, herauszubekommen, was sie vorhatte – Sie verstehen, Prostitution oder Erpressung oder etwas anderes. Und ich denke, Ronald könnte etwas darüber wissen. Wie ich schon sagte, es entgeht ihm nichts.«

»Ihnen entgeht auch nicht viel«, sagte ich, und sie strahlte über das Kompliment.

Jesse kam ein paar Minuten später an. Ich ging vor die Tür und beschwatzte LeRoy, daß Jesse ein ausreichend grimmiger Leibwächter sei, um mich auf meinem Abstecher nach Palo Alto zu beschützen. Er machte sich auf den Rückweg, um zu sehen, was seine Schützlinge in der Zufluchtsstätte trieben, und Jesse und ich machten uns auf den Weg zur Schnellstraße.

An einem Sonntagmorgen war auf der Schnellstraße nicht viel Verkehr. Jesse ging meinen Stoß von Musikkassetten durch, meinte, daß ich ein paar neue gebrauchen könnte, und zog schließlich eine Kassette aus der Tasche. »Macht es dir was aus, wenn ich eine von meinen einlege?« fragte er.

»Laß mich raten«, erwiderte ich. »Tina Turner.«

Jesse verzog das Gesicht. »Bach«, verkündete er. »Flötenduette.«

»Du versuchst nicht etwa zufällig, das kulturelle Niveau im Büro zu heben?« bemerkte ich.

Er lächelte. »Es ist ein undankbarer Job, aber einer muß es ja tun.«

Marilyns Wohnung befand sich in einem Komplex mit zwei- und dreistöckigen Gebäuden am Rande des Campus von Stanford. Die roten Ziegeldächer und sandfarbenen Wände waren ein offensichtlicher Versuch, den Baustil des erhabenen Nachbarn nachzuahmen. Der landschaftlich sorgfältig gestaltete Komplex sah aus, als könne man hier ganz nett wohnen. Ganz billig war es bestimmt nicht.

Der Nebel von San Francisco hatte Palo Alto nicht erreicht, und der Tag war heiß und sonnig. Wohlgeformte, von Öl glänzende Körper waren kunstvoll um einen großen Pool im Innenhof arrangiert. Diese Sonnenanbeter waren echte Yuppies, jung, schlank und wohlhabend. Es war eine freundliche Gruppe, doch keiner von ihnen kannte Marilyn Wyte gut. Sie hatte sich nicht zu den Versammlungen am Pool gesellt, hatte nicht einmal die Sauna oder das Heißwasserbecken in der kleinen Fitneßhalle in Anspruch genommen.

Die Frauen um den Pool waren keine Sekretärinnen. Es waren junge Akademikerinnen mit einem Einkommen, das weit über dem lag, was Marilyn verdient hatte. Die Dame hatte offensichtlich über ihre Verhältnisse gelebt; ich fragte mich, wie sie damit fertig geworden war.

Der Apartmentkomplex war erstklassig genug, um sich um den Status seiner Mieter zu kümmern. Während Jesse sich auf den Weg machte, um Ronald zu suchen, steuerte ich auf die Wohnung der Hausverwalterin zu und hoffte, es möge eine Akte mit ein paar Informationen über die Tote vorhanden sein. Die Verwalterin war Anfang Vierzig, wog mindestens fünfzehn Pfund zu wenig und hatte einen vagen Blick, der darauf hindeutete, daß es ihr schwerfiel, sich auf unser Gespräch zu konzentrieren. Eileen hatte gesagt, sie sei verträumt; ich vermutete, daß sie high war.

Sie fand es ganz schrecklich, daß ihre Mieterin tot war, doch wußte sie über Marilyn Wyte nicht mehr als alle anderen. Ich fragte, ob sie Informationen über die Bewohner in einer Akte aufbewahrte, und durfte zu meiner Freude feststellen, daß sie das tat. Sie brachte mir eine Karte, die Marilyn ausgefüllt hatte. Darauf stand genau, wonach ich suchte – ihre Heimatadresse in Fords Prairie in Washington und ihre vorherige Adresse in San Francisco. Sie enthielt auch die Miete für ihre Wohnung. Das schöne Leben kam nicht billig.

Jesse hatte Ronald gefunden. Die Unterhaltung dauerte lange genug, so daß ich mich in der Sonne räkeln konnte und durch und durch warm und schläfrig wurde. Als er schließlich auftauchte, ließ sein Grinsen darauf schließen, daß er ebenfalls etwas erfahren hatte. Ich ließ ihn in die Stadt zurückfahren, und auf dem Weg erzählte er mir, was er von Ronald gehört hatte.

»Eileen hatte mit dem Burschen recht, er weiß mehr über diese Leute, als sie voneinander wissen. Er hatte für Marilyn Wyte nicht besonders viel übrig, dachte zuerst, sie sei eine Nutte. Später kam er jedoch zu dem Schluß, daß sie wahrscheinlich nur eine aktive Amateurin war. Er schenkte den Männern keine besondere Aufmerksamkeit, bemerkte nur, daß es viele waren. Sie ließ nichts anbrennen, hatte immer mehrere Freunde gleichzeitig. Die meisten ihrer Beziehungen waren mehr als einmalige Gastspiele, und ein Kerl war gewöhnlich einen Monat oder länger da, bevor er wieder von der Bildfläche verschwand und sie sich mit irgendeinem anderen befaßte. Ronnie arbeitet erst seit sieben oder acht Monaten dort, doch das war das Schema in der Zeit, in der er da war.«

Es war interessant, wenngleich ich keine Ahnung hatte, was es bedeutete. Wir diskutierten, was wir wußten, und versuchten daraus schlau zu werden. Schließlich endeten wir damit, schweigend Jesses Flötenduetten zu lauschen.

Als wir wieder in San Francisco ankamen, war es später Nachmittag. Ich beschloß, es noch einmal bei Leo Goldberg zu versuchen. Diesmal war er da. Er willigte ein, sich die Aufzeichnungen anzuhören und die Arbeitsbeschreibungen, die mir die drei gegeben hatten, in verständliches Englisch zu übersetzen. Ich vereinbarte mit ihm, sie am Montag in seinem Büro vorbeizubringen.

»Was weißt du über einen Superchip?« fragte ich.

»Kartoffel oder Silizium?« erwiderte er und amüsierte sich köstlich über seinen eigenen Scherz.

Als er mit dem Kichern aufgehört hatte, fuhr ich fort. »Ich habe gehört, wie ein paar Männer sich in einem Denny's in der Nähe von Microcomp unterhalten haben, und einer nahm auf ein streng geheimes Projekt Bezug, das mit einem Superchip zu tun hat. Weißt du irgend etwas darüber?«

»Catherine, meine Liebe, es wird ständig über einen Superchip oder irgendein anderes streng geheimes Projekt geredet, das in der Industrie bahnbrechend sein soll. Manchmal gibt es ein Geheimprojekt, das Früchte trägt, manchmal gibt es sogar einen Durchbruch, doch die meiste Zeit ist es Schall und Rauch, meine Liebe. Schall und Rauch.«

»Heißt das, daß es keinen Superchip gibt«, sagte ich.

»Das heißt, daß es vielleicht einen Superchip gibt oder auch nicht. Dieser Begriff wird gewöhnlich für Mikroprozessor-Chips verwendet, die kleinen Gehirne der Computer. Jeder sucht ständig nach besseren Gehirnen.«

»Könnte Microcomp an einem Superchip arbeiten?« fragte ich.

»Das bezweifle ich. Ich glaube, sie beschäftigen sich mit Random Access Memory oder RAM-Chips. Weißt du, was das ist?«

Diesmal wußte ich es ausnahmsweise. Jesse hatte mich vor ein paar Monaten damit bekannt gemacht, als ich beschlossen hatte, daß der Bürocomputer mehr Speicher nötig hatte. Ich verlasse mich bei solchen Dingen auf ihn, doch ich habe es immer gern, wenn ich verstehe, was die Agentur kauft. So gab er mir einen raschen Überblick über die Eingeweide unseres freundlichen PCs.

RAM-Chips sehen aus wie Küchenschaben aus Plastik; sie sind ungefähr zweieinhalb Zentimeter lang und sitzen auf einer Plastikplatte, die Grundplatine genannt wird. Sie liefern den größten Teil des Speichers des Computers. Je mehr Küchenschaben man hat, desto größer und komplizierter können die Programme sein.

»Ich kenne mich ein bißchen bei RAM-Chips aus«, sagte ich. »Könnte es einen Super-RAM-Chip geben?«

Leo dachte über meine Frage nach. »Man versucht ständig, den Arbeitsspeicher zu verbessern. Die vielversprechendsten Forschungen gehen aber weniger dahin, die Leistungsfähigkeit der herkömmlichen RAM-Chips zu verstärken, als vollkommen neue Typen von Chips zu entwickeln.«

»Würde ein Durchbruch eine Menge Geld wert sein?«

»Könnte sein. Hängt von dem Durchbruch ab«, erwiderte Leo.

»Würdest du in jedem Fall davon erfahren, wenn jemand kurz vor einem Durchbruch steht?« fragte ich weiter.

»Nicht unbedingt. Die Firmen versuchen, solche Dinge geheimzuhalten.«

»Gelingt ihnen das denn – ich meine, eine Entdeckung geheimzuhalten?«

Er lachte. »Silicon Valley ist leck wie ein Sieb. Big Blue – das ist IBM – ist so ziemlich die einzige Firma, die es wirklich schafft, den Deckel draufzuhalten. Doch es ist immer möglich, daß sich irgend etwas tut, wovon ich nichts weiß.«

»Könntest du dich ein wenig für mich umhören? Ich bin besonders interessiert, ob Microcomp mit irgendeinem Geheimprojekt zu tun hat. Einer der Männer auf den Bändern, über die wir gesprochen haben, nimmt Bezug auf geheime Arbeit. Vielleicht kann dir das, was er sagt, einen Hinweis geben.«

»Mich umhören? Ist mir ein Vergnügen«, erklärte Leo mit einer Begeisterung, die die Alarmglocken in meinem Kopf klingeln ließ.

»Leo«, warnte ich, »immer mit der Ruhe. Wenn es ein Geheimprojekt gibt, dann ist es gut möglich, daß es mit dem Mord an Marilyn Wyte in Verbindung steht. Die falschen Fragen auf eine zu offensichtliche Weise zu stellen, kann sehr gefährlich werden.«

»Verstanden«, sagte er in ernstem Ton, »ich werde die Diskretion selbst sein.«

Die Worte waren richtig, doch seine Stimme hatte einen begeisterten Unterton, der mich beunruhigte. Ich hoffte, es war kein schlimmer Fehler, Leo da mit hineinzuziehen.

Ich war an diesem Abend nicht besonders in Stimmung, etwas zu kochen, und der Zustand der Küche in Ben Lomand hatte nicht gerade Vertrauen in Eileens Kochkünste bei mir aufkommen lassen. Deshalb war mir auch etwas zwiespältig zumute, als sie anbot, das Abendessen zuzubereiten. Doch die

Düfte, die bald ins Wohnzimmer zogen, deuteten darauf hin, daß ich sie falsch eingeschätzt hatte, und das Essen bestätigte es. Sie hatte ein Bündel Gemüse angebraten und es über braunen Reis gegeben, und selbst ein überzeugter Fleischesser wie ich konnte nicht anders, als an dem Ergebnis Geschmack zu finden.

Nach dem Essen machte ich Feuer im Kamin, während sie für mich Kaffee und für sich selbst Kräutertee zubereitete. Dann machten wir es uns im Wohnzimmer bequem, um uns zu entspannen. Ihr Gesicht zeigte inzwischen mehr Farbe, und ihre Stimme klang voller, lebendiger. Sie war ein sehr hübsches Mädchen.

Ich versuchte mich daran zu erinnern, was Peter mir über sie erzählt hatte. »Warum wollen Sie Privatdetektivin werden?« fragte ich.

»Eigentlich wollte ich Rechtsanwältin werden, doch ich habe nicht das Geld, um zu studieren. Ich habe von einer Frau in Chicago gelesen, die hinter dem Eigentümer eines bewohnten, abbruchreifen Mietshauses her war. Sie hat Beweismaterial zusammengetragen, aufgrund dessen er öffentlich angeklagt wurde. Auf diese Weise hat sie ihn gezwungen, seine Gebäude in Ordnung zu bringen. Dabei erkannte ich, daß ich vielleicht gar nicht Anwältin werden mußte, um etwas Nützliches für die Gesellschaft zu tun.«

Nützlich – das war ein Wort, das Peter viel gebrauchte. Seine Definition war ein wenig einschränkender als die, die im Webster steht. Für ihn bedeutete nützlich, die Besitzenden zu zwingen, ein paar Krumen mehr in Richtung der Habenichtse zu werfen. Es sah so aus, als hätte ich einen weiteren Hippie-Idealisten auf dem Hals.

»Wie sind Sie zu Peter gekommen?« fragte ich.

»Ich bin einem Anwalt begegnet, der bei der Ländlichen Rechtshilfe arbeitete, und der kannte Peter.«

Typisch. Die radikale Vetternwirtschaft. Irgend jemand tauchte immer vor Peters Tür auf. Doch Eileen mochte tatsächlich eine Entdeckung sein. Sie war intelligent und konnte durchaus das Zeug zu einer guten Detektivin haben.

»*Für die Gesellschaft nützlich* ist kein Ausdruck, den man heute noch häufig hört«, bemerkte ich und dachte dabei an die Schickimickis am Pool von Marilyns Apartmentanlage. »Die meisten jungen Leute in Ihrem Alter stehen auf Erfolg und Konsum und solche Dinge.«

»Ja, ich denke, in der Beziehung bin ich atavistisch veranlagt. Ich habe es immer bedauert, daß ich die Sechziger verpaßt habe. Ich meine, es war damals nicht alles vollkommen, und es passierten viele schlimme Dinge, doch die Leute waren einander wenigstens nicht gleichgültig, versuchten wenigstens, etwas besser zu machen.«

Ich nickte. Ihre Sehnsucht nach einer Welt, in der soziale Gerechtigkeit ein wirkliches Ziel war, verstand ich nur zu gut. Peter hatte Glück gehabt. Er hatte die Sechziger auf ihrem Höhepunkt erlebt – den Idealismus, das Gefühl einer Gemeinschaft, die sich dem Aufbau einer neuen und besseren Welt verschrieben hatte. Ich war ein wenig zu jung und am falschen Ort gewesen, um das feststellen zu können. Abgesehen davon hatte ich ein anderes Handicap. Für die Leute in der Bewegung waren Bullen und alle, die für die Obrigkeit tätig waren, Schweine. Für mich waren jene Typen in den blauen Anzügen Männer, die meine Softballmannschaft trainiert, aufgeschürfte Knie verbunden und mir Eis gekauft hatten. Wenn ich nach Hause kam, hörte ich die Geschichte aus ihrer Perspektive – ihren Zorn darüber, daß sich ihre Kinder gegen sie wendeten, ihre Verwirrung, ihre Angst. Selbst jetzt, mehr als zehn Jahre später, war es immer noch verwirrend und schmerzlich.

Ich beneidete Eileen um ihren Idealismus und wollte sie ermutigen. Doch es gab nach wie vor noch ein paar Wahrheiten im Detektivgeschäft, auf die Peter sie vielleicht nicht hingewiesen hatte.

»Für die Gesellschaft nützliche Arbeit zu tun ist ein schönes Ziel«, sagte ich, »aber hat Peter so prosaische Dinge wie Stromrechnung und Miete erwähnt?«

Eileen sah verwirrt aus.

»Pacific Gas und Electric möchten gern bezahlt werden,

ebenso Lebensmittelhändler und Vermieter. Man muß Geld verdienen, um diese Rechnungen zu zahlen, außer man ist finanziell unabhängig. Eine für die Gesellschaft nützliche Arbeit ist selten lukrativ.«

»Oh, das ist mir klar«, rief Eileen. »Peter arbeitet viel, nur um die Rechnungen zu bezahlen. Ich erwarte nicht, die Welt zu retten. Ich möchte nur sicher sein, daß die Arbeit, die ich tue, einen gewissen Wert hat, daß sie, zumindest was einen Teil der Zeit betrifft, den Menschen hilft.«

Dagegen konnte ich nichts sagen. Die Welt konnte alle Eileens brauchen, die sie bekommen konnte.

Der Montagmorgen ist gewöhnlich eine bittere Angelegenheit. Entweder ist er grau, dann habe ich keine Lust, aufzustehen, oder er ist sonnig, dann habe ich keine Lust, zur Arbeit zu gehen. Doch nachdem ich am Sonntag so wenig geschafft hatte, wirkte der Montag als eine Erleichterung. Die Leute waren endlich wieder in ihren Büros, wo sie unsere Fragen beantworten oder die Berichte hervorkramen konnten, die wir brauchten.

Eileen war Frühaufsteherin und bereitete das Frühstück, während ich duschte. Mir würde ihre Gesellschaft fehlen, wenn sie wieder in Berkeley wohnte. Wenn irgend jemand ihr Apartment beobachtete, sollten die Leute in der Nachbarschaft es inzwischen gemerkt haben. Jesse konnte heute nachmittag die Wohnung überprüfen und mit den Nachbarn sprechen, und wenn alles in Ordnung war, konnte sie heute abend nach Hause zurückkehren.

Ich machte mich früh auf den Weg zum Büro und wurde von LeRoy mit einem Winken begrüßt. Mrs. Katizakas, die gerade ihre Zeitung aus dem einzigen Busch in ihrem winzigen Vorgarten holte, bedachte mich mit einem bösen Blick. Mrs. K. hatte mich einmal gefragt, womit ich mir meinen Lebensunterhalt verdiente. Auf meine Antwort hin hatte sie schockiert ausgesehen und gefragt: »Weiß Ihre Mutter denn davon?«

Im Büro ging ich die anderen Fälle, an denen wir eigentlich

arbeiten sollten, noch einmal durch und rechnete aus, daß wir sie für ungefähr eine Woche auf Eis legen konnten, bevor mehrere Klienten anfangen würden, Krach zu schlagen.

Ich rief meine andere Detektivin an, Chris, die an einem Fall in Seattle arbeitete, und schilderte ihr knapp Peters Lage. Sie war nicht begeistert, Zeit von ihrem Fall abzweigen zu müssen, um nach Fords Prairie zu fahren. Noch weniger erfreut war sie, als ich ihr erklärte, was sie dort tun sollte.

»Ich werde mich äußerst beliebt machen, wenn ich Fragen über ein Mädchen stelle, das hier aufgewachsen ist und gerade ermordet wurde, vor allem, wenn man herausbekommt, für wen ich arbeite«, beklagte sie sich.

»Ich habe großes Vertrauen in dein angeborenes Taktgefühl, deinen Charme und in deine Fähigkeit zu lügen«, versicherte ich ihr.

»Vielleicht werde ich auch noch die Fähigkeit, schnell zu laufen, brauchen.«

»Stimmt«, gab ich zu. »Versuche ihre beste Freundin zu finden, jemanden, mit dem sie in Briefkontakt stand, nachdem sie nach San Francisco gezogen ist. Wenn ihre Eltern nicht hilfsbereit sind, versuch es bei ihren Klassenlehrern, dem Pfarrer, jedem, der wissen könnte, mit wem sie sich herumtrieb. Wir müssen so viel wie möglich darüber erfahren, was sie getan hat, nachdem sie von zu Hause weggegangen ist.«

Chris murrte noch etwas lauter, nur um mich zu entmutigen, ihr zukünftig lausige Aufgaben unterzujubeln. Da ich eine wohlwollende und mitfühlende Chefin war, erkundigte ich mich nach ihrem gegenwärtigen Fall. Sie schätzte, daß sie wenigstens noch zwei weitere Wochen brauchen würde, um die Sachen in Seattle zu erledigen. Ich sagte ihr, sie solle das Schlafen auslassen und es in einer Woche durchziehen.

Das Telefon klingelte Punkt neun Uhr früh. Es war Nate Greely, der mich darüber informierte, daß Peters Kautionsverhandlung auf Dienstag morgen angesetzt worden war. Ich fragte, wie unsere Chancen stünden, daß der Richter einer Freilassung auf Kaution zustimmen würde.

»Nun«, sagte Greely mit seiner klangvollen Gerichtssaalstimme, »dies ist nicht die Art von Fall, wo eine Kaution überhaupt automatisch in Betracht kommt, und H führt einen Lebensstil, der von den meisten Richtern nicht notwendigerweise geschätzt wird. Ihre Assistenten haben jedoch mit einer ziemlich beeindruckenden Gruppe von Personen aufgewartet, die zu bezeugen gewillt sind, daß ihm nicht viel zum Heiligen fehlt. Da mehrere dieser Personen sowohl reich als auch einflußreich sind, hat H meiner Meinung nach gute Karten.«

Ich hoffte, daß Greely sein Honorar nicht nach der Anzahl der Worte berechnete, doch es tat gut zu hören, daß er glaubte, er könne Peter aus dem Gefängnis holen. Die Aussicht, Peter in meinem Bett zu haben, war weit vielversprechender als LeRoy vor meiner Tür.

Amy und Jesse trafen ein, während ich mit Greely telefonierte. Sobald ich das Gespräch beendet hatte, rief ich alle in mein Büro. Ich ging die Informationen, die wir erhalten hatten, durch und übertrug Eileen und Jesse verschiedene Teile der Hintergrundrecherchen.

Die Adresse von Marilyn Wytes Wohnung in San Francisco brachte uns vielleicht jemanden, der sie gekannt hatte. Deshalb schickte ich die beiden zuerst dorthin. Der Rest war, bis auf die Identität des Fahrers des Mietwagens, unproblematisch.

»Vielleicht sagt es uns die Leihwagenfirma einfach, wenn wir sie fragen«, schlug Jesse vor.

»Ich habe mich am Samstag erkundigt, und sie tut es nicht«, informierte ich ihn.

»War einen Versuch wert«, sagte Jesse.

Ich nickte. »Das war Plan A, jetzt versuchen wir es mit Plan B.« Jesses Miene erhellte sich beträchtlich. Ich wünschte, er wäre nicht ganz so begeistert von leicht fragwürdigen Methoden. Peter hatte einmal bemerkt, daß Jesse eine großartige Eddie-Murphy-Imitation abgab.

»Es wird dir gefallen, Jesse«, sagte ich. »Es ist beinahe so gut wie die Sachen, die sie im Fernsehen machen.«

Er sah ein wenig verlegen aus, doch wir wußten beide, daß er es nicht erwarten konnte zu erfahren, was ich vorhatte.

»Ich möchte, daß du heute nachmittag nach drei Uhr die Leihwagenfirma anrufst und ihnen erzählst, du seist Autor eines Computermagazins. Such dir eins aus, egal welches. Es muß nur so weit im Osten liegen, daß es, wenn es hier halb vier ist, im Hauptsitz halb sieben ist. Du sagst, du schreibst einen Artikel darüber, wie Computer im Leihwagengeschäft eingesetzt werden, und würdest gerne vorbeikommen, um mit ihnen ein Interview zu führen. Es wird nur ein paar Minuten dauern. Setze das Interview für heute an. Wenn man mit deinem Besuch einverstanden ist, laß dir von Amy ein paar falsche Geschäftskarten machen und geh hin. Halte das Gespräch allgemein und versuche sie soweit zu bringen, daß sie dir zeigen, wie der Computer arbeitet und du selbst in die Nähe der Tastatur kommst. Dann sagst du so etwas wie ›Lassen Sie mich sehen, ob ich das verstanden habe. Wenn ich jetzt ein hypothetisches Kennzeichen eintippe...‹ und du gibst 1DBG835 ein.«

Jesse ließ einen Freudenschrei los. »In Ordnung!« sagte er. »Das gefällt mir.« Amy unterdrückte ein boshaftes Kichern.

»Du bist nur neidisch, weil ich den ganzen Spaß haben werde«, warf ihr Jesse vor.

»Wollen wir hoffen, es wird ein Spaß und kein Fiasko«, warf ich ein, »einen Plan C haben wir nämlich nicht.«

Jesse nickte. »Ja, Ma'am.«

9

Das einzige Verbindungsglied zwischen Peter und Marilyn Wyte war Hugh Clayton. Es war eine vage Vermutung. Eigentlich hatte Claytons Frau Peter nicht beauftragt, Marilyn zu beobachten. Sie hatte ihm die Telefonnummer einer anderen Frau gegeben. Doch auch eine vage Vermutung war ein Ansatzpunkt.

Es gelang mir, Claytons Sekretärin dazu zu bewegen, mir

einen Termin für elf Uhr vormittags zu geben. Ich würde schneller fahren müssen, als erlaubt, wenn ich es noch schaffen wollte. Ich hatte keine andere Wahl. Denn die Sekretärin versicherte mir, es ginge nur heute um elf Uhr oder dann wieder irgendwann nächste Woche; also sagte ich »Vielen Dank« und steuerte auf mein Auto zu.

Der stets getreue LeRoy wartete unten auf der Straße und bestand mit der für ihn charakteristischen Einsichtsfähigkeit und Flexibilität darauf, mir nach Palo Alto zu folgen. Ich brachte ihn dazu, sich wenigstens einverstanden zu erklären, auf dem Parkplatz von Clayton Electronics zu warten, anstatt mir hinein zu folgen.

Claytons Büro war, wie für die Peninsula typisch, großzügig ausgestattet, lässig, aber elegant. Der massive Schreibtisch bestand aus Eichenholz, der Boden war mit einem großen, teuren Orientteppich bedeckt, und es gab genügend Pflanzen, um eine exklusive Bar in San Francisco zu dekorieren.

Clayton erhob sich, als ich den Raum betrat. Er war ein Mann mit gewölbter Brust, ungefähr einen Kopf größer als ich. Sein rötlicher Bart war von grauen Strähnen durchzogen, und sein sorgsam geföntes Haar lichtete sich schon ein wenig. Er trug einen dunkelgrauen Nadelstreifenanzug mit einem perlgrauen Seidentaschentuch in der Brusttasche.

Er lächelte breit und streckte mir seine Hand entgegen. »Wie geht es Ihnen, Miß Sayler. Was kann ich für Sie tun?«

Ich schüttelte ihm die Hand. Sein Händedruck war kräftig, aber nicht hart. Er paßte gut zu der Eiche und den Farnen.

»Ich untersuche den Mord an Marilyn Wyte«, erklärte ich. »Ich habe gehört, daß sie einmal für Sie gearbeitet hat.«

Das Lächeln verschwand von Claytons Gesicht. »Ja, ja, das hat sie getan. Es war eine schreckliche Sache. Doch ich dachte, man hätte den Mörder festgenommen.«

»Man hat einen Verdächtigen«, räumte ich ein. »Würde es Ihnen etwas ausmachen, wenn ich Ihnen ein paar Fragen stellte?«

»Nein, keineswegs. Arbeiten Sie für den Verdächtigen?« fragte er.

»Ja, für seinen Anwalt«, erwiderte ich, während ich einen gelben Schreibblock hervorholte. »Wie lange hat Miß Wyte für Sie gearbeitet?«

»Ungefähr ein Jahr. Sie war hier Empfangsdame.«

»Ich habe gehört, daß sie die Firma vor anderthalb Jahren verlassen hat.«

»Ja.«

Ich hielt bei Clayton genau Ausschau nach Anzeichen von Nervosität oder Streß. Es gab keine. »Können Sie mir den Grund für ihren Weggang sagen?«

»Ich glaube, eine andere Firma machte ihr ein besseres Angebot.«

»Kannten Sie sie gut?« fragte ich.

»Nur beiläufig«, erwiderte er.

Die Lüge kam ihm mit solcher Leichtigkeit und solchem Selbstvertrauen über die Lippen, daß seine Worte unzweifelhaft schienen. Sein Verhalten war sicher und geschäftsmäßig, sogar entspannt. Wenn jemand so überzeugend zu lügen verstand, bedeutete das nicht gleichzeitig, daß er auch zu einem Mord fähig war. Aber es machte Hugh Clayton zu einem Mann, den man beobachten mußte.

Ich überlegte, welche Richtung ich einschlagen sollte, und entschloß mich für einen direkten Kurs. Während ich meinen Block hinlegte und ihm geradewegs in die Augen sah, meinte ich: »Mr. Clayton, ich habe Grund zu der Annahme, daß Sie mir gegenüber nicht ganz ehrlich sind.«

Clayton sah überrascht aus, doch keineswegs beunruhigt. »Wirklich? Was veranlaßt Sie dazu, so etwas zu sagen, Miß Sayler?«

»Ich weiß, daß Sie Marilyn Wyte vor ihrem Tod regelmäßig besucht haben.«

Clayton seufzte und schüttelte den Kopf. »Und ich dachte, ich sei so diskret gewesen.« Er sah immer noch nicht beunruhigt oder verwirrt aus. »Ja, ich habe sie besucht. Ich weiß nicht, wie Sie das herausgefunden haben, doch ich würde es nicht abstreiten, obwohl ich es selbstverständlich vorzöge, wenn unsere Beziehung vertraulich bliebe.«

»Sie können mit meiner Diskretion rechnen, wenn Sie einwilligen, meine Fragen zu beantworten.«

»Sehr gut.«

»Bitte erzählen Sie mir, was Sie über Marilyn Wyte wissen. Was für ein Mensch war sie?«

»Ich weiß nicht viel von ihr. Unsere Beziehung war in einer Hinsicht sehr intensiv und in einer anderen sehr oberflächlich. Sie war eine sehr schöne Frau, und sie war sich des Eindrucks, den sie auf Männer machte, sehr wohl bewußt. Sie lebte immer in der Gegenwart – kein Gespräch über die Vergangenheit. Ich weiß nicht einmal, wo sie wohnte, bevor sie hierhergezogen ist. Ich habe sie in einer Bar getroffen; später gab ich ihr einen Job. Sie schien fähig, sogar intelligent, doch, um ehrlich zu sein, ich schenkte ihrer Arbeitsleistung nicht viel Beachtung.«

Für einen Mann in seiner Lage war er bemerkenswert kooperativ – keine Spur von Ärger darüber, daß ich in sein Privatleben eingedrungen war, kein Zeichen von Unwillen, weil ich den Mann vertrat, den man bezichtigte, seine Geliebte umgebracht zu haben. Ich fragte mich, wo er diese Art von Gefühlsbeherrschung gelernt hatte. Vielleicht wurde einem das auf der Harvard Business School beigebracht.

»Warum ging sie zu Microcomp?« fragte ich.

»Das habe ich arrangiert. Ich bin verheiratet, verstehen Sie, und selbst wenn ich es nicht wäre, glaube ich nicht, daß ich Marilyn geheiratet hätte. Ich wollte die Beziehung beenden und dachte mir, daß es einfacher sei, wenn sie nicht mehr bei mir angestellt wäre.«

»Was meinte sie dazu?«

»Ich denke, sie hätte es vorgezogen, alles so zu lassen, wie es war, doch sie war klug genug, das, was wir hatten, nicht durch übertriebene Anhänglichkeit zu zerstören.«

»Aber Sie haben Ihre Beziehung nicht beendet«, behauptete ich.

Clayton sah auf seine Hände hinab. »Richtig. Ich weiß, ich hätte es tun sollen, aber ich tat es nicht. Ich habe sie bei Gott nicht geliebt, doch ich habe es genossen, mit ihr zusammenzusein, und sie fehlte mir. Sie war ...« Er hielt inne und suchte nach Worten. »Sie schaffte es, daß ich mich ... ganz besonders fühlte – jünger, weniger ernsthaft.« Er hielt ein weiteres Mal inne, schien sich zu sammeln, dann blickte er wieder zu mir hoch.

»Ich habe Ihnen mehr über mich selbst erzählt als über sie, aber andererseits habe ich Marilyn auch immer mehr erzählt als sie mir.«

»Wissen Sie, ob sie sich noch mit anderen Männern traf?« fragte ich.

»Davon ist mir nichts bekannt, doch vielleicht tat sie es. Sie wußte, daß es beinahe vorbei war. Ihr war sicher klar, daß ich sie nicht heiraten würde, deshalb wäre ich nicht überrascht, wenn sie sich nach einem anderen ›alten Knacker‹ umgesehen hätte.«

»Haben Sie ihr Geschenke gemacht?« fragte ich leise, darum bemüht, den intimen Beichtton, den das Gespräch angenommen hatte, nicht zu unterbrechen.

»Ja.« Clayton seufzte. »Natürlich sind Geschenke immer Teil einer solchen Beziehung.« Clayton lehnte sich in seinem Sessel zurück und räusperte sich. Sich mir wieder zuwendend, nahm er noch einmal die Rolle des selbstsicheren Geschäftsmannes an. »Sehen Sie, ich habe Ihnen eine ganze Menge mehr erzählt, als ich beabsichtigt hatte. Ich hoffe, ich kann mich auf Ihre Diskretion verlassen.« Es klang mehr nach einer Behauptung als nach einer Bitte.

Ich nickte und lächelte. »Absolut. Es tut mir leid, daß ich Ihnen das aufzwinge, doch ich muß alles wissen, was ich über Marilyn Wyte erfahren kann. Gibt es noch etwas, das Sie mir über sie erzählen könnten? Welche Art von Dingen hat sie gern getan? Was hat sie vom Leben erwartet? Irgend etwas, das mir helfen würde, einen Eindruck von ihr als Mensch zu bekommen.«

Clayton überlegte einen Augenblick. »Ich glaube, sie war ziemlich ehrgeizig«, sagte er. »Sie mochte hübsche Dinge, genoß das angenehme Leben. Jetzt, wo ich darüber nachdenke, scheint mir, daß es während des letzten Jahres oder so einen anderen Mann gegeben haben muß. Ich habe sie nicht allzuhäufig besucht, und obwohl ich ihr einige Geschenke machte, bekam sie doch nicht genug von mir, um sie mit Seidenblusen und Champagner zu versorgen.«

Er nahm einen runden Briefbeschwerer aus Glas vom Tisch und begann damit zu spielen, ließ ihn, während er sprach, abwechselnd von einer in die andere Hand gleiten. »Es klingt jetzt so, als sei sie eine billige, schäbige Person gewesen, doch das war sie nicht. Sie war bezaubernd, vital und lebendig. Sie verlangte keine Geschenke. Ich schenkte ihr etwas, weil es so großen Spaß machte, ihr Vergnügen zu bereiten. Ich bezweifle, daß sie nach einem anderen Mann suchen mußte; sie war die Art von Frau, die nur auszusehen braucht, als sei sie zu haben.«

»Das klingt, als tendierte ihr Geschmack zu reichen Männern«, deutete ich an.

»Trifft das nicht auf die meisten Frauen zu?« fragte er lächelnd. »Ich möchte nicht zynisch sein, aber angenommen, eine Frau hat die Wahl zwischen einem Mann mit Geld und einem ohne, würden die meisten Frauen nicht das Geld wählen?«

»Ich würde denken, das hängt von den anderen Qualitäten des Mannes ab«, sagte ich.

»Ah, wenn nur alle Frauen so wie Sie wären, Miß Sayler, doch ich habe den Verdacht, daß Frauen von Geld angezogen werden so wie die Männer von Schönheit. Doch das ist keine Antwort auf Ihre Frage. Ich denke, Marilyn zog reiche Männer vor. Ich kann sie mir nicht in billigen Restaurants vorstellen oder beim Kegeln oder in der Gesellschaft von Männern, die solche Dinge mögen.«

»Hat sie sich nach einem reichen Ehemann umgesehen, oder genoß sie es nur zu spielen?« fragte ich.

Er schüttelte den Kopf. »Das weiß ich wirklich nicht. Wenn sie sich ernsthaft nach einem Ehemann umgesehen hätte, dann wäre sie wohl nicht so lange bei mir geblieben. Doch vielleicht machte sie sich darüber keine Gedanken. Wie ich schon sagte, sie lebte für den Augenblick. Ich glaube nicht, daß sie viel über die Zukunft nachgedacht hat.«

Clayton schien sich fürchterlich zu bemühen, mich davon zu überzeugen – und möglicherweise auch sich selbst –, daß Marilyn Wyte keine Edelnutte war. Er legte den Briefbeschwerer auf den Schreibtisch zurück, und ich spürte, daß das das Ende unseres Gesprächs signalisierte. Bevor er noch irgend etwas sagen konnte, fragte ich: »Da Marilyn eine Zeitlang hier angestellt war, würde ich sehr gerne mit Leuten sprechen, die mit ihr zusammengearbeitet haben. Würde es Ihnen etwas ausmachen, wenn ich heute nachmittag mit einigen Ihrer Angestellten sprechen würde?«

»Überhaupt nicht. Vielleicht finden Sie jemanden, der Ihnen von größerer Hilfe sein kann, als ich es gewesen bin. Nan in der Personalabteilung kann Ihnen sagen, wer von der Bürobelegschaft hier war, als Marilyn hier arbeitete. Sie war nie in der Fabrik beschäftigt. Es hat deshalb nicht viel Sinn, sich mit den Leuten dort zu unterhalten. Gibt es noch irgend etwas, was ich für Sie tun könnte?«

»Nein, vielen Dank. Sie haben mir sehr geholfen, und ich weiß Ihre Offenheit zu schätzen.«

»Ich kann nicht erkennen, wie das, was ich Ihnen erzählt habe, von großem Nutzen sein soll. Doch wenn Sie meinen, daß ich Ihnen in irgendeiner Hinsicht weiterhelfen kann, dann können Sie mich selbstverständlich anrufen. Ja, wenn Sie mir Ihre Karte geben, setze ich mich mit Ihnen in Verbindung, falls mir noch etwas einfallen sollte, wovon ich glaube, daß es nützlich sein könnte.«

Ich erhob mich und gab Clayton meine Karte. Er starrte mich in einer ausgesprochen ungeschäftsmäßigen Weise an, und sein »Es war mir ein Vergnügen, Sie kennenzulernen«, mit dem er mich verabschiedete, war mit einer Wärme gesprochen, die an der Grenze zum Sinnlichen lag.

Hugh Clayton würde bei Feministinnen keinen Beliebtheitswettbewerb gewinnen, doch das kümmerte ihn wahrscheinlich ohnehin nicht. Es gab viele Helen-Gurley-Brown-Fans, die ihn unwiderstehlich finden würden. Er hatte etwas an sich, das mich an den geilen Kater erinnerte, der einst meine Küche sein Heim genannt hatte. Ich hatte das unangenehme Gefühl, daß ich von Hugh Clayton sehr wohl wieder etwas hören würde.

Wenngleich er versucht hatte, seine Beziehung zu Marilyn Wyte zu verbergen, schien er nicht wirklich bestürzt, daß ich davon wußte. Erpressung funktioniert nur bei jemandem, der verzweifelt ein Geheimnis bewahren will. Clayton schien weder verzweifelt noch besonders heimlichtuerisch.

Es war Mittagszeit, und ich fand ein kleines chinesisches Lokal, nicht weit weg von Clayton Electronics. Die Ausstattung stammte aus den späten Fünfzigern und bestand aus einer Essenstheke und chinesischen Laternen, die im Raum aufgehängt waren. Es sah hier ganz genauso aus wie in den chinesischen Restaurants, in die mich meine Eltern mitgenommen hatten, als ich noch ein Kind war. Wenn sich auch die Ausstattung nicht geändert hatte, so hatte es doch das Menü. Kein Chop Suey und Chow Mein; die Küche war Mandarin und Szechuan. Wer behauptete da, es gäbe keinen Fortschritt auf der Welt?

Das Essen endete mit dem allgegenwärtigen Glückskeks, der oben auf der Rechnung lag. Er lautete: *Die Sanftmütigen wissen Geheimnisse, die die Mächtigen niemals erfahren werden*. Was für eine Voraussage sollte das zum Teufel sein? Ein einfaches *Sie haben Erfolg bei allem, was Sie versuchen* wäre nur zu schön gewesen.

Ich bezahlte die Rechnung und verließ das Restaurant.

Die Geheimnisse der Sanftmütigen interessierten mich. Ich fragte mich, welche Geheimnisse James Ralston wohl hütete. Das war ein feiner Familienvater, der etwas mit einer wunderschönen Frau zu tun hatte, die als Leiche endete – er sollte sowohl erschreckt wie schuldbewußt sein. Wenn ich es richtig anging, dann konnte ich eine ganze Menge über Marilyn Wytes Beziehungen zu Männern erfahren.

Ich rief Ralston bei Microcomp an und stellte mich als freie Journalistin vor. Ich erklärte, daß ich eine Story über die Probleme schreiben wollte, die es mit sich brachte, Familien- und Berufsinteressen zu vereinen, und daß der Pfarrer in seiner

Gemeinde ihn als den richtigen Gesprächspartner für dieses Thema empfohlen hätte. Wie ich gehofft hatte, war er geschmeichelt und nur zu gern bereit, mir ein Interview zu geben. Ich schlug vor, ihn zu Hause zu befragen, und er lud mich für diesen Abend vor dem Essen ein.

Ich wählte die Nummer meines Büros und hatte Amy am Apparat. Jesse und Eileen waren immer noch im Gerichtsgebäude und sahen Akten durch. Die einzige Nachricht, die vorlag, war, daß Matt Davis angerufen hatte, um zu sagen, daß er die Information über die Leute hatte, um die Peter gebeten hatte.

Matt war Polizeibeamter in Berkeley und etwa zehn Jahre jünger als Peter. Obwohl er behauptete, er hätte niemals mit Ziegelsteinen nach Polizisten geworfen oder jemanden in Uniform mit »Schwein« beschimpft, teilte er Peters politische Einstellung und seine grundsätzliche anarchische Weltsicht. Ich fragte mich immer, wie er schließlich Polizeibeamter geworden war. Ich rief die Nummer an, die er hinterlassen hatte.

»Hallo, Catherine. Tut mir leid, daß ich Sie habe warten lassen. Ich weiß nicht, ob es eine gute oder eine schlechte Neuigkeit ist, doch keiner der Typen auf der Liste ist Ihr Mörder.«

Im Hintergrund war ein lautes Krachen, gefolgt von ärgerlichen Stimmen zu hören. »Beachten Sie den Tumult einfach nicht, es fliegen hier nur ein paar Möbelstücke durch die Gegend.«

Ich war mir nicht sicher, ob das ironisch gemeint war oder ob die Polizei von Berkeley ihre Büros tatsächlich in Abständen neu tapezieren ließ. Ich beschloß, nicht zu fragen.

»Ich habe sie alle überprüft. Drei sind tot: Von den anderen vier sind drei noch im Gefängnis, der vierte hatte eine religiöse Offenbarung und lebt nun bei einer Sekte in Oregon.«

»Sie sind sicher, daß das Sektenmitglied nicht die Falle gestellt haben könnte?« fragte ich.

»Ich habe die berechtigte Überzeugung, daß diese Bekehrung echt ist. Ich würde keine Prognose stellen wollen, wie lange das anhält, doch es klingt, als sei er für den Augenblick nicht mehr im Spiel. Jedenfalls haben mir die Leute in Oregon gesagt, daß er seit zehn Tagen an einer Fastenklausur teilnimmt. Es ist ein unheimlicher Haufen, doch Mordaufträge führen sie keine aus.

»Könnte einer von denen im Gefängnis den Mord von dort aus organisiert haben?«

»Sehr unwahrscheinlich«, antwortete Matt. Alle drei sind Einzelgänger, nicht die Typen, die durch jemand anderen arbeiten. Ich denke, Sie werden woanders nach Ihrem Mörder suchen müssen.«

Ich dankte Matt für seine Hilfe und erinnerte ihn an den Termin für die Kautionsverhandlung.

Bis fünf Uhr hatte ich mit jedem bei Clayton Electronics, der Marilyn Wyte gekannt hatte, gesprochen und hatte dieselbe Art von Auskunft erhalten wie in der Apartmentanlage, in der sie gewohnt hatte – so gut wie nichts. Sie hatte sich mit niemandem dort verabredet. Etwas anderes hatte ich in Anbetracht ihrer Beziehung zu Clayton auch nicht erwartet. Und sie hatte sich nie mit einer der anderen Frauen angefreundet.

Ich rief wieder in meinem Büro an, in der Hoffnung, daß jemand anderes einen besseren Tag gehabt hatte als ich. Ich hatte Glück. Jesse kam an den Apparat, er war bester Laune.

»Ich hab's«, jauchzte er. »Es hat ein bißchen Arbeit gemacht, doch unser geheimnisvoller Unbekannter hat jetzt einen Namen. Das Auto ist an einen Mr. Burton Monroe vermietet. Er hat sich als Journalist eingetragen, und ich habe schon mit den weiteren Recherchen begonnen.«

»Gute Arbeit«, sagte ich mit mehr Begeisterung, als ich den ganzen Tag verspürt hatte. »Du hast heute eine Menge mehr herausbekommen als ich.«

»Und das ist nicht alles, ich habe eine Exfrau gefunden«, verkündete er fröhlich.

»Wunderbar. Und wessen Frau?« fragte ich.

»Die von Lawrence Cannaby.«

»Hast du noch etwas anderes über ihn?« fragte ich.

»Nichts von Interesse. Er scheint sauber zu sein.«

»Wir werden mehr darüber wissen, wenn wir mit seiner Exfrau gesprochen haben. Wenn Cannaby eine Leiche im Keller hat, dann ist wahrscheinlich sie diejenige, die davon weiß.«

Exfrauen waren eine der besten Informationsquellen, die es gab. Freunde und Mitarbeiter deckten einen vielleicht, doch Exfrauen erzählten alles. Und das »alles« war selten schmeichelhaft.

Ich mußte noch einen weiteren Anruf machen. Ich wollte sehen, ob Leo die Aufzeichnungen der Telefongespräche mit den drei Männern von Microcomp schon angehört hatte.

Mein Gespräch wurde von der Abteilungssekretärin entgegengenommen, die mir mitteilte, daß er nicht erreichbar sei, und mich fragte, ob ich eine Nachricht hinterlassen wolle. Als ich ihr meinen Namen gab, unterbrach sie mich. »Oh, Miss Sayler. Einen Moment bitte. Dr. Goldberg hat mich gebeten, ihn zu informieren, falls Sie anrufen.«

Nach einer kurzen Pause hatte ich Leo am Apparat. Er war ein wenig außer Atem. »Catherine, ich bin in einer Besprechung, deshalb kann ich nicht lange reden, doch ich habe etwas für dich.«

»Von den Bändern?« fragte ich.

»Ja. Ich denke, ich habe eine Idee, worum es bei Tim Suttons Geheimprojekt geht, und wenn ich recht habe, dann ist es viel Geld wert.« Er hielt inne, um Atem zu schöpfen. »Bei deinem letzten Anruf hast du mich nach Random Access Memory gefragt. Hast du schon einmal einen RAM-Chip gesehen?«

»Sie sehen so ziemlich wie große Plastik-Küchenschaben aus«, erwiderte ich.

Leo kicherte. »Küchenschaben, das werde ich mir merken. Nun, stell dir vor, du könntest einen RAM-Chip von der Größe einer Ameise herstellen, die zweimal so schnell ist und ein Drittel der Krumen braucht, um zu laufen.«

»Klingt wie eine bessere Mausefalle«, witzelte ich und warf dabei schamlos die Metaphern durcheinander. »Laß mich sichergehen, daß ich verstanden habe, was du meinst: Willst du damit zu verstehen geben, daß Sutton daran arbeitet, einen RAM-Chip herzustellen, der kleiner und schneller ist und weniger Energie braucht als die gegenwärtigen Chips?«

»Das ist meine Vermutung. Er hat den richtigen Hintergrund dafür, und es ist gewiß etwas, das Microcomp gerne entwickeln würde. Bei einem Chip wie diesem würden ihnen die Computerfirmen die Türen einrennen. Wahrscheinlich würden sie mehr Bestellungen haben, als sie bewältigen könnten. Und die Computeranwendungen würden nur der Anfang sein. Wenn sie die Größen-, Geschwindigkeits- und Energiebarrieren durchbrächen, täten sich ganz neue Märkte auf. Da wären die Mikrowellenherde, Videorekorder, Rechner, sogar Uhren – all die ›intelligenten‹ Haushaltsgeräte und Apparate, die noch ›intelligenter‹ sein könnten, wenn sie über mehr Speicher verfügten. Wir sprechen hier von jener Art von Durchbruch, der eine Firma in die Liste der ersten fünfhundert katapultiert.«

»Darf ich annehmen, daß jemand, der die Absicht hätte, den Bauplan für einen solchen Chip zu verkaufen, bereitwillige Käufer finden würde?«

»Er würde sich ihrer kaum erwehren können«, erwiderte Leo.

Ich setzte an, ihm zu danken, doch er unterbrach mich. »Es gibt da noch eine Sache, die dich vielleicht interessieren wird«, sagte er. »Lawrence Cannaby hat eine ganz ähnliche Eignung wie Tim Sutton, und er wäre ein logisches Mitglied eines jeden Teams, das an dieser Art von Chipkonstruktion arbeitet. Wenn er nicht in dem Team ist, dann wäre es interessant zu wissen, warum nicht.«

Das wäre es tatsächlich. Ich dankte Leo und ließ ihn wieder zurück zu seiner Besprechung. Ich wußte immer noch nicht, wer Marilyn Wyte getötet hatte, doch ich konnte mir recht gut vorstellen, daß das Motiv etwas mit dem Geheimprojekt von Microcomp zu tun hatte.

Um Viertel vor sechs kam ich bei James Ralston an. Der Mann, der die Tür öffnete, paßte zu meinem geistigen Bild von James Ralston – vielleicht war er ein wenig größer, ein wenig grauer, doch ziemlich so, wie ich erwartet hatte. Er sah aus wie jemand, der sich nichts Erregenderes vorstellen konnte als eine gut gespielte Partie Bridge. Das hier würde einfach sein, doch ich hatte so eine Ahnung, daß ich mich, wenn es vorüber war, nicht besonders gut fühlen würde.

Wir plauderten beiläufig, während er mich in ein kleines Arbeitszimmer hinter dem Wohnzimmer führte. Das Haus war mit zeitgenössischen Möbeln ausgestattet, wahrscheinlich aus einem guten Kaufhaus, und frische Blumen aus dem Garten zierten das Kaminsims.

Ich folgte Ralston zum Arbeitszimmer und blieb überrascht in der Tür stehen. Eine ganze Wand des Zimmers war mit Korkplatten bedeckt, auf denen eine Serie exquisiter Fotografien aufgezogen war. Die meisten waren farbig, doch es gab auch ein paar schwarzweiße. Es waren Studien in Form und Kontur, und es dauerte eine Weile, bis ich merkte, daß das, was ich sah, Nahaufnahmen von Pflanzenteilen und Blumen waren.

Ralston war über meine Reaktion offensichtlich erfreut. »Ihnen gefällt meine Arbeit?« fragte er.

»Sie ist außergewöhnlich«, erwiderte ich wahrheitsgemäß. »Sowohl die Qualität wie auch die Komposition.« Die Bilder waren eine andere Seite von James Ralston, eine, die mir meine Arbeit nicht gerade leichter machen würde. Ralston war mir sympathisch. Ich ertappte mich dabei, wie ich hoffte, er sei nicht der Mörder. Er war jedoch die vielversprechendste Quelle für die Information, die ich brauchte. So zwang ich mich, wieder an die bevorstehende Aufgabe zu denken, und bemühte mich, meine Rolle als angehende Reporterin wiederaufzunehmen.

»Etwas, das ich an diesem Job so liebe, sind die Überraschungen. Ich komme, um einen Computerspezialisten zu interviewen und entdecke einen Fotografen.« Er bot mir einen Platz auf der Couch an und ich setze mich. »Natürlich sind es nicht immer schöne Entdeckungen. Vor ein paar Tagen interviewte ich Leute, die in der Nähe eines Mädchens wohnen, das umgebracht wurde. Erstochen, wissen Sie – sie hieß, glaube ich, Marilyn Wyte und war in der Computerindustrie beschäftigt. Haben Sie sie gekannt?«

Ralston war von der Erwähnung von Marilyn Wyte sichtbar betroffen. Das legere, entspannte Verhalten, mit dem er mich begrüßt hatte, verschwand, und er fühlte sich plötzlich in seiner Haut nicht mehr wohl. Doch er schüttelte den Kopf und murmelte, nein, er hätte das Mädchen nicht gekannt.

Ich beschloß einen direkten Angriff zu starten. »Ich denke, Sie kannten sie doch«, sagte ich, während ich ihm fest in die Augen sah.

Er fiel sofort in sich zusammen. Seine Gesichtszüge entgleisten. Der Mund zuckte, die Augen weiteten sich, und er sah aus, als wolle er gleich anfangen zu weinen. Es kam ihm gar nicht in den Sinn, die Anschuldigung abzustreiten. Er sackte in einen Sessel und vergrub den Kopf in den Händen.

Er war ein anständiger Mann, und ich fühlte mich lausig, weil ich ihm das antat. Doch Peters Leben stand auf dem Spiel. Ich riß mich zusammen, um hartnäckig zu klingen. »Mr. Ralston, ich bin Privatdetektivin. Ich weiß bereits eine ganze Menge über Ihr Verhältnis mit Marilyn Wyte, doch ich brauche noch mehr Informationen.« Ich fuhr in sanfterem Ton fort: »Wenn Sie sie nicht umgebracht haben und gewillt sind, mir dabei zu helfen, herauszufinden, wer es getan hat, haben Sie von mir nichts zu befürchten. Niemand braucht etwas über Sie und Marilyn zu erfahren.«

Ralston bemühte sich, die Fassung zu bewahren. Schließlich hob er den Kopf. »Ich weiß nichts darüber«, sagte er matt. »Ich weiß nicht, warum Sie hier sind, doch ich möchte, daß Sie gehen.«

»Sie können mit mir reden, oder Sie können mit der Polizei reden«, sagte ich. »Ich kann Ihnen aber versichern, daß ich ein gutes Stück mehr bedacht darauf sein werde, Ihr Geheimnis zu bewahren als die Leute von der Polizei.«

Er starrte mich kläglich an. Ich wartete. Er brauchte Zeit, um aufzunehmen, was ich gesagt hatte und sich mit der Situation anzufreunden.

Ich ließ meine Stimme freundlicher werden. »Sie waren nicht der einzige. Es gab noch andere Männer.«

Er sah bestürzt aus.

»Ich weiß einiges über diese Verhältnisse«, log ich. »Ich nehme an, das Ihre war ähnlich.«

»Noch niemals zuvor habe ich so etwas getan. Ich schwöre es Ihnen. Ich liebe meine Frau und meine Kinder. Ich bin nicht hinter Frauen her.«

»Nein, ich würde vermuten, daß Marilyn hinter Ihnen herwar.«

Er nickte. »Nicht direkt hinter mir her, doch sie flirtete. Sie ließ mich wissen, daß sie mich mochte. Sie liebte es, meine Fotos anzuschauen, und ich liebte es, sie anzuschauen. Sie war so schön. Es war wie eine Jugendphantasie, und ich gebrauchte ungefähr soviel Verstand wie ein scharfer Fünfzehnjähriger.« Seine Stimme klang bitter.

»Doch es war mehr als eine Affäre«, sagte ich und ließ meine Stimme andeuten, daß ich bereits wußte, was er mir erzählen würde.

Ralston wurde jetzt noch bitterer. »Sie wollte natürlich nicht mich. Nur ein Narr hätte das geglaubt. Sie wollte etwas über ein geheimes, neues Verfahren wissen.« Er lachte freudlos. »Nun, das ist ihr mißglückt. Sie hat den falschen Mann erwischt. Mein einziger großer Seitensprung, und der war mit einer Frau, die dachte, ich sei jemand anderes.«

Also war es Erpressung gewesen, doch um etwas weit Wertvolleres zu bekommen als einen Batzen von Ralstons Gehalt – die Pläne für ein neues, geheimes Chip-Fertigungsverfahren. Meine Gedanken rasten, doch ich vermied es sorgsam, mein Gesicht meine Erregung zeigen zu lassen. »Warum gehen wir nicht an den Anfang zurück, und Sie erzählen mir genau, wie es sich ereignet hat«, schlug ich vor. »Wann hat sie begonnen, sich für Sie zu interessieren?«

Die Geschichte war die einer klassischen Falle: zuerst der Flirt, dann der Vorschlag, nach der Arbeit etwas trinken zu gehen, mehr Drinks, und schließlich die Einladung in ihre Wohnung. Marilyn Wyte wußte, wie sie einem Mann das Gefühl geben konnte, bedeutend und attraktiv zu sein, und für einen schüchternen, unscheinbaren Mann wie Ralston hatte sich die Beachtung einer schönen Frau als unwiderstehlich erwiesen. Er war wie ein Kind in einem Süßwarenladen gewesen.

Nach ein paar Wochen häufiger verbotener Treffen, hatte sie ihn nach seiner Arbeit gefragt, hatte ihn, als er nicht darüber reden wollte, stärker bedrängt. Sie hatte ihn gehänselt, ein Prinzipienreiter zu sein, ein Radfahrer, hatte angedeutet, daß klügere, weniger skrupellose Männer eine Stellung wie die seine in Reichtum verwandeln konnten. Schließlich, zehn Tage vor ihrem Tod, hatte sie zuerst geschmeichelt, dann gefordert, er solle sich die Pläne für das Verfahren beschaffen, an dem er gerade arbeitete. Sie hatte gedroht, seiner Frau Videobänder mit ihren intimsten Augenblicken zu schicken.

Das war der Punkt, an dem er erkannte, daß sie ihn mit jemand anderem verwechselt hatte. Sein gegenwärtiges Projekt hatte nichts mit Chips zu tun und drehte sich um ein Verfahren, das in der ganzen Industrie bekannt war. Es gab bei Microcomp noch einen anderen James Ralston, Marilyn Wyte hatte ihn mit diesem Ralston verwechselt.

Er hatte ihr erklärt, daß er der falsche Mann sei, hatte gebeten und gebettelt. Schließlich schien sie ihm geglaubt zu haben. Die Bänder und Fotos hatte sie jedoch behalten, für den Fall, daß sie zu irgendeiner anderen Zeit nützlich sein würden.

»Ich wußte nicht, ob ich erleichtert oder erschreckt sein sollte«, sagte er. »Ich war immer noch dabei, mir darüber klar zu werden, als ich las, daß sie ermordet worden war. Ich würde gerne sagen, daß es mir leid tat, doch das tat es nicht. Ich hatte nur eine Todesangst, daß die Polizei die Bänder und Fotos finden und die ganze Sache dann herauskommen würde.«

»Wenn die Polizei die Bänder hätte, dann hätten Sie, glaube ich, inzwischen schon von ihr gehört.«

Ralston nickte langsam und starrte auf den Boden. »Ich weiß, wie es aussieht, doch ich schwöre, ich habe es nicht getan. Ich verabscheute, was sie mir angetan hatte, und ich fürchtete mich vor dem, was sie immer noch tun konnte, aber ich bin kein Mörder.«

Ich glaubte ihm. Er war der Typ, der Selbstmord als Ausweg ansehen mochte, aber nicht Mord.

»Ich weiß nicht, wer die Bänder hat«, sagte ich, »doch wenn es nicht die Polizei ist, dann ist es beinahe sicher der Mörder.«

Er sah jetzt noch beunruhigter aus. »Wenn der Mörder sie mitgenommen hat, dann hat er wahrscheinlich alles vernichtet«, fuhr ich fort. »Wenn jedoch jemand mit Ihnen Verbindung aufnehmen sollte, dann würde ich gerne helfen.«

Ich gab ihm meine Karte. »Sollte jemand versuchen, Sie zu erpressen, rufen Sie mich sofort an. Sollte ich nicht dasein, können Sie eine Nachricht bei meiner Sekretärin, oder wenn es nach Büroschluß ist, bei meinem Auftragsdienst hinterlassen. Ich werde dann sobald wie möglich zurückrufen.«

Ich versuchte, ihm den Ernst seiner Situation klarzumachen. »Jeder, der genügend weiß, um Sie zu erpressen, hat etwas mit dem Mord zu tun, und das bedeutet, daß diese Person sehr gefährlich ist. Sie dürfen nicht versuchen, allein damit fertigzuwerden. Haben Sie verstanden?«

Ralston nickte. Sein Gesicht hatte alle Farbe verloren. Er sah wie betäubt aus. Ich unterdrückte das Mitleid, das ich für ihn verspürte. Der schlimmste Teil war vorüber. Nun mußte ich ihm helfen, sich wieder zu fangen.

Ich legte meine Hand auf seinen Arm. »Es wird alles in Ordnung kommen«, sagte ich. »Ich werde tun, was ich kann, um Ihre Beziehung zu Marilyn geheim zu halten. Dafür möchte ich, daß Sie Ihr Gedächtnis nach allem durchforsten, was mir helfen könnte, ihren Mörder aufzuspüren. Werden Sie das tun?«

Er bekam wieder ein wenig Farbe, doch die erschreckte Art, in der er mich ansah, zeigte mir, daß er zwischen mir und Marilyn Wyte keinen großen Unterschied erkennen konnte. »Ich werde mich bemühen«, versprach er.

»Gut. Ich werde Sie in ein paar Tagen anrufen. Außerdem

würde ich Sie gerne in meinem Büro treffen, um das hier noch einmal durchzugehen. Werden Sie kommen?«

Er nickte. Wir saßen noch einen Augenblick schweigend da, bevor er sich erhob, um mich zur Tür zu begleiten. »Ich werde Sie anrufen«, sagte er, als ich ging.

Ralston tat mir leid, doch das minderte meine Freude über den ersten richtigen Durchbruch in dem Fall nicht. Jetzt wußten wir wenigstens, worauf Marilyn Wyte ausgewesen war. Wir hatten ein mutmaßliches Motiv, und wir hatten die Liste der Verdächtigen um zwei verringert. Immerhin keine schlechte Arbeit für einen Tag.

10

Die Montagnacht schien nicht enden zu wollen. Mir war, als hätte jemand ein Radio in meinem Kopf laufen lassen. Ich wachte mehrere Male von einer Stimme auf, die Erläuterungen zu einen Aspekt des Falles gab. Leider hatte die Stimme nichts Nützliches zu sagen, und am Morgen war ich müde und kein Stück weiter.

Eine Nacht wie diese war ein sicheres Zeichen, daß ich meinen Kopf zuviel gebrauchte und meinen Körper vernachlässigte. Ich zwang mich, aus dem Bett zu steigen und meine Laufkleidung anzuziehen. Wenn ich schon nicht zum Dojo gehen konnte, so konnte ich wenigstens laufen. Ich war bereits aus der Tür und auf der Straße, noch bevor ich ganz wach war. Anders schaffe ich die frühmorgendliche Rennerei nicht. Wenn ich mir die Zeit nehme, darüber nachzudenken, lasse ich es bleiben.

Ich laufe nicht wirklich gern. Für ein paar Minuten fühlt es sich gut an, dann beginnt es zu schmerzen. Peter war ein großer Läufer und behauptete immer, daß ich, wenn ich mehr laufen würde, die Schmerzgrenze überwinden würde. Doch ich hatte ihn beim Laufen beobachtet und wußte, daß man kein Stadium jenseits des Schmerzes erreicht. Es dauert einfach nur länger, bis es anfängt weh zu tun.

Als ich wach wurde, bemerkte ich, daß mir LeRoy in seinem mobilen Schrotthaufen folgte. Die perfekte Ergänzung für einen alles andere als perfekten Morgen. Ich rannte, so weit ich konnte, ohne daß mir übel wurde, und ging dann nach Hause.

Zum Glück hatte ich Eileen am Abend zuvor in ihre Wohnung zurückgeschickt. Ich war nicht in der Stimmung für Gesellschaft. Ich duschte, kippte etwas Kaffee und Getreideflokken in meinen knurrenden Magen und machte mich auf den Weg ins Büro. Ich hatte gehofft, daß ich mich nach meinem morgendlichen Lauf besser fühlen würde; doch jetzt hatte ich nur einen besseren Grund, müde zu sein. Der einzige Lichtblick an diesem Tag war, daß ich es geschafft hatte, LeRoy zu überreden, zur Kautionsverhandlung zu gehen. Peter war nicht der einzige, der klaustrophobische Gefühle bekam, wenn er nicht bald aus dem Gefängnis kommen sollte.

Tim Suttons Lebenslauf war am Montag in der Nachmittagspost. Der von Cannaby und der von Ralston waren jedoch nicht dabei, und es konnte noch Tage dauern, bis sie eintrafen. Ich beschloß, zu sehen, was ich aus der Personalabteilung von Microcomp bekommen konnte. Ich war nicht optimistisch. Die Angestellten einer Personalabteilung neigen dazu, das Persönlichkeitsrecht sehr ernst zu nehmen.

Ich rief bei Microcomp an und erklärte, daß ich für einen Klienten eine Hintergrundüberprüfung durchführte und ein paar Informationen aus den Firmenakten einiger Angestellter brauchte. Die Personalabteilung wurde von einer Frau geleitet. Sie war barsch, geschäftig und am Telefon kurz angebunden. Schließlich willigte sie ein, mir an diesem Morgen ein paar Augenblicke ihrer Zeit zu gewähren.

Als nächstes machte ich einen Anruf bei Tim Suttons früherem Arbeitgeber, einer Gesellschaft namens Electricorp. Es war eine kleine Firma, und als ich nach der Personalabteilung fragte, verwies man mich an den Leitenden Direktor. Er war ein freundlicher, ziemlich gesprächiger Mann, der erheblich mehr Zeit darauf verwandte, sich zu seinem früheren Arbeitnehmer zu äußern, als ich erwartet hatte. Sutton war vor ungefähr sieben Jahren zu ihm gekommen und hatte dort zehn Monate lang gearbeitet.

»Als er bei uns anfing, hat er nur eine einzige andere Stelle vorher gehabt«, informierte mich der Direktor, »doch er hatte ein ausgezeichnetes Abschlußzeugnis und eine gute Empfehlung. Er wußte Dinge, die Leute, die fünf Jahre älter sind als er, gewöhnlich nicht wissen. Ein wirklich kluger Bursche.«

Ich fragte nach dem Grund, warum Sutton gegangen war.

»Geld«, erwiderte er. »Ich wußte sofort, daß ich den Burschen nicht lange würde halten können. Ich war überrascht, daß er den Job überhaupt angenommen hatte. Wir sind eine kleine Firma und können nicht so bezahlen wie die ganz Großen. Ein Kerl wie Tim kann zwei- oder dreimal mehr verdienen, als ich ihm bezahlen kann.«

»Wissen Sie irgend etwas über seinen früheren Arbeitgeber?« fragte ich.

»Eine kleine Firma im Osten, soweit ich mich erinnere«, sagte er. »Ich habe mich mit seinem früheren Chef am Telefon unterhalten; er hat Tim eine wirklich gute Empfehlung gegeben. Ich erinnere mich nicht an den Namen der Gesellschaft, doch wenn es wichtig ist, kann ich ihn wahrscheinlich in meinen Akten finden.«

Ich ging Suttons Lebenslauf durch. »War es Upland Electronics in Cambridge, Massachusetts?« fragte ich.

»Könnte sein. Ich erinnere mich wirklich nicht. Es war keine bekannte Firma. Ich glaube nicht, daß ich von ihr schon einmal gehört hatte.«

Ich bedankte mich bei ihm. In Massachusetts war es gerade Mittag. Es hatte also keinen Zweck, Suttons früheren Arbeitgeber jetzt anzurufen.

Ich kam kurz vor elf bei Microcomp an. Die Leiterin der Personalabteilung, Miss Lisa Canelli, war eine große Frau Ende Zwanzig. Sie trug ein dunkelblaues Nadelstreifenkostüm und eine weiße Bluse, die für IBM angemessen gewesen wären. Ihr Gesichtsausdruck paßte zu ihrer Kleidung, sehr geschäftsmäßig, doch ihre Art war spröde. Nur wer unsicher ist, arbeitet derart hart daran, professionell zu wirken.

Ihre Jugend und der wahrscheinliche Mangel an Erfahrung konnten von Vorteil sein. Anstatt zu versuchen, sie zu beschwatzen, damit sie mir gab, was ich brauchte, beschloß ich, so zu tun, als sei es eine Standardprozedur, wenn die Personalabteilung einer Firma mit einem nicht hauseigenen Ermittler zusammenarbeitete.

Ich erklärte, daß die Namen dreier Angestellter von Microcomp im Verlauf einer Ermittlung aufgetaucht seien und daß ich einige Informationen überprüfen müßte. Ich schloß mit der Versicherung, daß ich selbstverständlich die in solchen Fällen üblichen Regeln der Vertraulichkeit einhalten würde.

Meine Vermutung erwies sich als richtig. Sie hatte noch nie vor einer vergleichbaren Situation gestanden und wollte nicht gerne ihren Mangel an Erfahrung offenbaren. Nach einem Moment des Zögerns folgte sie meinem Wink und fragte, welche Art von Hilfe ich benötigte.

»Ich muß die Personalakten dieser drei Männer überprüfen«, erwiderte ich. Ich griff in meine Tasche. »Natürlich werden Sie, bevor Sie mir die Unterlagen herausgeben können, meine Lizenz sehen wollen«, fügte ich hinzu, während ich selbige auf den Schreibtisch legte.

Bei jemandem, der mehr über das Geschäft wußte, hätte es niemals funktioniert. Die Lizenz bedeutete lediglich, daß ich einen Multiple-Choice-Test bestanden und drei Jahre lang für einen anderen Detektiv gearbeitet hatte. Sie war gewiß kein Beweis für Ehrlichkeit oder Unbescholtenheit und auch kein Erlaubnisschein, um Personalakten durchzusehen. Doch ich hatte Unwissenheit und Eitelkeit auf meiner Seite, und die tüchtige Miss Canelli eilte davon, um die Akten zu holen. Wäre dies die Art von Arbeit gewesen, die ich normalerweise tue, dann hätte ich dieses Leck gestopft, anstatt es auszunutzen.

Sie kam mit drei Akten zurück. »Welche Art von Information brauchen Sie genau?« fragte sie.

»Nur das Übliche«, erwiderte ich. »Den beruflichen Werdegang, Charakterreferenzen, Arbeitszeugnisse.« Es war ziemlich kühn, um so vieles zu bitten, doch sie konnte mich schlimmstenfalls hinauswerfen. Ein Blick auf soviel Material war das Risiko durchaus wert.

»Nun, ich werde die Akten zuerst durchsehen müssen, um sicherzugehen, daß sie kein heikles Material enthalten«, erklärte sie.

»Selbstverständlich. Wenn Sie es vorziehen, kann ich die Unterlagen hier drinnen durchsehen, obwohl ich glaube, daß es bequemer für Sie wäre, wenn ich in einem anderen Büro arbeitete.«

Sie blätterte durch die Akten und nahm aus der dritten ein paar Blätter heraus.

Ich hob eine Augenbraue und versuchte, meinem Gesicht einen fragenden Ausdruck zu verleihen. Es mußte mir recht gut gelungen sein, da sie ein wenig verwirrt aussah und erklärte: »Diese Person arbeitet an einem Projekt von gewisser Sensibilität.« Sie nahm die Akten und erbot sich, mir einen Konferenzraum zu zeigen, wo ich sie durchgehen konnte.

Miss Canelli hatte nur aus einer Akte Blätter entnommen. Das bedeutete, daß Cannaby nicht mit Tim Sutton zusammen in dem Team für das Spezialprojekt war. Ich hoffte, sein Ordner würde mir sagen, warum. Hinten in der Akte fand ich ein Blatt mit dem Vermerk: »Für das Alice-Team in Betracht gezogen. Lehnte aber ab, da keine Bereitschaft vorhanden, gegenwärtig beträchtliche Überstunden zu machen.«

Alice? Alice wer oder was? Alice Walker, Alice B. Toklas, Alice's Restaurant, Alice im Wunderland? Eine Zeile von Jefferson Airplane spielte in meinem Hinterkopf: »One pill makes you larger, and one pill makes you small.« Alice konnte der Code-Name für ein neues Herstellungsverfahren sein, das zu einem kleineren, leistungsfähigeren Chip führen würde. Es konnte auch der Code-Name für ein neues Heinzelmännchen sein. Ich tippte aber auf den Chip.

Warum sollte Lawrence Cannaby einen Platz in einem Forschungsteam ablehnen, das sicherlich rennomiert war?

Ich fragte mich, ob Marilyn Wyte etwas damit zu tun hatte, daß er keine Überstunden machen wollte.

Ich überprüfte alle drei Ordner nach früheren Arbeitgebern und den persönlichen Empfehlungen. Darüber hinaus vermittelte mir das, was ich las, einen gewissen Eindruck von den drei Männern, wenn auch nicht mehr.

Bei Cannaby wurden seine Hingabe und die Fähigkeit, hart arbeiten zu können, lobend erwähnt und seine Aufmerksamkeit dem Detail gegenüber, seine Präzision und seine Bereitschaft, Überstunden zu machen, wenn ein Projekt es erforderte, hervorgehoben. Ralston wurde für ähnliche Tugenden gelobt. Beide Männer waren gute Teamarbeiter und zeigten Führungspotential. Cannabys Weigerung, Überstunden zu machen, paßte einfach nicht zu den anderen Informationen in seiner Akte.

Suttons Akte war diejenige, aus der Miss Canelli die Blätter entfernt hatte. Seine Bemerkungen darüber, an einem Geheimprojekt zu arbeiten, waren also keine hohle Prahlerei gewesen. Er bekam gute Noten für Kreativität und Erfindungsgabe. Zwei Aufsichtsführende vermerkten, daß er schnell den entscheidenden Punkt erfaßte und ein erstklassiger Problemlöser war. Niemand lobte ihn als Teamarbeiter, doch gab es auch keine Klagen über ihn. Ich stieß auf einen einzelnen, zwei Jahre alten Brief, in dem sich ein Vorgesetzter darüber beklagte, daß Sutton zu viele Krankheitstage in Anspruch nahm und vielleicht Alkoholprobleme hatte. Nichts deutete darauf hin, daß er wegen Alkoholismus in Behandlung gewesen war. Miss Canelli war gründlich gewesen; es gab keinen Hinweis auf Alice oder irgendein anderes Geheimprojekt.

Ich verglich die berufliche Vorgeschichte der drei Männer. Sutton war innerhalb von zehn Jahren bei drei Firmen beschäftigt gewesen. Ralston war seit zehn Jahren bei Microcomp und hatte davor nur für eine Firma gearbeitet. Cannaby war sehr wechselfreudig. Er hatte an verschiedenen Orten gearbeitet, gewöhnlich für zwei oder drei Jahre. Jeder Beschäftigungswechsel hatte eine wesentliche Lohnerhöhung mit sich gebracht, mit einer Ausnahme allerdings. Er war zu Microcomp gekommen, nachdem er zuvor nur sechs Monate bei einer Firma namens Ares Technology gearbeitet hatte, und zwar für etwas weniger, als er davor verdient hatte. Ich kreiste Ares Technology auf meinem Block ein und kontrollierte, ob ich die Anschrift und die Telefonnummer richtig notiert hatte.

Die Gehälter der drei Männer lagen in der Größenordnung von 40 000 bis 60 000 Dollar pro Jahr.

Ich verbrachte soviel Zeit mit den Akten, wie ich wagen konnte, ohne bei meiner gutgläubigen Freundin Argwohn zu erregen. Es fiel mir nicht ganz leicht, als ich ihr dankte, meine Begeisterung zu unterdrücken. Es wäre unpassend gewesen, allzu erfreut auszusehen.

Bis zum Mittagessen hatte ich durchgehalten, ohne ständig von dem Gedanken verfolgt zu werden, was bei Peters Kautionsverhandlung herausgekommen war. Doch als ich das Büro anwählte, um zu hören, ob Amy schon wußte, wie das Ganze ausgegangen war, hatte ich ein ganz nervöses Gefühl im Magen. Sie hatte Nachricht, und es war eine gute. Peter war vorübergehend ein freier Mann. Er hatte Jesse gebeten, mich an unsere Verabredung an diesem Abend zu erinnern.

Es war kurz nach Mittag. Ich rechnete mir aus, daß ich bis Santa Cruz anderthalb Stunden brauchen würde und so immer noch mehr als fünf Stunden Arbeitszeit zur Verfügung hätte. In fünf Stunden konnte man eine Menge erledigen. Etwas davon würde vielleicht sogar nützlich sein.

Ich mußte immer noch Cannabys Nachbarn ausfragen, so wie ich das bei Ralston auch gemacht hatte. Eine Aussicht, die alles andere als begeisternd war, weil ich nicht erwartete, diesmal viel herauszukommen. Ralston lebte in einer Wohngegend, wo die Leute einander im allgemeinen kannten. Cannabys Eigentumswohnung lag in einer Gegend, in der Singles der oberen Gesellschaftsschicht und berufstätige Paare wohnten, die beträchtlich weniger Zeit daheim verbrachten und bei denen es weniger wahrscheinlich war, daß sie ihre Nachbarn kannten. Ich würde Glück haben müssen, wenn ich an einem Werktagnachmittag überhaupt jemanden daheim antreffen wollte.

Keith hatte immer gesagt, Detektivarbeit würde zu 90 Prozent aus Langeweile und zu zehn Prozent aus Aufregung bestehen. Zehn Prozent war wahrscheinlich noch recht großzügig geschätzt. Ich fand mich mit einem Nachmittag voller Langeweile ab, aß rasch etwas zu Mittag und machte mich auf den Weg zu Lawrence Cannabys Nachbarn.

Es waren nicht viele Anwohner daheim, und nur einer von ihnen kannte Cannaby. Es war eine Frau aus derselben Straße, die sich bitter darüber beklagte, daß er grob und aggressiv gewesen war, als sie an seinem silbernen BMW völlig unabsichtlich eine kleine Delle und mehrere Kratzer verursacht hatte. Mein Zusammenstoß mit der *Buy America Brigade* hatte bewirkt, daß ich eine Menge Mitgefühl für erzürnte Autobesitzer empfand. Von mir würde Cannaby für sein Verhalten keinen Minuspunkt bekommen.

Ich suchte in meiner Tasche und fand den Zettel, auf dem Jesse die Nummer von Cannabys Exfrau notiert hatte. Sie arbeitete in Santa Clara bei einer Firma, die im Bereich der medizinischen Forschung tätig war. Ich rief an, in der Hoffnung, sie während ihrer Kaffeepause sprechen zu können. Als ich ihr sagte, daß ich wegen ihres Exmannes mit ihr reden wolle, reagierte sie verärgert. »Ich habe zu diesem Thema nicht viel zu sagen«, verkündete sie mit einer Stimme, die genau das Gegenteil besagte.

Schließlich willigte sie ein, mich zu treffen, klang allerdings wenig begeistert.

Die frühere Mrs. Cannaby entpuppte sich als große, sehr schlanke Frau mit so scharfen Gesichtszügen, daß sie hart erschienen. Sie hatte etwas Angespanntes an sich – in ihrer Stimme, der Art wie sie dastand, der Weise, wie ihre Haut ein wenig zu straff über den Wangenknochen lag. Unter ihrem weißen Laborkittel trug sie einen hellroten Overall, zahlreiche Goldketten und Wildlederstiefel.

Ihre Antworten waren kurz und beinhalteten nicht mehr, als ich gefragt hatte. Sie gehörte zu jener Art von Gesprächspartnern, die einen für alles, was man in der Befragung an Information bekam, arbeiten ließ.

Ich kam zu den schwierigen Fragen. Ich hatte gehofft, die Einleitung würde sie auftauen lassen, irgendeine persönliche Verbindung aufbauen, die den schwierigen Teil erleichtern würde. Nichts von alledem. Ich machte trotzdem weiter. »Hatte Ihr Exmann Frauengeschichten?« fragte ich.

Sie schnaubte verächtlich. »Larry, sich herumtreiben? Das bezweifle ich. Nicht, daß es mich interessieren würde. So gut war er im Bett nicht. Ich kann mir nicht vorstellen, daß er anderen Frauen nachläuft; daheim hat ihn Sex nie allzu sehr interessiert.« Sie kramte in ihrer Tasche, zog eine Zigarette heraus und zündete sie an. Dann fiel ihr ein, daß sie mir auch eine anbieten könnte. Ich schüttelte den Kopf.

Sie taute auf. Die Zigarette war ein Anzeichen dafür. Ich wartete, daß sie weitererzählte.

»Nein, Larry war kein Casanova – viel zu beschäftigt. Andere Männer kommen vielleicht nach Hause, trinken etwas und werden romantisch. Larry schlang das Abendessen hinunter und stürmte in sein Labor in der Garage. Ich bekam ihn dann bis ungefähr elf Uhr nicht mehr zu Gesicht. Außer freitags oder dienstags natürlich – dann sah ich ihn um zehn, als würde er die Kontrolluhr stechen.«

»Er engagierte sich also sehr für seine Arbeit«, gab ich das Stichwort.

»O Gott, ja. Und das war so ziemlich alles, wofür er sich engagierte.«

»Hatte er Ihres Wissens jemals mit etwas Illegalem zu tun?«

»Nein, er trinkt kaum, und ich glaube nicht, daß er Koks auch nur probiert hat. Er ist ein Musterbürger.«

»Ist er zu Gewalt fähig? Könnte er unter gewissen Umständen einen Mord begehen?« Diese Frage erregte stets Aufmerksamkeit.

Die Antwort fiel nicht so aus, wie ich erwartet hatte. »Er

würde seine eigene Großmutter umbringen, um in der Industrie das große Geld zu machen«, meinte sie bitter. »Larrys einziges Laster ist der Ehrgeiz«, erklärte sie. »Sein Bruder ist ein sehr erfolgreicher Geschäftsmann. Er hat eine eigene Firma, und Larrys Vater prahlt ständig damit, wieviel Geld sein jüngerer Sohn verdient. Es macht Larry verrückt. All die Nächte in der Garage hat er nichts anderes getan als an Plänen gearbeitet, die ihn reich machen würden. Geld allein genügt ihm aber noch nicht. Er möchte berühmt werden, eine Art Nachfolger von Steve Jobs oder Adam Osborne.«

»Und Sie denken, er würde töten, um dieses Ziel zu erreichen«, deutete ich an.

»Nun, das ist ein bißchen übertrieben«, machte sie einen Rückzieher. »Ich nehme nicht an, daß er tatsächlich jemanden umbringen würde, doch ich würde nicht für seine Ehrlichkeit garantieren, wenn er sein Ziel mit einem kleinen miesen Trick erreichen könnte.«

»Wissen Sie, woran er jetzt arbeitet?« fragte ich.

Sie schüttelte den Kopf. »Nein, ich sehe ihn nicht oft, und nachdem ich jahrelang seine Besessenheit von der Technologie hingenommen habe, schalte ich einfach auf Durchzug, wenn er auf dieses Thema kommt.«

Wir unterhielten uns noch ein wenig, bis es Zeit war, daß sie wieder zu ihrer Arbeit zurückkehrte. Im Gehen sagte sie: »Ich habe nicht wirklich gemeint, daß er jemanden umbringen würde, Larry ist ein Fiesling, mit der emotionalen Reife eines Zweijährigen, aber er ist kein Mörder.«

Genau das, dachte ich, sagen sie alle.

Es hatte keinen Sinn, den Apartmentkomplex, in dem Sutton wohnte, aufzusuchen. Die Frau im Verwaltungsbüro hatte deutlich gemacht, daß sie keine Fremden hereinlassen würde. Abgesehen davon ließ die Beschreibung der Bewohner darauf schließen, daß sie wenig voneinander wissen und noch weniger erzählen würden.

Mir fiel der Hinweis auf Alkoholismus ein, den Suttons Vorgesetzter gegeben hatte, und ich beschloß, die Bars zu überprüfen. In Los Gatos gab es drei – zwei gehobene Lokale und eines von der düsteren und rauchigen Sorte, das von den unteren Gesellschaftsschichten frequentiert wurde. Dazu kamen noch mehrere Restaurants mit eigener Bar.

Ich schlenderte in eine der gehobenen Bars und bestellte einen Scotch mit Wasser. Ich hasse den Geschmack von Scotch, was ihn für jene Gelegenheiten, bei denen ich den Anschein des Trinkens erwecken möchte, ohne die Wirkung spüren zu müssen, zum perfekten Getränk macht.

Als der Barkeeper mir meinen Drink hinstellte, sagte ich schüchtern. »Oh, ich suche nach einem alten Freund, einem Typ, mit dem ich zusammengearbeitet habe. Er hat früher hier in der Gegend gewohnt. Sein Name ist Tim, Tim Sutton. Er ist ungefähr einsachtzig, hat braunes Haar und dunkle Augen.« Ich hielt inne und versuchte sowohl verlegen als auch gespannt auszusehen.

»Ich habe überlegt, ob er vielleicht hierherkommt. Ich würde ihn gern treffen, verstehen Sie, doch ich käme mir komisch vor, wenn ich ihn anriefe. Ich dachte, wenn ich ihn vielleicht zufällig träfe...«

Der Barkeeper lächelte. Ich hatte das Gefühl, daß er diese Geschichte schon einmal gehört haben könnte. »Da war mal ein Typ, der Tim hieß und der hierherkam, doch der ist seit mehr als sechs Monaten nicht mehr dagewesen. Und ich weiß seinen Nachnamen nicht, deshalb kann ich Ihnen nicht sagen, ob er der ist, den Sie suchen.«

»Oh«, sagte ich, wobei es mir nicht schwerfiel, enttäuscht auszusehen.

»Sie könnten es im Spades versuchen«, meinte er. »Wenn es derselbe Typ ist, dann hat er gern auf Pferde gewettet; und das Spades ist ein guter Ort, um Leute zu treffen, die wetten.«

Ich dankte ihm überschwenglich und fragte nach dem Weg. Die Bar lag mehrere Meilen die Straße hinunter. Ich hatte gerade noch Zeit für diesen einen Besuch, bevor ich mich auf den Weg zu Peter machen mußte.

Das Spades war eine bodenständige Kneipe, eindeutig kein gehobenes Lokal. Für diese Leute gab es weder Farne noch

Messing. Eine lange Bar erstreckte sich über die eine Seite, an der anderen waren Tische aufgestellt. Bilder von Pferden und Jockeys bedeckten die Wände. Es war nicht die Art von Lokal, die eine einzelne Frau ohne Begleitung betrat, doch es war jene Zeit am Spätnachmittag, zu der die Getränke billiger sind. Die Stammgäste an der Bar blickten eher neugierig als drohend. Also ging ich hinein.

Mein Unbehagen machte es mir noch einfacher, die Rolle zu spielen, die ich mir ausgedacht hatte. Als der Barkeeper mir meinen Scotch mit Wasser brachte, begann ich mit derselben Nummer, die ich in der Bar zuvor angewendet hatte. Diesmal war ich überzeugender, doch die Antwort des Barkeepers grenzte an Feindseligkeit.

»Kenne keinen Tim«, sagte er und ging zum anderen Ende der Theke.

Er hatte mir gesagt, was er mich wissen lassen wollte. Mehr würde ich nicht erfahren. Ich nahm einen Schluck vom Scotch und trat meinen Rückzug durch die Tür an.

Der Barkeeper folgte mir zum Ausgang und blickte dabei die ganze Zeit finster drein. Entweder haßte er Frauen oder er kannte Tim Sutton und mochte es aus irgendeinem Grund nicht, wenn jemand Fragen nach ihm stellte. Ich hoffte, es war das letztere.

11

Das Shoals in Santa Cruz war eine reizende viktorianische Villa auf jenem Landfinger, der die nördliche Grenze der Monterey Bay bildet. Es war eine klassische kalifornische Pension, in der man Zimmer mit Frühstück bekam. Die Fassadenbemalung hatte wahrscheinlich mehr gekostet als ursprünglich das gesamte Haus. Seine blaugrauen Wände waren mit Malven- und Purpurtönen akzentuiert, und die Blumen in den sorgsam gepflegten Beeten waren farblich auf das Haus abgestimmt.

Ich stieg die Treppen hinauf und läutete. Ein junger Mann,

den ich hier noch nie gesehen hatte, begrüßte mich. Als ich ihm sagte, ich sei hier mit Peter Harman verabredet, lächelte er breit und ein wenig verschwörerisch. »Ah, ja, das Kuppelzimmer. Wenn Sie mir bitte folgen würden.«

»Ich kenne den Weg, danke«, sagte ich. »Ist Mr. Harman schon da?«

»Gewiß doch.«

Ich stieg die Treppe zum Kuppelzimmer hinauf. Es war das kleinste, aber das hübscheste Zimmer im Shoals. Das Zimmer selbst war rund und hatte ringsum Fenster. Man konnte auf der einen Seite stehen und auf den Ozean hinausblicken, und sich dann umdrehen und durch das gegenüberliegende Fenster die Küstengegend betrachten.

Ich klopfte, und Peter rief: »Es ist offen.«

Er saß auf dem Fensterplatz, der zur Bay hinausging, und hatte zu meiner Überraschung einen Anzug an. Peter trug nie Anzüge. Die förmlichste Bekleidung, die er in dem Jahr, seit dem wir befreundet waren, getragen hatte, war ein Sportjackett und eine Freizeithose gewesen. Doch jetzt saß er da in einem Nadelstreifenanzug, der aussah, als sei er maßgeschneidert. Er war sicherlich nicht von der Stange.

Ich war so überrascht, daß ich nur dastand und ihn anstarrte. Er war von meiner Reaktion offensichtlich entzückt. »Es gefällt dir?« fragte er. »Gefallen« war untertrieben. Das dunkle Jackett betonte seine breiten Schultern, und die Hose machte seine Hüften schmal. Er sah sexy und elegant zugleich aus. »Es ist zweifellos besser als das Ding, in dem ich dich das letzte Mal gesehen habe«, antwortete ich, entschlossen, mich nicht gleich zu überschlagen, nur weil er einen Anzug trug. »Wo ist der her? Du hast ihn doch heute nachmittag nicht einfach so in einem Laden erstanden.«

»Nein, Nate Greely hat ihn mir vor einigen Monaten gekauft, als ich als Zeuge in einem Prozeß auftreten sollte. Er warf einen Blick auf mein Sportjackett und meinte, daß ich mir einen ordentlichen Anzug besorgen sollte. Er wollte, daß ich wie ein Anwalt oder Börsenmakler wirke.«

»Nun, das tust du«, stimmte ich zu. »Der Anzug ist wirklich sehr schmeichelhaft. Warum hast du ihn nicht schon früher getragen?«

»Allgemeine Sturheit, vermute ich«, erwiderte er, als er durch das Zimmer ging. »Du kannst so etepetete sein, daß ich fürchtete, wenn ich einmal einen Anzug anhätte, ich immer einen anziehen müßte.«

»Ich bin überhaupt nicht etepetete, Peter«, sagte ich. »Und so sehr du mir in diesem Anzug auch gefällst, es läßt sich doch nicht damit vergleichen, wie gut du ohne aussiehst.«

Peter lachte herzhaft, zog mich in seine Arme und hielt mich lange fest. Der Druck auf meinem Magen legte nahe, daß ich nicht zu bald Pläne fürs Abendessen machen sollte.

»Du bist froh, mich zu sehen«, sagte ich.

»Ich konnte noch nie etwas vor dir verbergen«, lachte er.

»Ihr Männer seid so leicht zu durchschauen.«

»Wir haben alle unser Kreuz zu tragen.«

»Möchtest du nicht wissen, was ich über den Mörder herausgefunden habe?« fragte ich.

»Nur wenn du herausbekommen hast, wie ich meine Haut retten kann. Ansonsten kann ich warten.« Er war bereits geschickt dabei, den Reißverschluß an meinem Kleid hinten aufzumachen.

Ich hatte mir ein paar Minuten abgezweigt, um meinerseits eine kleine Überraschung zu besorgen. Peter pfiff anerkennend, als mein Kleid zu Boden glitt. »Sehr hübsch«, sagt er. »Spitze und Satin stehen Ihnen, Mylady.«

Ich hatte erwartet, daß wir uns unter diesen Umständen hastig, ja sogar verzweifelt lieben würden, doch wenn Peter irgendwelche Verzweiflung verspürte, dann ließ er sich das nicht im geringsten anmerken. Er schlief mit mir so genießerisch wie immer, und wie immer mußte ich meine Sorge wegen der Nachbarn unterdrücken.

Nachher, als ich unter ihm lag und das angenehme Gewicht seines Körpers auf mir spürte, ging unser Atem in einen gemeinsamen Rhythmus über. Peters Atemzüge wurden tiefer, und sein Körper schwerer. Ein sicheres Zeichen dafür, daß er in den Schlaf hinüberglitt.

»He, mein Freund, Zeit rüberzurollen, bevor du mich zerquetscht«, flüsterte ich ihm ins Ohr. Er gab mir einen schläfrigen Kuß und rollte zuvorkommend von mir herunter. Ich kuschelte mich an ihn.

Ein paar Minuten später fragte er träge: »Schläfst du immer mit deinen Klienten?«

»Nur mit den großen, gutaussehenden, doch in deinem Fall habe ich eine Ausnahme gemacht.«

Er kicherte. »Wie wär's mit noch einer Ausnahme?«

Wir aßen am Kai. In der Stadt gab es Lokale, in denen man besser speiste, doch Peter wollte aufs Wasser hinausblicken können. Er starrte auf die See, wie er es getan hatte, als ich im Shoals angekommen war. Schließlich sagte er: »Es ist sehr heilsam, nicht wahr?«

Ich nickte, und er fuhr fort: »All der Himmel und all das Wasser, es liegt etwas Tröstliches in dieser Weite. Die Nacht, als John Kennedy erschossen wurde und ich dachte, die Welt sei verrückt geworden, fuhr ich an den Strand von San Gregorio hinaus. Dort verbrachte ich fast die ganze Nacht damit, in den Himmel zu starren. Er war so schwarz, daß man den Ozean nicht sehen konnte, nur das Weiß der Gischt, während sich die Wellenkämme bildeten und dann brachen. Es gab immer ein weißes Aufleuchten, das an der Wellenlinie entlangschoß und wieder verlosch, wenn das Wasser den Strand hinaufspülte.«

Er schwieg einen Augenblick, dann kam die Bedienung mit unserer Bestellung. Auf Peters Teller häufte sich etwas, das aussah wie in Eierkuchenteig getauchte und fritierte große Spinnen und Gummibänder.

»Calamari«, sagte er. »Möchtest du welche?«

»Nein«, sagte ich entschieden. Tintenfisch zählt nicht zu meinen Lieblingsspeisen.

»Möchtest du mir erzählen, was du herausgefunden hast?« fragte er, während er eines der Gummibänder aufspießte und in den Mund steckte.

Ich gab ihm eine kurze Zusammenfassung der Informationen, die wir gesammelt hatten. Er war besonders an Ralstons Geschichte und dem Hinweis auf das Alice-Projekt in Cannabys Akte interessiert. Die anderen Bruchstücke liefen auf nicht viel hinaus, aber es gab einige interessante Möglichkeiten. »Ich dachte, du würdest dich vielleicht ein wenig im Spades herumtreiben wollen«, schlug ich vor.

Er nickte. »Genau meine Sache«, sagte er. »Du bist sicher, daß du nicht davon probieren willst? Es ist köstlich.« Er hielt mit eine der Spinnen entgegen. Das Zwinkern, das er dabei in den Augen hatte, sagte mir, daß er sehr gut wußte, daß ich mit seinem Essen nichts zu tun haben wollte.

Ich schüttelte den Kopf. »Ich vermeide es, achtbeinige Lebewesen zu essen«, sagte ich.

Unser Geplänkel überspielte das Thema, das anzuschneiden ich die ganze Zeit vermieden hatte: meine Rolle bei der Ermittlung. Peter hatte seinen Wunsch, daß ich mich nicht beteiligte, deutlich ausgedrückt. Ich erwartete nicht, daß er seine Meinung geändert hatte. Jetzt wo er aus dem Gefängnis heraus war, würde er die Dinge selbst in die Hand nehmen wollen, und ich hatte das Gefühl, daß ich hinter dem Schreibtisch landen würde, wenn er seinen Willen durchsetzte.

»Wie sollen wir jetzt weitermachen?« fragte ich.

»Du meinst mit der Ermittlung? Was du bereits tust, scheint richtig zu sein, solange du und Jesse es euch zeitlich leisten könnt. Ich werde das Spades überprüfen. Außerdem möchte ich mit einem Portraitzeichner zusammenarbeiten, um zu versuchen, ein Bild von den zwei Schlägern zu erstellen. Wenn wir erst einmal ein Bild haben, kann ich es den Leuten in Vegas und anderswo schicken. Jetzt im Augenblick heißt es für uns, jede Spur zu verfolgen, bis eine irgendwohin führt. Noch etwas Wein?«

Ich war viel zu erstaunt, um antworten zu können, doch er füllte mein Glas trotzdem.

»Stimmt etwas nicht?« fragte er.

»Nein, überhaupt nicht. Ich hatte gefürchtet, du würdest, jetzt, wo du wieder auf freiem Fuß bist, nicht wollen, daß ich an dem Fall weiterarbeite.«

»Stimmt, aber das haben wir ja im Gefängnis geklärt«, erwiderte er schlicht. »Du hast mir sehr deutlich gesagt, wie du dich fühltest. Ich muß das respektieren. Es muß mir nicht gefallen, doch ich werde es respektieren. Wir sind beide zu unabhängig, um uns vom anderen etwas vorschreiben zu lassen, und bis jetzt haben wir ziemlich gut zusammengearbeitet.«

Ich hob mein Glas. »Dann auf die Zusammenarbeit.«

Er stieß mit mir an und grinste lüstern. »Eine sehr enge«, fügte er hinzu.

»Wie ist die Kautionsverhandlung gelaufen?« fragte ich.

Peter lachte. »Es war absolut peinlich. Ich habe die ganze Zeit überlegt, von wem zum Teufel sie da redeten – es klang wirklich nicht so, als wäre es jemand, den ich kenne.«

»Jesse sagte, er dachte, sie würden vorschlagen, dich in den Stand der Heiligkeit zu erheben.«

»Das klingt besser als LeRoys Deutung. Er ist der Meinung, sie hätten ihre Grabreden geübt.«

Am nächsten Morgen ging ich spät, doch in weit besserer Stimmung, als ich es die ganze Woche gewesen war, ins Büro.

»Hugh Clayton hat angerufen«, informierte mich Amy, als ich zur Tür hereinkam.

»Gut, gut, gut«, sagte ich, als sie fragend eine Augenbraue hob. »Irgendeine Nachricht?«

»Nur, ihn anzurufen.«

Ich nahm den Notizzettel mit seiner Telefonnummer und ging in mein Büro. Mr. Clayton sprach gerade auf einer anderen Leitung, doch seine Unterhaltung endete passenderweise, als ich seiner Sekretärin meinen Namen nannte.

»Catherine! Vielen Dank, daß Sie zurückrufen.«

»Was kann ich für Sie tun?« fragte ich.

»Ich werde heute abend in der Stadt sein. Ich hoffte, Sie würden einwilligen, mir beim Abendessen Gesellschaft zu leisten.«

Abendessen. Also hatte ich seine warme Verabschiedung richtig gedeutet. Man soll sich nie eine Chance entgehen lassen, etwas über einen Verdächtigen zu erfahren, dachte ich, und teilte ihm mit, daß ich liebend gerne mit ihm zu Abend essen würde.

»Gut, ich hole Sie um sieben ab«, erwiderte er. »Wo wohnen Sie?«

Ich hatte nicht vor, meine Privatadresse jemandem zu geben, der mit dem Fall verknüpft war. »Ich werde bis spät arbeiten. Sie können mich in meinem Büro abholen.« Ich beschrieb ihm den Weg.

Amy und Eileen warteten gespannt, als ich aus meinem Büro herauskam. »Eine Einladung zum Essen«, sagte ich. »Für heute abend.«

Amy hob wieder ihre Augenbraue; Eileen sah besorgt aus. »Clayton könnte der Mörder sein.«

»Könnte«, stimmte ich zu. »Doch es ist nicht unbedingt wahrscheinlich, daß er mich während des Essens um die Ecke bringt.«

»Sie scheinen sich dessen schrecklich sicher zu sein«, sagte Eileen.

Das war ich. Unser Mörder war ein vorsichtiger Mann, jemand der sorgfältig plante. Wenn er es auf mich abgesehen hätte, dann hätte er keine Verabredung getroffen.

Jesse kam etwa eine halbe Stunde später ins Büro. Er sah aufgeregt aus. »Ich glaube, wir haben einen Treffer«, sagte er. »Über Burton Monroe läßt sich kaum etwas Vernünftiges in Erfahrung bringen. Ich glaube, er ist ein Spion.«

»Was hast du herausgefunden?« fragte ich.

Jesse thronte auf dem Rand des Stuhles und zog sein Notizbuch hervor. »Monroe gibt als Beruf Journalist an, doch sein Arbeitgeber ist ein undurchsichtiges japanisches Handelsblatt. Er hat ein teures Haus, ist Mitglied in ein paar teuren Clubs und besitzt ein Flugzeug. Entweder ist er finanziell unabhängig, oder er hat noch eine andere Einnahmequelle.

Ich kenne einen Reporter vom *San Jose Mercury*. Also habe ich dort angerufen und mich nach Monroe erkundigt. Er kennt ihn, sagt, er sei auf jeder Pressebesprechung anwesend und stelle immer einen Haufen Fragen. Ein umgänglicher Typ, der die Leute gerne zu einem Drink und auf ein Schwätzchen einlädt. Niemand weiß, woher er sein Geld bekommt, aber es gibt Leute, die argwöhnen, er würde mit Informationen handeln – kurz, ein Spion.«

»Spioniert er für die Japaner?« vermutete ich.

»Oder für jemand anderen, der Geld hat, nehme ich an«, erwiderte Jesse.

Er grinste breit, und dazu hatte er auch guten Grund. Ich fragte mich, wie lange es dauern würde, bis einer meiner Klienten so klug war, ihn mir abzuwerben.

»Ich werde Peter anrufen«, meinte ich. »Sag Eileen, daß wir uns hier in einer halben Stunde treffen.«

Peter kam sofort zu uns. Wir versammelten uns in meinem Büro, und Jesse wiederholte seinen Bericht. »Klingt ganz nach Spion, richtig«, sagte Peter. »Verdammt gute Arbeit, Jesse.«

»Wenn du recht hast, dann würde Monroe über die nötigen Verbindungen verfügen, um die beiden Schläger zu organisieren, die dich geschnappt haben, und er hätte wohl auch nicht zu viele Skrupel, sich einer Erpresserin zu entledigen«, sagte ich. »Wie machen wir jetzt weiter?«

Bevor er antworten konnte, ließ sich Amy über die Sprechanlage vernehmen. »Das Paket von Grady Dawson ist gerade angekommen.«

»Bring es rein«, drängte ich und hatte ein Gefühl wie Weihnachten.

Ich war sogar noch aufgeregter, als ich Gradys Bericht durchging. In fünf sauberen Haufen lagen die Finanzauskünfte über die vier ursprünglichen Verdächtigen und das Opfer vor mir. Grady hatte oben auf die Akten von Tim Sutton und Hugh Clayton einen großen, roten Stern gemacht. Ich warf einen Blick auf die von Clayton.

Die Information, die Grady über Hugh Clayton hatte bekommen können, war eindeutig unvollständig. Grady war ein Profi, und es erforderte einen sehr phantasiereichen Buchhalter, um bei ihm ungeschoren davonzukommen. Clayton schien jemand zu sein, der etwas zu verbergen hatte.

Ich reichte die Clayton-Akte an Peter weiter und wandte mich der über Tim Sutton zu. Ein rascher Blick darauf zeigte mir, warum Grady sie mit einem Stern versehen hatte.

Wir hatten seine monatlichen Kontoauszüge, und Suttons Kontostand ging rauf und runter wie ein Jo-Jo. Einige Monate hatte er einen hohen Kontostand, in anderen war er pleite. Es war sehr gut möglich, daß er ein zwanghafter Spieler war, und die Größe seiner gelegentlichen Gewinne legte nahe, daß er seine Wetten nicht bei einem unbedeutenden Buchmacher plazierte.

Quer über das untere Ende des Blattes hatte Grady geschrieben. »Keine Berichte über die betreffende Person vor 1978, keine Unterlagen aus der Zeit in Boston oder Cambridge vorhanden. Sollen wir das weiterverfolgen?«

Peter war damit beschäftigt, die Akte über Hugh Clayton zu lesen. Ich schob ihm Tim Suttons Akte über den Schreibtisch und langte nach meinem eigenen Ordner über Sutton. Sowohl der Lebenslauf, den er mir geschickt hatte, als auch der Bericht über seinen beruflichen Werdegang, den er Microcomp vorgelegt hatte, nannte Upland Electronics als seinen Arbeitgeber in Boston. Ich wählte die Nummer, die er von Upland angegeben hatte.

Nach ein paar Augenblicken transkontinentaler Störungen meldete sich eine Frauenstimme mit »Upland Electronics«.

Ich bat darum, mit der Personalabteilung sprechen zu können. Sie erklärte, daß gegenwärtig eine Besprechung stattfinde, und fragte, ob ich eine Nachricht hinterlassen und zurückgerufen werden wolle. Etwas in der gut einstudierten, beinahe tonlosen Art, in der sie das sagte, machte mich stutzig. »Ist dies das Büro von Upland oder ein Auftragsdienst?« fragte ich.

»Dies ist ihr Auftragsdienst«, erwiderte sie.

Ich verzichtete darauf, eine Nachricht zu hinterlassen und legte aufgeregt wieder auf.

»Es gibt keine Upland Electronics«, verkündete ich. »Und ich wette, daß es keinen Tim Sutton gibt. Aus irgendeinem Grund hat unser Mr. Sutton vor sieben Jahren seine Identität gewechselt.«

Peter pfiff. »Das ist ja ein toller Haufen von Verdächtigen. Ein Spion, ein Spieler ohne Vergangenheit, ein reicher Geschäftsmann, dessen Finanzberichte sich selbst von Grady Dawson nicht erfassen lassen, und ein krankhaft ehrgeiziger Ingenieur! Eine nette Sippschaft.«

»Mir wäre eine mit einem einzigen zwielichtigen Bericht und drei lauteren Staatsbürgern lieber. Es würde alles viel einfacher machen«, erklärte ich.

»Haben wir noch irgend etwas darüber, warum unser ehrgeiziger Ingenieur keine Überstunden für das Geheimprojekt machen will?« fragte Jesse.

Ich schüttelte den Kopf. »Der Beschreibung seiner Exfrau nach klingt es nicht so, als sei er ein Mann, der sich durch Gefühle in seinem Ehrgeiz behindern lassen würde. Ich wüßte gerne mehr darüber, was er in seinem Labor in der Garage tut. Wenn er auf eigene Faust an etwas Wichtigem forscht, würde das erklären, warum er der Firma keine Extra-Zeit zur Verfügung stellen will.«

»Es könnte auch Marilyns Interesse an ihm erklären«, bemerkte Peter. »Wenn sie glaubte, er könnte der nächste Multimillionär von Silicon Valley sein, wird sie wohl liebend gern etwas Zeit investiert haben, um an ihn heranzukommen.«

Wir mußten mehr über Cannaby und seine Forschungen erfahren. »Ich denke, Jesse und ich sollten es einrichten, mit Cannabys Mitarbeitern zu plaudern. Vielleicht weiß einer von ihnen etwas.«

»Vielleicht«, sagte Peter, »doch ich glaube, das ist nicht das Wichtigste. Vergeßt nicht, daß unser Mörder irgendwelche Verbindungen zur Unterwelt haben muß. Schläger besorgt man sich nicht beim Arbeitsamt.«

Mein Magen knurrte ungehörig und erinnerte mich daran, daß es schon nach Mittag war. »Hat jemand Hunger?« fragte ich. Alle hatten.

Ich rief Amy herein, damit sie unsere Sandwich-Bestellungen entgegennehmen konnte. Als Peter und Jesse schließlich damit fertig waren, kleine Extras vorzuschlagen, um das

Mahl interessanter zu gestalten, glich das Ganze eher einem Bankett als einem Arbeitsessen.

»Dein Kopf steckt schon so gut wie in der Schlinge, und du denkst an deinen Magen«, warf ich Peter vor, als er Amy noch einmal zurückrief, um Baklava zu bestellen.

»Das Leben ist zu kurz, als daß man nicht das Beste aus ihm herausholen sollte, Catherine«, erwiderte er. »Wenn ich mein Essen genieße, heißt das nicht, daß ich deshalb weniger hart arbeiten werde.«

»Das habe ich davon, daß ich mit einem Hippie zusammenarbeite«, knurrte ich. »Amy, bring mir auch ein Baklava mit.«

Wir ließen Gradys Akten herumgehen und tauschten die Informationen aus, die wir gesammelt hatten. Die letzten drei Akten lieferten keine Überraschungen. Ralston und Cannaby lebten von ihrem Gehalt; Marilyn Wyte lebte beträchtlich darüber hinaus.

Außer Eileen hatten wir alle über unsere Erkenntnisse berichtet. Ihre Arbeit war ziemlich Routine gewesen. Ich erwartete keine großen Offenbarungen, doch ich wollte, daß sie sich zum Team dazugehörig fühlte. »Haben Sie etwas, das wir wissen sollten?« fragte ich.

Sie schüttelte den Kopf. »Die Routine-Überprüfungen haben nichts zutage gefördert«, berichtete sie. »Ich habe den Verwalter des Hauses gefragt, das sie als ihre frühere Adresse angegeben hat. Es ist ein nettes, ziemlich teures Apartmenthaus. Der Hausverwalter sagt, er könne sich nicht einmal mehr an sie erinnern, doch ich bin nicht sicher, ob ich ihm das abkaufen soll. Männer vergessen eine Frau wie Marilyn nicht so leicht.« Sie machte eine Pause. »Es stört mich, daß niemand etwas über diese Frau zu wissen scheint. Sie scheint mit niemandem Kontakt gehabt, keine Freundschaften geschlossen oder Feindseligkeiten hervorgerufen zu haben. Ich würde gerne noch einmal zu ihrer Wohnung in San Francisco gehen und die Bewohner dort befragen. Vielleicht kann ich jemanden ausfindig machen, der etwas über sie weiß.«

»Klingt nach einer guten Idee«, antwortete ich. Es freute

mich zu sehen, daß ihre Neugier stärker war als ihre Angst. Sie hätte im Büro in Sicherheit bleiben und darauf warten können, daß wir ihr sagten, was sie tun sollte, doch sie hatte sich dafür entschieden, ein aktiver Teil des Teams zu werden. Ich war froh, daß ich zugestimmt hatte, sie an dem Fall mitarbeiten zu lassen.

Während wir versuchten, unser Baklava zu essen, ohne Honig und Nüsse über den ganzen Tisch zu verteilen, schlug ich vor, daß jeder von uns eine Rangliste erstellen sollte, in der wir die fünf Männer vom wahrscheinlichsten zum am wenigsten wahrscheinlichen Mörder einstuften. Jeder setzte Ralston ans Ende seiner Liste. Cannaby und Clayton galten als möglich, aber nicht wahrscheinlich. Für keinen von beiden hatten wir ein Motiv finden können. Bei Cannaby gab es jedoch zu viele offene Fragen, und Clayton hatte sich zuviel Mühe gemacht, seine Vermögenswerte zu verbergen, um vollkommen unverdächtig zu sein. Für Sutton und Monroe als wahrscheinlichsten Mörder gab es je zwei Stimmen.

»Grady möchte wissen, ob er sich weiter mit Claytons Finanzen beschäftigen soll«, meinte ich zu Peter. »Soll er das?«

Peter schüttelte den Kopf. »Clayton ist kein Narr. Wenn er nicht will, daß jemand etwas über seine Finanzen erfährt, könnte Grady Monate brauchen, sie zu enthüllen. Soviel Zeit haben wir nicht, und außerdem habe ich nicht soviel Geld.«

»Ich bin für heute abend mit Hugh Clayton zum Essen verabredet«, verkündete ich. Peter verzog das Gesicht, sagte aber nichts.

»Es wird interessant sein, zu erfahren, ob er versucht, Informationen von mir zu erhalten. Ich bezweifle, daß seine Motive rein gesellschaftlicher Natur sind. Das werden wir ja heute abend sehen.«

»Ich werde Monroe überprüfen«, schlug Peter vor. »Wir müssen mehr über ihn wissen, und ich kenne ein paar Leute auf der Peninsula, die vielleicht helfen können. Wenn er sich als das herausstellt, was ich von ihm glaube, werden LeRoy und ich ihm wohl einen Besuch abstatten.«

Mir gefiel diese Idee nicht besonders. Wenn ich jedoch

wollte, daß Peter mir nicht über die Schulter sah, dann mußte ich ihm denselben Gefallen erweisen.

Blieb noch Tim Sutton. Die Geschichte seiner Vergangenheit lag wahrscheinlich in Cambridge. Die Telefonanrufe für Upland Electronics mußten an jemanden weitergegeben werden, und mit dieser Person wollte ich sprechen.

»Zwei erledigt, bleibt noch einer zu überprüfen«, verkündete ich. »Wenn ich heute den Nachtflug nach Boston nehme, kann ich morgen früh schon dort sein.«

Peter runzelte die Stirn. »Du gehst allein?«

»Es scheint eine Ein-Mann-Aufgabe zu sein«, erwiderte ich. »Ihr drei habt hier genug zu tun.«

»Mir gefällt die Vorstellung nicht, daß du in Boston ohne Unterstützung bist«, beklagte sich Peter.

»Ich kann die dortige Polizei um Hilfe bitten, wenn die Sache kritisch wird. Die kann so etwas.«

Peter sah nicht überzeugt aus.

»Abgesehen davon ist Sutton entweder unschuldig, dann brauche ich mir keine Sorgen zu machen, oder er ist schuldig, dann aber befindet er sich auf der anderen Seite des Kontinents. In keinem Fall ist es fürchterlich riskant.«

»Falsch. Ein Fall wie dieser ist auf der ganzen Linie gefährlich. Es sieht so aus, als seien mindestens drei dieser Typen Gauner, und sobald sie merken, daß wir Fragen stellen, haben wir womöglich alle drei auf den Fersen. Sutton, oder wer er auch sein mag, hat vielleicht mit etwas Härterem zu tun gehabt. Seine Kumpel könnten Ganoven oder Junkies sein. Es würde ihnen nicht gefallen, wenn du Fragen stellst.«

Ich nickte grimmig. Er hatte recht, verdammt.

»Was braucht man, um seine Identität zu ändern?« fragte ich.

»Zumindest eine gefälschte Geburtsurkunde, vielleicht einige andere Papiere«, antwortete Peter.

»Nicht die Art von Dingen, die man im Laden um die Ecke kaufen kann.«

»Kaum. Man braucht Geld und Beziehungen, um falsche Papiere zu bekommen. Es gibt genügend Spionageromane, in denen detailliert beschrieben wird, wie man eine Identität aufbaut, so daß ich annehme, man könnte es im Do-it-yourself-Verfahren versuchen. Die meisten Leute, die eine neue Identität brauchen, stehen jedoch bereits auf der anderen Seite des Gesetzes und wissen, wo sie die Experten finden.«

»Das bedeutet, daß Sutton, wenn er nicht Sutton ist, wahrscheinlich Verbindungen zum Untergrund in Cambridge oder Boston hat«, sagte ich.

»Das ist zu vermuten.«

»Okay«, sagte ich. »Ich werde es langsam und ruhig angehen und überprüfen, wen ich aufsuche. Wenn es zu heikel aussieht, werde ich Amy anrufen und mich in regelmäßigen Abständen immer wieder hier melden.«

Peter schüttelte den Kopf. »Es gibt einen besseren Weg. Ich kenne einen Privatdetektiv in Boston, den du anrufen kannst, wenn du jemanden für Rückendeckung brauchst. Er ist ein wirkliches Original, ein bißchen ein Macho, doch jemand, dem du trauen kannst. Er kann dir auch mit Informationen über die Unterwelt weiterhelfen.«

Er kramte in seiner Jackettasche nach seinem Notizbuch. »Wenn er fragt, wer zum Teufel Peter Harman sein soll, dann sag ihm, ich sei der radikale Hippie, der beinahe draufgegangen wäre, als er nach dem Simon-Kind gesucht hat.« Er schrieb einen Namen und eine Telefonnummer auf einen Zettel und gab ihn mir.

»Ist das ein Vor- oder ein Nachname?« fragte ich.

Peter zuckte die Achseln. »Das hat er nie gesagt.«

Ich steckte die Karte in meine Handtasche und hoffte, ich würde sie nicht brauchen.

12

Tim Sutton hatte sich eine Menge Arbeit gemacht, um seine frühere Identität zu vertuschen. Wenn ich die Person, die die Anrufe für ihn entgegennahm, schließlich aufgespürt hatte, würde ich eine gute Geschichte brauchen, um sie dazu zu bringen, überhaupt mit mir zu reden. Die nächsten Stunden verbrachte ich damit, verschiedene Möglichkeiten durchzuspielen. Nachdem ich eine Anzahl von weit hergeholten Ideen probiert hatte, jede mit einem möglichen schwachen Punkt, der mich das Leben kosten konnte, heckte ich schließlich einen Plan aus, der durchführbar schien. Während ich die Details austüftelte, erfaßte mich ein Gefühl der Hochstimmung, dem kurz darauf die nüchterne Erkenntnis folgte, daß diese Art von Ermittlung mir allmählich Spaß zu machen begann.

Ich hatte die letzten paar Tage hauptsächlich damit verbracht, Geschichten zu erfinden und vorzugeben, jemand zu sein, der ich nicht war; der schonungslose Name für all das war *lügen*. Ich mußte zugeben, daß ich es, nachdem ich jahrelang gewissenhaft, vorsichtig und ganz korrekt gearbeitet hatte, genoß, meine eigenen Regeln zu brechen. Dan hatte recht, ich hatte mich verändert.

Ein Blick auf meine Uhr erinnerte mich daran, daß Meditationen über die Zukunft würden warten müssen. Ich rief Amy herein und bat sie, ein fingiertes Einführungsschreiben zu entwerfen. »Haben wir nicht noch Schreibpapier mit dem Briefkopf von Masters, Kilbrune und Colby?« fragte ich. Sie sah verwirrt aus. »Das ist die fiktive Kanzlei, die wir vor ein paar Jahren für einen Fall geschaffen haben«, erinnerte ich sie.

»Ich glaube schon«, erwiderte sie. »Ich werde nachsehen.«

Der Briefkopf lag unten in einem Schrank begraben, an den nur Amy sich heranwagte. Das Papier zu finden dauerte länger, als den Brief zu tippen.

Chris rief etwa um halb fünf aus Seattle an. Informationen in Fords Prairie zu bekommen, war einfacher gewesen, als sie erwartet hatte. Es gab eine Menge Leute in der Stadt, die recht schnell bereit waren, über Marilyn Wyte zu sprechen. Sie wurde mehr als schwarzes Schaf denn als nettes Mädchen von nebenan angesehen.

»Marilyn war eine mittelmäßige Schülerin und hatte den Ruf, leichtlebig zu sein«, berichtete sie. »In ihrem Abschlußjahr auf der High-School wurde sie vom Sprößling einer reichen Familie in Olympia schwanger. Doch anstatt sie zu heiraten, bezahlte er die Abtreibung und kaufte sich auf diese Weise frei. Ihre Angehörigen gehören zur Arbeiterklasse und sind Baptisten. Sie wollten mich nicht empfangen. Andere Leute aus ihrer Gemeinde waren hingegen schnell dabei, Marilyns zügelloses Leben anzuprangern.«

»Hast du irgend etwas darüber, was sie in San Francisco getan hat?« fragte ich.

»Das ist schwieriger«, erwiderte Chris. »Doch laß mich der Reihe nach erzählen. Nach der High-School ging sie ein Jahr aufs College und brach dann ab. Ihre Familie schickte sie auf eine Sekretärinnenschule in Seattle. Washington war ihr zu langweilig, deshalb ging sie nach San Francisco, um sich einen Job zu suchen. Und ab hier fängt es an, verschwommen zu werden. Ich habe eine alte Freundin gefunden, die mit ihr in Verbindung geblieben war, aber diese Freundin behauptet, nicht viel über Marilyns Zeit in San Francisco zu wissen. Marilyn hat dort fünf Jahre lang gelebt, bevor sie nach Palo Alto zog. Das erste Jahr hat sie als Sekretärin gearbeitet, gab dann aber diesen Job auf. Ihre Freundin weiß nicht, was sie danach getan hat.«

Ich setzte mich in meinem Sessel aufrecht. »Haben die beiden den Kontakt verloren oder hat Marilyn sich geweigert ihr zu erzählen, was sie tat?« fragte ich.

»Die Freundin sagt, Marilyn hätte nie viel über ihre Arbeit gesprochen. Ich denke, das Mädchen lügt. Sie weiß, was Marilyn getan hat, aber sie will es nicht sagen.«

Chris' Liebe zu streng chronologischen Berichten machte mich wahnsinnig. Es bedeutete, daß das Wichtigste stets am Schluß kam, wenn ich schon fast eingeschlafen war. Doch sie war eine gute Ermittlerin, und ihr Gespür für Leute war ausgezeichnet.

»Ich denke, Marilyn war ein Callgirl«, verkündet Chris. »Oder sie hatte mit etwas anderem zu tun, worüber sie nicht sprechen konnte, das ihr aber viel Geld einbrachte. Jeder erwähnte, daß sie viel Geld hatte, nachdem sie nach San Francisco gegangen war. Sie kam nach Hause und trug ausgefallene Kleidung, fuhr ein hübsches Auto und brachte teure Geschenke mit.«

Also hatte Marilyn schon vor ihrer Begegnung mit Hugh Clayton und ihrer Ankunft in Palo Alto ein schönes Leben genossen. Es paßte. Sie konnte ein Callgirl gewesen sein, oder aber sie war die Geliebte von so jemandem wie Clayton gewesen. Was immer sie auch getan hatte, es hatte beinahe sicher mit Sex und Geld zu tun, eine Kombination, die durchaus zu Mord geführt haben könnte.

Ich stahl mich kurz davon, um ein paar Kleider in einen Koffer zu werfen und mich zum Abendessen fertig zu machen. Ich zog ein Seidenkleid an, das elegant genug für das Essen mit Hugh Clayton war und erträglich und bequem genug, um darin den Flug nach Boston zu überstehen. Dann eilte ich ins Büro zurück, um auf Clayton zu warten.

Punkt sieben war er da.

»So also sieht das Büro einer echten Detektivin aus«, bemerkte er, während er sich in der Eingangshalle umsah. »Ich stelle fest, daß die Detektivbüros in den Romanen immer in den oberen Stockwerken eines schäbigen Gebäudes liegen, wogegen sie sich im Fernsehen in Phantasiewolkenkratzern zu befinden scheinen. Das hier ist viel hübscher als beides.«

»Sind Sie ein Krimi-Fan?« fragte ich, eigentlich nur, um Konversation zu machen.

»Nur auf Flügen«, erwiderte er. »Ich fliege ziemlich viel, und Krimis sind ein besserer Lesestoff als Firmenberichte.«

Er führte mich zum Essen ins Carnelian Room aus, das sich oben im Gebäude der Bank of America befindet. Ich verabscheue das Gebäude; es erhebt sich wie ein schwerer, dunkler Monolith aus dem glänzenden Weiß der übrigen Stadt, sieht aus der Nähe schon schrecklich aus und wirkt aus der Ferne noch schlimmer. Der große Vorteil, dort zu essen, liegt darin, daß es einer der wenigen Orte ist, von dem aus man einen Blick auf die Stadt bekommen kann, ohne die B of A im Sichtfeld zu haben.

Als es ans Bestellen ging, spielte Clayton den Patriarchen

und schlug mir etwas vor. »Mögen Sie Pastete? Gut, wir werden mit der Entenpastete mit Pistazien beginnen.« Er ging die Weinkarte durch und schickte den Kellner fort, um eine Flasche zu holen, die nicht auf der Karte stand, bei der er sich aber sicher war, daß der Oberkellner sie vorrätig hatte. Das erinnerte mich an Peters drittes Gesetz – Leute, die zuviel über Wein wissen, wissen gewöhnlich zuwenig über jene Dinge, die eine Unterhaltung wert sind.

Ich wartete darauf, daß Clayton mich etwas zu dem Fall fragen würde, doch das tat er nicht. Er machte Small talk. Es sah ganz nach einem Abend mit gutem Wein und schlechter Unterhaltung aus, doch als ich mich nach seinem Geschäft erkundigte, erlebte ich eine angenehme Überraschung. Er plauderte ungezwungen darüber, lieferte Informationen und erzählte Anekdoten.

Während wir uns dem Kalbfleisch in Zitronensoße zuwandten, an dem ein bißchen zu viel Zitrone und ein bißchen zu wenig Kapern waren, meinte er: »Nun, ich habe Ihnen erzählt, was ich tue. Jetzt sind Sie an der Reihe. Wie ist es, wenn man Privatdetektivin ist?«

»Viel weniger schön, als es in Büchern oder Filmen dargestellt wird«, erwiderte ich. »Man stellt hauptsächlich Fragen und zieht Erkundigungen ein.«

»Ich nehme an, jeder stellt Ihnen diese Frage, doch ich würde gerne wissen, was Sie zu der Entscheidung, Privatdetektivin zu werden, bewogen hat«, meinte er.

Er hatte recht. Jeder fragte, gewöhnlich mit der unausgesprochenen Andeutung, daß das für eine Frau keine passende Tätigkeit sei. Clayton schien meine Gedanken zu lesen. Er lachte entwaffnend und meinte: »Das muß schrecklich sexistisch geklungen haben. Es ist nur so, daß Frauen selten einen Beruf wählen, der ein gutes Maß an Gefahr mit sich bringt. Ich bin neugierig, was Sie dazu hingezogen hat.«

»Die Gefahr gewiß nicht«, erwiderte ich. »Eigentlich ist meine Arbeit kaum gefährlich. Ich nehme normalerweise keine Fälle an, die mit Gewaltverbrechen zu tun haben. Ich arbeite in der Firmenüberwachung.«

»Das bedeutet?« fragte er.

»Das bedeutet, jemandem wie Ihnen zu helfen, herauszufinden, wer sich zu ausgiebig mit der Konkurrenz unterhält oder sich bei den Profiten der Firma bedient. Diese Art von Dingen. Wirtschaftsverbrechen.«

»Und das ist nicht gefährlich?«

»Wirtschaftsverbrecher sind selten gewalttätig«, sagte ich, ohne den sanftmütigen Buchhalter zu erwähnen, der sich als Ex-Green Beret entpuppt und versucht hatte, mich fachgerecht aufzuschlitzen. »Keine Verfolgungsjagden mit dem Auto, kein Herumdrücken in dunklen Gassen, keine Schießereien. Es besteht hauptsächlich darin, die Bücher zu kontrollieren und Fragen zu stellen. Alles sehr zivilisiert.«

»Doch der Mörder von Marilyn Wyte ist eindeutig gewalttätig. Beunruhigt Sie das nicht?« Er schien eher neugierig als besorgt.

»Ich hoffe aufrichtig, Marilyn Wytes Mörder niemals zu begegnen«, erwiderte ich. »Mein Job ist es, Informationen zu sammeln.«

Clayton sah skeptisch aus. »Es scheint mir, daß Sie um so mehr einer Gefahr ausgesetzt sind, je erfolgreicher Sie in diesem Punkt sind.« Er hielt inne und sah leicht verlegen aus. »Ich fürchte, da zeigt sich mein männlicher Chauvinismus. Ich ertappe mich dabei, Sie warnen zu wollen, daß dieser Fall für eine Frau zu gefährlich ist. Vielleicht beunruhigt Sie das weniger als mich. Ich bin ziemlich entnervt, wann immer ich daran denke, was mit Marilyn geschehen ist. Ich würde der Person, die das getan hat, nicht irgendwie zu nahe kommen wollen.«

Er füllte unsere Weingläser, und ich merkte, daß die Flasche leer war. Ich hatte mich durch Claytons Geschichten über die Computerindustrie so gut unterhalten lassen, daß ich mehr getrunken hatte als beabsichtigt. Vielleicht würde mir das helfen, im Flugzeug zu schlafen.

»Zurück zu einem weniger makabren Thema, erzählen Sie mir mehr über Ihre Arbeit. Wie wird man Privatdetektiv? Macht man Kurse im College oder geht man in die Lehre? Wie funktioniert das?«

»Es ist im Großen und Ganzen eine Art Lehre. Der Staat verlangt, daß man drei Jahre unter professioneller Aufsicht arbeitet. So ist man zuerst für einen anderen Ermittler tätig, außer man war bei der Polizei oder hat für das FBI oder die Finanzbehörden gearbeitet.«

»Etwas verdienen, während man lernt, ein alter und ehrwürdiger Brauch.«

»Nur, daß man in den ersten paar Jahren nicht viel verdient. Ich nehme jedoch an, das war bei Lehrlingen schon immer so.«

»In der Tat, im Mittelalter waren sie froh, ein Abendessen und einen Schlafplatz in einer zugigen Dachkammer zu bekommen.«

Von meinem Lohn für das erste Jahr bei Keith hatte ich mir auch nicht viel mehr als ein Abendessen und ein winziges Studio-Apartment leisten können, doch wenn er auch mit seinem Geld sehr knauserte, war er in vielen wichtigeren Dingen großzügig. »Inzwischen hat sich einiges verbessert«, gestand ich ein.

Clayton fuhr fort, Fragen über die Ermittlungsarbeit zu stellen. Zu meiner Überraschung waren es intelligente Fragen – nicht die üblichen »erzählen Sie von Ihrem aufregendsten Fall«, sondern nachdenklichere über Praxis und Ethik. Seine Neugier und sein Verlangen nach einem mehr als nur oberflächlichen Verständnis für diesen Beruf waren offensichtlich. Ich unterhielt mich ausgesprochen gut und merkte erst jetzt, daß seine geschickten Erkundigungen und ein sehr guter Pinot Noir zusammengewirkt hatten, um mich gesprächiger zu machen, als ich eigentlich gewollt hatte. Leo hatte mit seiner Behauptung, Clayton besäße die Gabe, andere Leute zum Reden zu bringen, recht gehabt. Ich hatte angenommen, daß er manipulieren, forschen würde nach der Information, die er haben wollte. Statt dessen mußte ich feststellen, daß er einfach neugierig war – ein Mann, der das Wissen um seiner selbst willen zu genießen schien.

Der Kellner kam, um eine Bestellung für den Nachtisch entgegenzunehmen. Ich wollte schon ablehnen, als Clayton die Initiative ergriff und eine Himbeertorte für mich kommen ließ. »Sie ist zu gut, um sie zu verpassen«, versicherte er mir. Unsere Unterhaltung hatte mich ihm gegenüber freundlicher gestimmt sein lassen, doch das ruinierte er beim Dessert. Kaum hatte uns der Kellner den Kaffee eingeschenkt und sich diskret zurückgezogen, da war Clayton auch schon darauf aus, mich in seine Stadtwohnung zu lotsen. Ich hatte ihm gesagt, daß ich bis halb elf wieder in meinem Büro sein müßte, um einen Kollegen in Saudi-Arabien anzurufen. Jetzt schlug er vor, zu warten, während ich den Anruf erledigte, und dann mit mir auf einen Schlummertrunk in seine Wohnung zu gehen. Er schien nicht glauben zu können, daß ich nicht mit ihm ins Bett gehen wollte. Gedrängt, einen Grund zu nennen, erklärte ich, ich schliefe nicht mit verheirateten Männern.

Er kicherte herablassend über meine viktorianischen Moralvorstellungen, hörte aber auf, mich so stark zu bedrängen. Es gelang mir, ohne einen Ringkampf zum Büro zurückzukommen, wofür ich zutiefst dankbar war – denn ich wäre nicht abgeneigt gewesen, ihm den Arm zu brechen.

Der internationale Flughafen von San Francisco befindet sich wie Penelopes Leichentuch beständig im Werden. Ich brauchte fünfzehn Minuten, um den neuesten Umleitungen zum Langzeitparkplatz nachzufahren, doch ich erreichte mein Flugzeug noch zwanzig Minuten vor dem Abflug. Ich nahm mir ein Kissen und eine Decke und glitt auf meinen Platz. Während die Flugbegleiterin erklärte, wie man das Sitzkissen in eine Schwimmweste verwandelte, wanderten meine Gedanken zum Abendessen mit Clayton zurück.

Er hatte nicht versucht, mir Informationen über den Wyte-Fall zu entlocken. Er hatte eine Menge Fragen über meine Arbeit gestellt. Wahrscheinlich wollte er mich einschätzen. Ich hatte freimütig gesprochen, es aber sorgfältig vermieden, ihn wissen zu lassen, daß ich die Kunst der Selbstverteidigung beherrschte. Je weniger ich darüber verlauten ließ, desto besser.

Wirtschaftsverbrecher waren nicht so fromm, wie ich

Clayton hatte glauben lassen. Bei mehreren Gelegenheiten hatte ich einen Angriff abwehren müssen. Der Ex-Green Beret war dabei der einzige gewesen, der eine echte Bedrohung dargestellt hatte: Diese Eskapade hatte mich meine Ehe gekostet.

Es war ein ziemlicher Routine-Fall gewesen, bis zu dem Zeitpunkt, als ich den Buchhalter mit der Tatsache konfrontierte, daß ich wußte, daß er Gelder veruntreute. Er hätte sein Gesicht in den Händen vergraben und ein gequältes Geständnis hervorstottern sollen. Statt dessen griff er in seinen Schreibtisch und zog ein Jagdmesser mit einer mindestens dreißig Zentimeter langen Klinge hervor. An der Art, wie er damit umging, erkannte ich, daß er kein normaler Buchhalter sein konnte. Erst später erfuhr ich, daß er bei den Green Berets im Nahkampf ausgebildet worden war.

Es war mir gelungen, ihn zu entwaffnen und zu überwältigen, ohne auch nur einen Kratzer abzubekommen. Doch anstatt mir, als ich diese Heldentat stolz meinem Ehemann, dem Polizisten erzählte, zu meiner Tapferkeit zu gratulieren, forderte er mich ultimativ auf, aus dem Detektivgeschäft auszusteigen. Seine Behauptung, daß meine Arbeit zu gefährlich sei, paßte nicht zu dem Umstand, daß es der Green Beret gewesen war, der im Krankenhaus gelandet war; und da ich die Siegerin war, schätzte ich den Hinweis, daß ich »verdammtes Glück« gehabt hätte, noch am Leben zu sein, gar nicht. Anstatt Champagner zu trinken, schlief ich schließlich auf der Couch in meinem Büro und setzte mich mit der Tatsache auseinander, daß jemanden zu lieben nicht automatisch bedeutete, auch mit ihm zusammenleben zu können.

Flugzeuge sind nicht zum Schlafen gemacht, vor allem, wenn sie zwischenlanden, damit eine Gruppe erschöpfter Leute hinausklettern, und eine andere Gruppe hineinklettern kann. Ich erwachte davon, daß die Flugbegleiterin mich fragte, ob ich frühstücken wolle. Mein Mund war schal und meine Augen kamen mir vor, als hätte ich Sandpapier an den Lidrändern. Mein Magen war nervös, und meine Halswirbel knackten, als ich den Kopf wandte. Für Nachtflüge war ich zu alt.

Das Flugzeug kam um 10.46 Uhr vormittags an. Das entsprach 7.46 Uhr in San Francisco, doch mein Körper fühlte sich an, als sei es drei Uhr in der Früh. Auf gar keinen Fall würde ich mit diesem Flugzeug wieder zurückfliegen, ohne eine Nacht vernünftig geschlafen zu haben. Ich rief das Parker House an und bestellte ein Zimmer für diese Nacht.

Eine rasche Überprüfung im Toilettenspiegel zeigte mir, daß meine Kleidung besser aussah als ich selbst. Es bestand keine Notwendigkeit, mich umzuziehen und somit auch kein Vorwand zu duschen.

Also steuerte ich auf den Stand einer Mietwagenfirma zu. Ich brauchte etwas, das groß genug war, um mir einen gewissen Schutz vor den Autofahrern in Massachusetts zu gewähren, und klein genug, um in die Parklücke zu passen, die ich sowieso nie finden würde. Ich hätte mir keine Gedanken zu machen brauchen, es gab ohnehin nur wenig Auswahl. Ich nahm schließlich einen Chevrolet, der nur unwesentlich größer war als eine Blechbüchse, doch bei weitem nicht so stabil.

Um 13.00 Uhr hatte ich den Auftragsdienst gefunden. Die Tür war jedoch verschlossen, und es dauerte eine Dreiviertelstunde, bis das Mädchen, das das Büro leitete, hereinschlenderte. Sie war offensichtlich eher die Sekretärin als die Geschäftsführerin, Mitte Zwanzig, trug ein enganliegendes Strickkleid und Schuhe mit sehr hohen Absätzen und wäre ohne das ganze Make-up viel hübscher gewesen.

Für Massachusetts besaß ich keine offizielle Lizenz, was auch nicht viel weniger war, als ich in San Francisco hatte. Doch das würde sie wahrscheinlich nicht wissen. Ich zeigte ihr kurz meine Lizenz und erklärte, daß ich die Akte über Upland Electronics sehen wolle. Sie schüttelte den Kopf und sagte, sie glaube nicht, daß sie mir diese geben könne. Ich erklärte ihr den Ernst der Situation, daß es sich hier um Ermittlungen in einem Mordfall handle und daß das Gericht die Berichte unter Strafandrohung einfordern konnte. Ich gebrauchte eine Menge großer Worte. Sie war nicht beeindruckt.

Sie saß ein paar Minuten da und kaute Kaugummi, kontrollierte ihre Fingernägel und antwortete schließlich: »Ich könnte, äh, Schwierigkeiten bekommen, verstehen Sie? Ich meine, ich darf keine Information und kein Material herausgeben.« Sie machte eine Pause und kontrollierte wieder ihre Nägel und sah mich plötzlich durchdringend an. »Wenn Leute im Fernsehen eine Auskunft wollen, ist es dann nicht so, daß sie, äh, dafür bezahlen?«

Ich zahle generell nicht für Informationen; ich habe nicht einmal eine Ahnung, wie die gegenwärtigen Sätze sind. Unvermittelt fand ich mich zurückversetzt in die Zeit, als ich meinen ersten Vorstoß in die Welt der Erwachsenen gewagt hatte, als ich zum ersten Mal essen gegangen war und vor dem quälenden Problem gestanden hatte, welches Trinkgeld angemessen sei. Das Mädchen beobachtete mich scharf. Ich sollte wohl besser wie die Detektive im Fernsehen handeln, sonst würde ich Schwierigkeiten bekommen.

Ich nickte, öffnete meine Handtasche, zog zwei Zwanziger hervor und legte sie wortlos auf den Schreibtisch. Sie blickte auf das Geld, nahm es jedoch nicht. »Das ist nicht sehr viel«, sagte sie und klang enttäuscht.

Ich zog einen weiteren Zwanziger hervor und legte ihn auf die anderen. »Soviel ist es mir wert, keine gerichtliche Einforderung erwirken zu müssen«, verkündete ich. »Mehr nicht«.

Sie nahm die Scheine und ging zum Aktenschrank, um die Upland-Akte zu holen. Dort fand ich, was ich brauchte – den Namen der Person, an die die Nachrichten geschickt wurden, ihre Telefonnummer und ihre Adresse.

Ich notierte mir die Information und gab dem Mädchen die Akte zurück. »Adressieren Sie einen Umschlag an sich selbst«, wies ich sie an.

»Warum?« fragte sie argwöhnisch.

Ich nahm einen weiteren Zwanziger aus meiner Geldbörse und hielt ihn hoch. »Weil ich nicht möchte, daß irgend jemand, vor allem niemand von Upland Electronics, erfährt, daß wir uns unterhalten haben. Wenn Sie ein Geheimnis wahren können, dann schicke ich Ihnen das hier. Haben Sie verstanden?«

Sie sah beeindruckt aus. Ich vermute, es war mir schließlich gelungen, mich wie ein richtiger Privatdetektiv zu benehmen.

Der Name in dem Upland-Order lautete Alexander Brody. Die Adresse war in Chelsea. Mein geographisches Wissen über Massachusetts war ein wenig eingerostet. Ich hoffte, Chelsea würde dort sein, wo ich es vermutete, in der Nähe von Boston, und nicht am anderen Ende des Staates.

Erst an der dritten Tankstelle fand ich eine Karte. Zu meiner Erleichterung befand sich Chelsea direkt nördlich von Boston, jenseits des Mystic River. Nachdem ich erst einmal herausbekommen hatte, wie ich auf die Schnellstraße und über die Tobin Brücke kam, war es nicht mehr weit.

Ich nahm die Ausfahrt nach Chelsea und fuhr durch die Innenstadt. Die Hauptstraße wurde von kleinen Läden gesäumt, die aussahen, als gäbe es sie schon eine ganze Weile. Woolworth's fiel in dieser Häuserzeile direkt positiv auf. Es schien alles sehr grau.

Die Gebäude der Straße, in der Brody wohnte, bestanden alle aus Backsteinen; der Industrieruß von Jahrzehnten hatten ihnen ein sandiges, düsteres Rostbraun verliehen, das nicht einmal die strahlende Herbstsonne aufzuhellen vermochte. Brodys Wohnung war eine von sechs Einheiten in einem dreistöckigen Gebäude in der Mitte des Blocks, das einmal bessere Tage gesehen hatte. Mein Blick wurde auf eine Bewegung im Fenster der Parterrewohnung auf der rechten Seite des Gebäudes aufmerksam. Das Fenster war teilweise von einem hauchdünnen weißen Vorhang bedeckt, der auf zwei Drittel der Höhe in einer breiten Spitzenborte endete. Auf dem Fensterbrett stand eine Menagerie von Porzellantieren, mit dem Rücken zum Gehsteig. Ich hatte meine Informantin über die Nachbarschaft gefunden.

Ich klingelte. Natürlich hatte sie mich schon gesehen. Sie brauchte nur einen Moment, um an die Tür zu kommen, doch erheblich länger, um die Vielzahl von Schlössern aufzusperren. Es mußten wenigstens vier sein, jedes mit seinem eigenen metallischen Ton. Eine Symphonie der Sicherheit.

Sie war eine große, reizlose Frau mit irischem Namen und einem Hauch von Akzent. Sie hatte ihre Kinder in dieser Gegend aufgezogen und die Angewohnheit, sich um ihre Nachbarn zu kümmern, nicht abgelegt.

Alexander Brody lebte seit acht Jahren ein Stockwerk über ihr. Sie beschrieb ihn als »netten jungen Mann«, umgänglich und ruhig, einen angenehmen Mieter. Er war unverheiratet und schien nicht viele Freunde zu haben. Das klang nicht nach jemandem, der zur Unterwelt gehörte, doch was wußte ich schon über Unterweltgestalten?

Mir blieben noch ein paar Stunden, bis Brody aus der Arbeit zurücksein würde. Chelsea war nicht die Art von Stadt, die einem verlockende Möglichkeiten bot, die Zeit totzuschlagen. Also beschloß ich, dem *Boston Globe* einen Besuch abzustatten. Sutton hatte vor sieben Jahren seine Identität gewechselt; ich hatte den Verdacht, daß das mit einem Verbrechen zu tun hatte. Wenn es ein großes Verbrechen gewesen war, dann könnte es im *Globe* stehen.

Die Fahrt zum *Globe* bot viel Gelegenheit, über den Unterschied zwischen den Autofahrern in Massachusetts und jenen in Kalifornien nachzudenken. In Kalifornien lautet die wichtigste Überlebensregel »mit dem Strom gehen«. Das macht es möglich, daß sich auf vier Spuren der Verkehr Stoßstange an Stoßstange mit 90 Kilometern pro Stunde fortbewegt. Jeder fädelt sich einfach in den Verkehrsfluß ein und verhält sich, als sei er Teil eines einzigen Stromes.

In Massachusetts gibt es keinen Strom. Hier findet sich eine tödliche Ansammlung aggressiver Individualisten, die alle die Spur wechseln und einander ständig schneiden. Ich kam mir vor wie mitten in einer gigantischen motorisierten Jagd.

Irgendwie gelang es mir, heil und ganz zum Gebäude des *Globe* zu kommen. Als ich aus meinem Auto stieg, hatte ich tiefes Verständnis dafür, wie Columbus sich gefühlt haben mußte, als er endlich das Ufer betrat. Ich hoffte, ich hatte nicht umsonst mein Leben riskiert.

Ich fand den Weg zur Zeitungsbibliothek, nur um gesagt zu bekommen, daß die Akten Privatleuten nicht zugänglich seien. Der Bibliothekar, ein nett aussehender junger Mann Ende Zwanzig, erbot sich, die Information herauszusuchen, die ich brauchte.

»Ich habe leider kein Datum und auch keine sehr präzise Beschreibung des Ereignisses«, erklärte ich. »Ich suche nach allen Verbrechen, die in Zusammenhang mit der Computerindustrie stehen und sich 1978 ereignet haben. Um das herauszubekommen, müßten Sie die Ausgaben des gesamten Jahres durchsehen.« Er schien nett, aber niemand ist *derart* nett.

»Es wird etwa eine Stunde dauern. Ist das in Ordnung?« fragte er.

Er lächelte breit, als er mein Erstaunen sah. »Wir haben alles im Computer«, verkündete er stolz. »Ich gebe ein paar Schlüsselwörter ein, und der Computer erledigt den Rest. In weniger als einer Stunde haben Sie jeden Bericht über Verbrechen im Jahre 1978, die mit Computern zu tun hatten. Natürlich bekommen Sie nur Berichte, die im *Globe* abgedruckt wurden«, erklärte er mit der geduldigen Herablassung eines Kindes, das einer ältlichen Verwandten die Wirkungsweise eines neuen elektronischen Spielzeugs erläutert.

Es dauerte 57 Minuten, um genau zu sein, während derer ich den schrecklichen Fehler machte, eine Tasse Kaffee anzunehmen. Mein Magen beklagte sich die nächsten beiden Stunden lautstark.

1978 gab es fünf Reportagen über Verbrechen, die mit der Computerindustrie zu tun hatten. Das war nicht gerade eine Verbrechenswelle, doch vier waren ähnlich genug, um das Werk einer Bande gewesen sein zu können. Diese Möglichkeit war der Polizei nicht entgangen; im Artikel über den vierten Diebstahl erwähnte ein Inspektor, daß die Verbrechen miteinander in Verbindung stehen könnten.

Ich bat um Kopien der fünf Reportagen und verließ die Bibliothek, während sich der Kaffee langsam in meine Magenschleimhaut fraß. Es gab keinen Weg herauszufinden, mit welchem der Verbrechen Tim Sutton zu tun gehabt hatte, wenn überhaupt. Ich hoffte, daß Alexander Brody mir dabei helfen würde.

13

Ich fuhr in jene Gegend zurück, in der Alexander Brody lebte, und parkte an der Straßenseite gegenüber seiner Wohnung. Das gelbe Rollo, das sein Vorderfenster bedeckte, war von innen beleuchtet. Mein Magen fühlte sich an wie eine Waschmaschine während des Schleudergangs. Ich wußte nicht zu sagen, ob das an meinen Nerven lag oder am Kaffee im *Globe*. Ich kam zu dem Schluß, daß ich das Gespräch genausogut auch gleich hinter mich bringen könnte, sperrte also das Auto ab und machte mich auf den Weg zu Brodys Wohnung. Ein Mann Mitte Dreißig öffnete die Tür. Er trug ausgewaschene Jeans, einen Pullover mit V-Ausschnitt über einem weißen T-shirt und Turnschuhe ohne Socken. Er war Mr. Durchschnitt – durchschnittliche Größe, durchschnittliches Gewicht, durchschnittliches Aussehen; in einem halbleeren Zimmer wäre er verschwunden. Er starrte mich mit einem leicht gequälten Gesichtsausdruck verständnislos an. Wahrscheinlich war ich mitten während eines Football-Spiels erschienen.

»Alexander Brody?« fragte ich.

Er nickte. »Ja?«

»Ich bin Catherine Sayler. Ich vertrete Masters, Kilbrune und Colby. Ich bin wegen des Testaments hier.«

»Welches Testament?«

»Mr. Colby hat Sie doch benachrichtigt, nicht wahr?« fragte ich. »Er sollte Sie anrufen, um Sie über die Erbschaft in Kenntnis zu setzen. Ach du liebe Zeit, Sie haben noch nichts von ihm gehört.« Ich biß mir auf die Lippe und fuhr fort: »Könnte ich bitte hereinkommen? Ich habe leider eine schlechte Nachricht.«

Brody trat zurück. »Ja, natürlich, kommen Sie nur herein.«

Die Wohnung war ebenfalls durchschnittlich – irgendwo zwischen sauber und unordentlich. Die Zeitung lag auf dem Boden neben der Couch, und die Beistelltischchen waren mit den verschiedensten Gegenständen bedeckt, die ihren Weg nicht wieder zurück in die Küche oder ins Schlafzimmer gefunden hatten. Die Möbel stammten aus dem Keller seiner

Eltern oder von Goodwill. Ein Yuppie war er nicht, und wenn er irgendwelche Verbindungen zum organisierten Verbrechen hatte, dann stand er eindeutig am unteren Ende der Lohnskala.

Brody bot mir einen Platz auf der Couch an, und ich setzte mich, während ich nervös herumzappelte und mein Bestes tat, so zu wirken, als sei mir unbehaglich zumute. Ich wartete, bis er sich mir gegenüber hingesetzt hatte. »Mr. Colby hätte es Ihnen mitteilen sollen«, wiederholte ich. »Ich muß Ihnen leider sagen, daß ein Freund von Ihnen verstorben ist. Es ist Mr. Tim Sutton.«

Brody brauchte einen Augenblick, um den Namen zu erkennen. Seine erste Reaktion war Schock, rasch gefolgt von Argwohn.

»Oh, ich weiß, sein richtiger Name war nicht Sutton, obwohl das der Name ist, den er in dem Testament verwendet hat. Er hat Ihnen einen beträchtlichen Teil seines Vermögens hinterlassen. Mr. Colby hätte Ihnen das eigentlich erklären sollen.«

Brody reagierte auf die Erwähnung eines Vermögens und einer Erbschaft, wie ich gehofft hatte, mit erheblichem Interesse. »Wer ist Mr. Colby? Und was heißt beträchtlich?« fragte er.

Ich händigte ihm den Brief aus, den Amy auf dem Briefpapier von Masters, Kilbrune und Colby getippt hatte. Dort wurde ich als Vertreterin einer Kanzlei vorgestellt, und es hieß, daß ich eine Überprüfung in Zusammenhang mit dem Testament eines gewissen Timothy J. Sutton aus Los Gatos in Kalifornien durchführte. Ich ließ ihm ein paar Augenblicke Zeit, um den Brief zu lesen, dann beantwortete ich seine zweite Frage. »Ich denke, daß Ihr Anteil am Vermögen sich auf ungefähr 125 000 Dollar beläuft.«

Brody sah wie betäubt aus. »Ich... 125 000 Dollar?«

»Ungefähr«, erwiderte ich. »Es gibt jedoch einige Probleme mit dem Testament, und wir hofften, Sie könnten uns dabei weiterhelfen. Wie Sie wissen, hat Ihr Freund sein Testament nicht unter seinem rechtmäßigen Namen gemacht. Nun gibt es zwar kein Gesetz, das einem verbieten würde, den Namen zu ändern, doch es kann die Dinge komplizierter machen, wenn es darum geht, Ihre Erbschaft rechtswirksam bestätigen zu lassen.«

Ich erklärte weiter, daß es zur Vermeidung eines langwierigen Gerichtsverfahrens wichtig sein, dem Richter klare und vollständige Antworten auf alle Fragen zu liefern, die sich vielleicht ergeben könnten. »Wenn der Richter die Gültigkeit des Testaments in Frage stellt, kann er die Freigabe der Erbschaft auf Jahre zurückhalten; und dann würden natürlich Gerichtskosten anfallen, die aus dem Nachlaß bezahlt werden müßten, bevor Sie Ihr Geld erhalten.«

Brody strich sich mehrmals mit der Hand übers Haar. »Was brauchen Sie von mir?« fragte er vorsichtig.

»Das Wichtigste ist Mr. Suttons wirklicher Name. Er würde helfen, das Geburtsdatum und den Geburtsort zu bestimmen, damit wir eine Geburtsurkunde erhalten könnten.«

Brody schien sich ein wenig zu entspannen. Ich hätte liebend gern gewußt, was für eine Frage er gefürchtet hatte. »Sein wirklicher Name war Timothy Stratton«, sagte er, »und ich glaube, er ist in Lawrence geboren. Sein Geburtstag war am 12. April, zwei Tage nach dem meiner Schwester, doch ich bin mir über das Geburtsjahr nicht sicher. Wahrscheinlich 1950 oder '51.«

Ich zog einen Schreibblock aus meiner Aktentasche und notierte die Angaben. »Ist das Lawrence in Kansas?« fragte ich.

»Nein. Lawrence in Massachusetts, nördlich von hier. Wir sind dort aufgewachsen. Ich kann nicht glauben, daß er tot ist. Woran ist er gestorben?«

»Es war ein Autounfall«, sagte ich. »Es gibt keine Zeugen, deshalb weiß niemand genau, was passiert ist. Die Polizei behandelt es wie einen Unfall, obwohl sie aus irgendeinem Grund eine Fremdeinwirkung offiziell nicht ausgeschlossen hat.«

»Was heißt das?« fragte er. »Daß sie eine Fremdeinwirkung nicht ausgeschlossen hat?«

»*Fremdeinwirkung* heißt, daß jemand den Unfall herbeigeführt haben könnte, daß es Mord war. Doch ich möchte Sie nicht beunruhigen; es bedeutet im Falle Ihres Freundes wahrscheinlich gar nichts.«

Brody saß einen Augenblick lang still da. Dann strich er sich wieder ein paarmal übers Haar.

»Ich bedaure, daß ich diejenige sein muß, die Ihnen das sagt, und ich bedaure es noch mehr, Ihnen in einem Moment wie diesem Fragen zu stellen. Doch liegt es natürlich in jedermanns Interesse, wenn das Testament rasch anerkannt wird.«

Er nickte, und ich fuhr fort: »Gibt es etwas, was wir wissen sollten, bevor wir das Testament einem Richter vorlegen. Ich meine, nun, wenn jemand ohne ersichtlichen Grund seinen Namen ändert, wird das Gericht manchmal mißtrauisch.«

Brody sah beunruhigt aus. Etwas, vielleicht die Verpflichtung gegenüber seinem Freund, kämpfte mit seinem Verlangen nach dem Geld. Die Gier gewann recht schnell die Oberhand. Er beugte sich vor und blickte auf den Boden, während er sprach.

»Tim hatte hier Ärger und dachte, er würde nie einen anständigen Job bekommen, wenn die Leute über ihn Bescheid wüßten. Er war sehr intelligent – äh, vielleicht war er ein Genie. Er war der hellste Bursche in unserer Abschlußklasse.« Brody hielt inne und sah zu mir hoch. Es schien ihm wichtig, mir klarzumachen, daß sein Freund außergewöhnlich war. Mir kam der Gedanke, daß es vielleicht eine von Alexander Brodys größten Errungenschaften sein mochte, ein Freund des brillanten Tim Stratton zu sein.

»Er war ganz vernarrt in Computer«, fuhr Brody fort. »Nach dem College bekam er eine Stelle bei einer Computerfirma, einen wirklich guten Job. Er hat ganz schön Kohle gemacht, es ging ihm wirklich gut. Doch dann hat er sich mit den falschen Leuten eingelassen und sich überreden lassen, ihnen zu helfen, ein paar Chips aus seiner Firma zu klauen. Die Bullen haben die Typen auf frischer Tat geschnappt. Man konnte nicht beweisen, daß Tim der Spitzel gewesen war, doch jeder wußte es, und er verlor seinen Job.«

»Ich verstehe.« Ich nickte verständnisvoll. »Wie tragisch für jemanden, der so begabt war.«

»Ja, das war es.« Brody begann an einem losen Faden an seinem Pullover zu zupfen. Das kleine Loch, das sein nervöser Tick produzierte, beachtete er überhaupt nicht. »Tim war nicht wirklich ein schlechter Kerl. Er hätte so etwas von sich aus nie getan, doch er hatte zu spielen begonnen, und er schuldete diesen Typen eine Menge Geld. Er hat es getan, um sich da herauszuwinden.«

»Also sind alle außer ihm geschnappt worden.«

»Nicht alle, nur die Typen, die das Zeug tatsächlich geklaut hatten. Sie hielten dicht und Tim auch. Deshalb haben sie die Kerle, die das Ganze geplant hatten, auch nie gekriegt.« Brody drehte den Faden zwischen seinen Fingern, und das Loch im Pullover wurde langsam größer. »Ich glaube, sie sind Tim deshalb so aufs Dach gestiegen, weil er nicht auspacken wollte. Sein Boß hatte ihm gesagt, sie würden dafür sorgen, daß er in der Industrie nie wieder einen Job bekäme. Das war der Grund, warum er umziehen und seinen Namen ändern mußte.«

»Da er ein so großes Vermögen hinterlassen hat«, bemerkte ich, »muß es ihm in Kalifornien sehr gut gegangen sein.«

»Ja«, erwiderte Brody. »Er sagte, daß es ihm gutging, doch daß es ihm so gut ging, hat er nie erzählt. Ich frage mich, ob er wieder gespielt hat. Er sagte, nein, doch er war vom Spielen besessen. Es heißt, für manche ist es wie eine Droge, sie können einfach nicht aufhören. Natürlich hätte er auch eine Erfindung gemacht haben können; er war derart klug. Ich wette, das hat er.«

Ich begann dasselbe lausige Gefühl zu bekommen, das ich bei Jim Ralston verspürt hatte. Brody war kein Killer der Mafia, nicht einmal ein kleiner Gauner. Er war ein anständiger Bursche, dem das Leben nicht viel geboten hatte, und ich hatte ihm gerade gesagt, daß sein Idol tot sei und er reich werden würde. Ich nützte ihn in der Art aus, wie Sutton es getan hatte und wahrscheinlich eine Menge anderer Leute auch. Ich fühlte mich mies. Der Schaden war angerichtet, und es gab keinen Weg zurück. Also machte ich weiter und wünschte, es so schnell wie möglich hinter mich zu bringen. Das Loch in seinem Pullover hatte nun die Größe eines Silberdollars angenommen; ich konnte nicht ertragen, es weiter anzusehen.

Ich stellte noch ein paar Fragen und erhob mich dann zum Gehen. »Vielen Dank für Ihre Hilfe, Mr. Brody. Es tut mir schrecklich leid, daß ich die Überbringerin solch trauriger Nachrichten bin.« Es war Zeit, Reißaus zu nehmen, doch eines mußte ich noch tun. Ich blieb in der Tür stehen und legte meine Hand auf Brodys Arm.

»Ich habe das Gefühl, ich sollte Sie, bevor ich gehe, noch vor einer Sache warnen«, sagte ich, und diesmal war die Dringlichkeit in meiner Stimme echt. »Es gibt Probleme mit dem Testament. Wegen des strittigen Punktes hinsichtlich Mr. Suttons Identität können wir nicht sicher sein, daß das Testament, das uns vorliegt, wirksam ist. Bitte geben Sie kein Geld aus oder gewöhnen sich gar einen anderen Lebensstil an, bis wir uns wieder an Sie wenden. Ich kann das gar nicht genug betonen. Vor mehreren Jahren hatten wir mit einem Fall zu tun, wo ein Mann seine Arbeit aufgegeben und eine Anzahlung auf ein Haus geleistet hat, nur um eine Woche später zu entdecken, daß sein Bruder ein zweites Testament gemacht und darin das Geld jemand anderem hinterlassen hatte.«

Brody sah verwirrt aus. »Sie meinen, ich bekomme das Geld vielleicht nicht?« fragte er.

»Genau das meine ich!« sagte ich. »Bitte tun Sie nichts, bis Sie wieder von mir hören.« Ich machte einen hastigen Rückzug, bevor er mich noch mehr fragen konnte.

Endlich Zeit fürs Abendessen, vorausgesetzt, von meinem Magen war noch genügend übrig, um es aufzunehmen. Ich war bis jetzt mit Adrenalin und nervöser Energie geladen gewesen, doch als ich über die Tobin-Brücke zurückfuhr, merkte ich deutlich, daß mein Körper drei Stunden hinter meiner Uhr zurücklag. Plötzlich verlor das Hummeressen, das ich geplant hatte, seinen Reiz, und eine Schüssel Muschelsuppe schien alles, was ich schaffen würde. Ich hielt an einem kleinen, gemütlich aussehenden Restaurant mit beschlagenen Scheiben und karierten Vorhängen.

Während ich auf meine Suppe wartete, ging ich die kopierten Artikel aus dem *Globe* durch. Meine Schuldgefühle wegen Alexander Brody wurden, als ich sie las, von Hochstimmung abgelöst. Der Diebstahl, den Brody beschrieben hatte, mußte jener sein, über den die *Globe*-Ausgabe vom 16. Juli berichtet hatte. Zwei Diebe waren geschnappt worden, als sie gerade den Parkplatz von Synitron, eines großen Herstellers von RAM-Chips für Personalcomputer, verließen. Die Chips waren über eine Million Dollar wert gewesen.

Ich erinnerte mich an Jesses Vortrag über die Plastikschaben. Die RAM-Chips, die er zu kaufen plante, kosteten etwa fünf Dollar das Stück. Von denen, die 1978 gestohlen worden waren, hatte jeder über hundert Dollar gekostet. Ein echter Fall von umgekehrter Inflation.

Ich las den Artikel noch einmal. Einer der ermittelnden Beamten wurde zitiert. Ich kreiste seinen Namen rot ein. Morgen konnte ich zum Polizeirevier gehen und mit ihm sprechen. Andererseits konnte ich auch heimfliegen und ihn von San Francisco aus anrufen. Das Telefon trug den Sieg über einen zusätzlichen Tag in Boston davon.

Ich erwischte den 9-Uhr-Flug am nächsten Morgen, und mir war sogleich bewußt, daß fünf Stunden erzwungener Faulheit eine grausame und ungewöhnliche Strafe sind.

Ich fragte mich, was Peter über Sutton und Monroe erfahren hatte. Bis jetzt hatte ich nicht mehr als eine Vermutung. Die Tatsache, daß Sutton an einem größeren Diebstahl beteiligt gewesen war, gab ihm sicher ein Motiv. Es würde auch die beiden Berufsschläger erklären, die geholfen hatten, Peter eine Falle zu stellen. Sie hätten ohne weiteres zu Suttons früheren Komplizen in Boston gehören können. In Gedanken ging ich noch mehrmals den Fall durch. Er endete immer gleich. Marilyn hatte entdeckt, daß Sutton Zugang zu den Plänen hatte. Sie hatte außerdem entweder etwas über seine Vergangenheit herausgefunden oder aber etwas anderes in der Hand, das sie gegen ihn verwenden konnte. Marilyn mußte es folglich mit Erpressung versucht haben; Sutton mit Mord. Eine ganz und gar häßlich kleine Szene.

Selbst wenn ich recht hatte, reichte es nicht, zu wissen, wer der Mörder war. Wir mußten es beweisen, und zwar so schlüssig, daß Peter entlastet wurde. Ich probierte einen Plan nach dem anderen durch, keiner von ihnen war das Risiko wert. Schließlich gab ich auf; ich mußte hoffen, daß mein Gehirn auf dem Boden besser arbeiten würde.

Als ich ins Büro kam, waren Peter und Jesse nicht da. Keiner von beiden hatte sich die Mühe gemacht, eine Nachricht zu hinterlassen. Ich beschloß, mich um ein loses Ende zu kümmern, das mich die ganze Zeit schon störte. Ich vermutete, daß Marilyn Wyte Sutton erpreßt hatte, um an die Herstellungspläne für den Alice-Chip zu kommen, und ich vermutete außerdem, daß Sutton versuchen würde, sie für sich selbst zu stehlen. Doch würde ihm das gelingen? Microcomp würde sicher alles in ihrer Macht stehende tun, um die Pläne geheimzuhalten. Ich brauchte ein bißchen mehr Informationen, bevor ich Suttons Chancen, die Pläne tatsächlich zu bekommen, einschätzen konnte.

Ich rief Leo an. »Wer hat das beste Sicherheitssystem in der Branche?« fragte ich.

Leo zögerte. »Ich vermute, es ist I-Tech«, erwiderte er. »Sie hatten vor mehreren Jahren einen großen Chip-Diebstahl und haben danach wirklich durchgegriffen.«

»Kennst du irgend jemanden, der dort bei der Sicherheitsabteilung ist?«

»Nein, aber ich kann mir vorstellen, daß sie sehr hilfsbereit sein werden. Ihr Sicherheitschef versucht ständig, andere Firmen davon zu überzeugen, ihre Sicherheitsmaßnahmen zu verschärfen. Er ist so eine Art Missionar.«

Ich lächelte. Leo mochte Missionare nicht, selbst wenn sie seiner Meinung waren. Ich bedankte mich bei ihm und wollte schon auflegen, als er rief: »Warte. Beinahe hätte ich vergessen, daß ich eine Nachricht für dich habe. Ich soll dir von Miri sagen, daß Susan Clayton morgen von eins bis vier im Stanford Kinderkrankenhaus sein wird. Es findet dort eine Art Empfang für neue Mitglieder des Frauen-Hilfskomitees statt, und sie wird eine der Gastgeberinnen sein. Miri kann dich mit Susan bekannt machen, wenn du willst.«

Nichts wäre mir vor ein paar Tagen lieber gewesen. Doch jetzt schien es weniger Grund für eine solche Begegnung zu geben. Ich dankte Leo und erklärte, daß es für mich jetzt nicht mehr so dringend notwendig sein, Susan Clayton zu treffen.

Er schien enttäuscht, und ich hatte das Gefühl, daß auch Miri enttäuscht sein würde. Sie hatte sich wahrscheinlich einige Mühe gemacht, ein Treffen zu organisieren. Schließlich versprach ich, zu dem Empfang zu gehen, wenn es mein Terminplan erlaubte.

Mit dem Chef der Sicherheitsabteilung bei I-Tech hatte Leo recht gehabt. Er war nicht nur bereit, mir zu helfen, er war auch bereit, mich am Nachmittag noch zu empfangen, wenn ich bis 16.15 Uhr dort sein konnte.

Kurz bevor ich mich auf den Weg nach Santa Clara machen mußte, schlenderten Peter und LeRoy ins Büro. LeRoy grinste wie ein Kind, das ein Geheimnis hat, und es kaum erwarten kann, davon zu erzählen, und Peter war ganz offensichtlich über irgend etwas hocherfreut.

Jesse begegnete ihnen im Flur. »Ihr habt Mr. Monroe aufgesucht?«

»Das haben wir«, verkündete LeRoy. »Der Mann war wirklich hilfsbereit.«

Sie marschierten in mein Büro und Jesse, Eileen und Amy folgten, als sei Peter der Rattenfänger von Hameln. LeRoy verstaute seinen bemerkenswert massigen Körper in einem Sessel, der ihn kaum tragen konnte, und Peter setzte sich auf den Rand meines Schreibtisches.

Jedermann wartete atemlos. Ich dachte, sie würden ein bißchen dick auftragen, aber vielleicht war ich auch nur neidisch, weil das, was ich zu sagen hatte, nie jemanden in atemlose Spannung versetzte.

»Also?« sagte ich.

»Also, die gute Nachricht ist, daß unsere Vermutungen über Mr. Monroe richtig waren. Er ist tatsächlich ein Spion. Die schlechte Nachricht ist, daß er nicht unser Mörder ist.«

»Du bist sicher?« fragte ich.

»Ziemlich. Er ist durchaus fähig, einen Mord in Auftrag zu geben, doch nach dem, was wir wissen, lag Marilyns Tod nicht unbedingt in seinem Interesse, und Mr. Monroe ist ein Mensch, der die eigenen Interessen sehr ernst nimmt.«

»Warum hat er Marilyn Wyte besucht?« fragte ich.

»Sie besaß etwas, das sie verkaufen wollte, etwas, das für eine Anzahl von Leuten von großem Wert war.«

»Die Pläne für die Chip-Herstellung«, deutete ich an.

»Das ist es, was sie ihm gesagt hat.«

»Er könnte die Pläne genommen und sie getötet haben, um sie zum Schweigen zu bringen oder um nicht dafür zahlen zu müssen.«

Peter schüttelte den Kopf. »Monroe ist Geschäftsmann. Sein Geschäft ist es, Geheimnisse zu verkaufen, und Leute wie Marilyn Wyte sind seine Lieferanten. Wenn man seine Lieferanten umbringt, dann hat man bald keine Produkte mehr.«

»Was macht dich so sicher, daß er die Wahrheit gesagt hat?« fragte ich.

»Wenn du ihn gesehen hättest, dann würdest du es nicht bezweifeln«, warf LeRoy selbstgefällig ein.

Jesse und Eileen beugten sich so weit vor, daß sie fast von der Couch fielen.

»Man könnte sagen, daß ich ihm einen sehr guten Grund gab, mich nicht zu enttäuschen«, sagte Peter.

LeRoy konnte nicht länger an sich halten. »Er schmetterte den Kerl gegen die Wand und erklärte, daß es drei Arten gäbe, eine Nase so zu brechen, daß die Ärzte sie nie wieder zusammenflicken könnten. Dann beschrieb er die verschiedenen Möglichkeiten für gebrochene Kiefer, zerschmetterte Backenknochen. Klang wie ein richtiger Knochenbrecher. Mann, ich wußte gar nicht, daß du diesen ganzen Scheiß kennst.«

»Nur das mit den Nasen. Das andere habe ich mir spontan

ausgedacht«, sagte Peter sanft, während er die gebannte Aufmerksamkeit der Runde offensichtlich genoß. »Monroe ist ein sehr eitler Mann, der sich ein bißchen zuviel Sorgen um sein Gesicht macht. Das kann ein echtes Handicap sein, wenn man außerhalb des Gesetzes arbeitet.«

Er wandte sich mir zu und las in meinem Stirnrunzeln etwas, das alles anderes als rückhaltlose Begeisterung war.

»He, es klingt schlimm, doch die Gewalt war wirklich minimal. Ich habe ihn gegen die Wand geknallt, das war's. Wir haben bekommen, was wir wollten, ohne daß auf irgendeiner Seite Knochen kaputtgegangen sind. Und bei einem Typen wie Monroe ist das gar nicht so schlecht.«

Ich war verärgert und wußte nicht genau, warum. Das machte mich noch ärgerlicher. »Okay«, sage ich, »ihr mußtet tun, was ihr getan habt, und ihr habt es wahrscheinlich mit so wenig Gewalt getan wie möglich, doch ihr müßt nicht so verdammt stolz darauf sein, gemeiner und schlimmer zu sein, als die bösen Buben es sind.«

Peter sah überrascht aus; genaugenommen sahen alle überrascht aus. »He, nicht so böse, Catherine«, sagte er. »Es gibt ein paar Dinge, die man nicht ganz sauber erledigen kann. Sei nicht so überkorrekt.«

Das war es. Peter saß in meinem Büro, spielte für meine Leute Sam Spade und erzählte mir, ich solle nicht überkorrekt sein. »Ich bin nur so weit gekommen, weil ich *überkorrekt* bin, Freundchen«, brauste ich auf. »*Überkorrekt* ist das, was meine Klienten mögen. Die Bank of America ist nicht *locker*; sie mag *locker* nicht, sie mag *überkorrekt*.« Ich wandte mich an Jesse und Amy. »Und für den Fall, daß ihr beide es vergessen haben solltet, es sind Klienten wie die Bank of America, die euch euren Lohn zahlen, nicht die Peter Harmans dieser Welt.«

Ich hielt inne, um Atem zu schöpfen, und merkte, daß sie alle verwirrt und verlegen aussahen. Niemand schien so recht zu wissen, wie er auf meinen untypischen Gefühlsausbruch reagieren sollte. Es wäre sinnlos gewesen, ihnen zu erklären, daß ich seit Keiths Tod sechs Jahre lang hart gearbeitet hatte, um eine Agentur aufzubauen, die für ihre Diskretion und Zuverlässigkeit geschätzt wurde, und Peter nur wenige Tage gebraucht hatte, daß alle begannen, mich eingeschlossen, sich wie ein Haufen Anarchisten aufzuführen.

Ich sah auf meine Uhr. Es war Zeit, um zu I-Tech aufzubrechen. »Ich habe jetzt keine Zeit zum Reden«, verkündete ich. »Meine Notizen liegen auf dem Schreibtisch, Peter.«

14

I-Tech lag direkt gegenüber von Microcomp. Die Gebäude waren größer und zeigten keine pseudo-spanischen Ambitionen, doch der dazugehörige Parkplatz war kleiner. Nachdem ich vergeblich nach einer Parklücke gesucht hatte, überquerte ich die Straße und parkte auf dem Besucherparkplatz von Microcomp.

Die Sicherheitsvorkehrungen an der Rezeption von I-Tech waren beträchtlich strenger als bei Microcomp. Die Empfangsdame hatte meinen Namen, und ein Besucherpaß lag schon bereit, doch es wurde mir nicht gestattet, ohne Begleitung an der Rezeption vorbeizugehen. Die Empfangsdame wählte die Sicherheitsabteilung. Kurz darauf erschien ein junger Mann in einer Dienstuniform, um mich zu seinem Vorgesetzten zu begleiten.

Andrew Knight, Direktor der Sicherheitsabteilung bei I-Tech, war ein Fachmann. Das wurde schon während der ersten Minuten unserer Begegnung klar. Er war Mitte Fünfzig, von mittlerer Statur, mit angegrautem Haar und einem Körper, der zwanzig Jahre jünger als sein Gesicht zu sein schien. Wahrscheinlich machte er täglich mehrere Meilen Dauerlauf. Etwas in seiner Haltung sagte mir, daß er beim Militär gewesen war; vielleicht hatte er als Nachrichtenoffizier gedient.

Er hieß mich in seinem Büro willkommen. Die Ausstattung war nüchtern und steril, ohne persönliche Gegenstände, die enthüllt hätten, daß es von einem echten menschlichen Wesen bewohnt wurde. Ich nahm auf einem futuristisch anmutenden Stuhl Platz, der eher für eine Inquisition als für eine höfliche Unterhaltung gepaßt hätte. Wir plauderten ein paar Minuten lang und wiesen beide unsere Referenzen nach. Knight sah nicht aus wie jemand, der gerne Zeit verschwendete. Deshalb kam ich schnell zur Sache.

»Ich möchte einige Dinge über die Sicherheit in der Computerindustrie wissen«, erklärte ich.

»Die ist miserabel«, erwiderte er. »Bestenfalls minimal, die meiste Zeit jedoch nicht vorhanden.«

»Wie steht es mit der Sicherheit bei Microcomp?«

»Die Typen gegenüber? Ich weiß es nicht direkt, doch ich kann Ihnen versichern, daß man die Firmen, die ein angemessenes Sicherheitssystem besitzen, an zwei Händen abzählen kann. Microcomp gehört nicht dazu. Viele dieser Firmen glauben, Sicherheit bedeute, zwei Burschen in Uniform zu engagieren, damit sie herumstehen und die Leute fragen, ob sie einen Ausweis haben.«

»So würde es für einen Angestellten also nicht allzu schwierig sein, etwas zu stehlen«, gab ich das Stichwort.

»Zum Teufel, es ist schon für die Leute hier bei uns bei weitem noch nicht schwer genug, etwas zu stehlen; und ich arbeite an nichts anderem«, sagte er. »In der Computerindustrie sind einige der wertvollsten Teile die kleinsten. Ein Typ kann ein paar Microchips in die Tasche stecken und damit schnellen Gewinn machen. Es ist schwer, ihn zu kriegen, und noch schwerer, es zu beweisen.«

»Und Betriebsgeheimnisse?« fragte ich.

»Noch schwieriger. Und glauben Sie mir, es gibt eine Menge Käufer in der Gegend. Die Kerle kommen mit richtigen Einkaufslisten hier an. Bei Diebstahl hat man wenigstens einen Gegenstand, den man sicherstellen kann. Bei Betriebsgeheimnissen kann es einfach nur darum gehen, was jemand im Kopf hat. Sogar die Leute von der Gegenspionage haben Mühe, den Deckel draufzuhalten.«

»Bei so komplizierten Dingen wie den Herstellungsplänen für einen Chip wäre aber mehr erforderlich, als jemand im Kopf behalten könnte?«

»Ja, man braucht die Pläne, Diagramme, wahrscheinlich Formeln – viel mehr, als sich irgend jemand merken kann.«

»Wie schützen Sie Pläne und Diagramme?« fragte ich.

»Wie schütze ich sie? Oder wie schützen die Witzbolde mit Collegeabschluß in Kommunikationswissenschaft sie?«

»Wenn Sie Diagramme schützen müßten, wie würden Sie das tun?« fragte ich.

»Nun, wenn man an etwas arbeitet, das man geheimhalten will, dann stellt man zuerst ein Team an einem anderen Ort auf, verlegt es aus dem zentralen Büro. Dann begrenzt man die Zahl der Planserien oder Schemata auf zwei oder vielleicht drei. Diese dürfen das Gebäude niemals verlassen. Man stellt ein Präsenzsystem auf. Es müssen dann grundsätzlich zwei Leute unterzeichnen, wenn sie die Pläne herausnehmen. Wenn sie sie zurücklegen, wandern die Pläne in den Tresorraum. Man braucht zwei Leute, damit nie einer allein die Pläne hat.« Er machte eine Pause. »So mache ich das.«

»Klingt sehr wirkungsvoll. Und wo liegen dabei die Schwierigkeiten?«

Seine Augen zwinkerten. Er war sich seiner Kompetenz sicher genug, um zuzugeben, daß auch die besten Pläne eine Schwachstelle besitzen. »Es gibt keine Schwierigkeiten, wenn jeder den Anweisungen folgt, doch natürlich geschieht das nicht. Das Problem ist, daß, wenn eine Gruppe von Leuten gut zusammenarbeiten soll, Respekt und Vertrauen herrschen müssen. Wenn also ein Arbeitskollege eine Plansammlung allein fortnimmt, dann will man ja kein Prinzipienreiter sein und zum Vorgesetzten rennen. Man entscheidet im Zweifelsfall zu seinen Gunsten.«

»So könnte also jemand selbst bei einem guten Sicherheitssystem die Diagramme lange genug bekommen, um sie zu fotografieren«, sagte ich.

Knight nickte. »Wahrscheinlich.«

Ich fühlte eine Woge der Erregung in mir aufwallen. Wenn ein Angestellter Diagramme von I-Tech stibitzen konnte, dann konnte Tim Sutton sie von Microcomp gewiß bekommen. Die Dinge fügten sich endlich langsam zusammen. Ich bedankte mich bei Andrew Knight, und er begleitete mich zurück zum Empfang.

Ich war hungrig, als ich I-Tech verließ, doch im Denny's würde ich gewiß nicht wieder essen. Wenn ich den Highway 280 zurück nach San Francisco nahm, konnte ich in Portola Valley bei dem kleinen Gasthaus, das eine wunderbare französische Küche hatte, kurz haltmachen. Es lag etwas abseits, aber nach all den Meilen, die ich in letzter Zeit auf den Schnellstraßen zurückgelegt hatte, reizte mich eine Fahrt durch Wald und Wiesen.

Das Essen war mehr als nur gut, und der Wein, den ich dazu trank, versetzte mich, zusammen mit der Wirkung der Zeitverschiebung, in eine rosige und nicht sehr wachsame Stimmung. Das war wahrscheinlich der Grund, warum es mehrere Meilen dauerte, bis ich den weißen Porsche hinter mir bemerkte. Ich verfluchte mich für meine Unachtsamkeit. Nun befand ich mich auf einer Landstraße, auf der sonst niemand zu sehen war, und hatte jemanden auf den Fersen.

Ich konnte mir ziemlich gut vorstellen, wer dieser jemand war. Tim Sutton fuhr einen weißen Porsche, und er hatte gerade genug Zeit gehabt, um von einem seiner Komplizen darüber informiert zu werden, daß ich unbequeme Fragen stellte. Ich mußte nicht lange warten, um herauszufinden, was er vorhatte. Der Porsche scherte auf die linke Spur aus, um seitlich heranzukommen. Entweder wollte er mich von der Straße drängen oder versuchen, auf mich zu schießen. Ich wartete nicht, bis ich das herausfinden würde.

Ich trat das Gaspedal durch und pries den Freund von Dan, der uns dazu überredet hatte, einen Sechszylindermotor in den Volvo einbauen zu lassen.

Der Porsche hatte ebenfalls eine Menge Kraft. Mein Spurt ließ ihn zwar hinter mir zurück, jedoch nicht so viel, wie mir lieb gewesen wäre. Sutton ordnete sich wieder hinter mir ein. Die Scheinwerfer seines Autos wurden heller, als sich die Distanz zwischen uns verringerte.

Mit quietschenden Reifen zwang ich mein Auto in eine

Linkskurve, die nur die erste einer Reihe von Kurven war, die weiter unten auf der Straße enger wurden. Ich bezweifelte, daß ich sie alle mit meiner momentanen Geschwindigkeit nehmen konnte.

Ich würde dem Porsche nicht davonfahren können, und die Straße zu verlassen würde sowohl für den Volvo wie für mich wahrscheinlich schwierig sein. Rechts tauchte undeutlich eine lange Auffahrt auf. Ich hatte keine Ahnung, wohin sie führte, doch ich riß das Steuerrad scharf herum und es gelang mir, in den Weg hineinzuschleudern. Der Porsche folgte.

Ich hoffte, am Ende der Auffahrt würde ein Haus voller Menschen sein, doch selbst wenn nicht, war es mir lieber, zu Fuß Katz und Maus zu spielen als mit dem Auto.

Ich bog um eine Kurve und mußte bremsen, um nicht auf eines der Autos aufzufahren, die vor einem großen Bauernhaus geparkt waren. Das untere Stockwerk des Hauses war hell erleuchtet, und durch die großen Fenster auf einer Seite konnte ich Menschen sehen.

Ich hatte den Wagen verlassen, noch ehe er richtig stand, und rannte in gebückter Haltung auf das Haus zu. Auf diese Weise hoffte ich, ein weniger deutliches Ziel abzugeben. Ich hörte den Porsche mit quietschenden Reifen hinter mir bremsen, dann den Motor im Rückwärtsgang aufbrüllen. Er war weg, bevor ich die Haustür erreicht hatte.

Ich hämmerte an die Tür. Eine große Frau Anfang vierzig in Blue Jeans, Greenpeace-Sweatshirt und mit einem sehr breiten Lächeln öffnete. Sie wirkte überrascht, als sie merkte, daß ich offensichtlich nicht die Person war, die sie erwartete, und das breite Lächeln wich einem etwas weniger strahlenden. »Kann ich Ihnen helfen?« fragte sie.

Ich erklärte, daß jemand in einem weißen Porsche versucht hätte, mich von der Straße zu drängen, und sie führte mich unverzüglich ins Haus.

Der Raum wirkte ungezwungen und war eher nach Gesichtspunkten der Bequemlichkeit als nach jenen des Stils möbliert. Eine mexikanische Decke in leuchtenden Farben war über das betagte, dickgepolsterte Sofa gebreitet, und die Sessel paßten weder zueinander noch zu den anderen Einrichtungsgegenständen im Zimmer. Der große, alte Orientteppich auf dem Boden hätte wertvoll sein können, war es wahrscheinlich aber nicht.

Die beiden Paare im Raum waren Anfang vierzig. Ihr saloppes Erscheinungsbild legte nahe, daß es sich um ehemalige Hippies handelte, die nur bescheidene Anstrengungen unternahmen, sich der teureren Lebensart der Achtziger anzupassen. Der schwache Geruch von Haschisch, der in der Luft hing, bestärkte meine Annahme.

Ein unangenehmes Schweigen begrüßte mich. Die Anspannung wich Äußerungen der Besorgnis, als ich meine Lage erklärt und sie erkannt hatten, daß ich nicht vom Rauschgiftdezernat war.

»Ich denke, wir sollten die Polizei rufen«, schlug die Frau, die mir die Tür geöffnet hatte, mit bemerkenswert wenig Begeisterung vor.

Ich überlegte einen Augenblick, schüttelte dann aber den Kopf. »Nein«, sagte ich. »Ich glaube nicht, daß das wirklich nötig ist.« Alle sahen erleichtert, wenn auch ein wenig verwirrt aus.

Ich erklärte, daß ich mir ziemlich sicher sei, wer hinter mir her war, doch keinen Beweis dafür hätte. »Er stellt für niemand anderen eine Gefahr dar«, versicherte ich ihnen, »und ich möchte nicht stundenlang auf einer Polizeiwache sitzen und Berichte ausfüllen müssen.«

Sie sahen dankbar aus, und ich hatte den Verdacht, daß sie glaubten, ich würde ihnen einfach einen Ausweg aus einer potentiell schwierigen Situation bieten. In Wirklichkeit wurde mein Handeln genauso von Eigeninteresse wie von Altruismus bestimmt. Das letzte, was ich in diesem Augenblick wollte, war, daß Lou Martin etwas von meinen Ermittlungen über Tim Sutton erfuhr.

Ich würde nicht gleich auf die Straße zurückkehren, wo Sutton vielleicht auf mich wartete. Es war jetzt Zeit, Peter anzurufen.

»Ich möchte nur nach Hause kommen«, sagte ich, und die

Müdigkeit in meiner Stimme ließ meine Worte klagender klingen, als ich beabsichtigt hatte. »Darf ich Ihr Telefon benutzen, um einen Freund in San Francisco anzurufen, der mich zurückbegleiten kann?«

Ein großer Mann mit buschigem, graumeliertem Haar sprang auf, um mir seine Hilfe anzubieten. »He, ist nicht nötig, daß Ihr Freund den ganzen Weg hierherkommt. Wir können Sie zur Schnellstraße zurückbringen, wenn Sie glauben, daß Sie ab dort dann sicher sind.«

Sutton würde kein Problem mehr darstellen, wenn ich mich erst einmal unter den vielen anderen Autos auf der Schnellstraße befand. Er würde nichts riskieren, wenn es Zeugen gab. Ich nahm das Angebot dankbar an.

»Das ist das mindeste, was wir tun können«, erwiderte der große Mann. »Ich denke, wir sollten Sie zum Bayshore-Highway bringen; auf dem 280er sind nachts wenig Autos.«

Der zweite Mann erbot sich, hinter mir herzufahren. »Du fährst den Lieferwagen, ich nehme den Kombi«, schlug er seinem Kameraden vor. »Tut mir leid, daß ich jetzt keine Zeit mehr habe, den Salat zu machen«, informierte er die Gastgeberin, doch es klang so, als täte es ihm überhaupt nicht leid.

Auf der Fahrt nach Hause hatte ich viel Zeit, über Tim Sutton nachzudenken. Offensichtlich hatte ihm jemand einen Wink gegeben, daß ich Fragen stellte. Es konnte der Barkeeper im Spades gewesen sein, Alexander Brody oder beide. Ich fragte mich, ob er mir von San Francisco aus gefolgt war. Die *Buy America Brigade* hatte dafür gesorgt, daß ich mit meinem Auto leicht auszumachen war, und ich hatte nicht nach einem Verfolger Ausschau gehalten. Doch ich war nur müde gewesen, nicht eingeschlafen und wollte nicht glauben, daß es einem Amateur möglich gewesen sein sollte, mich so weit zu verfolgen, ohne daß ich es bemerkt hatte.

Es war eher wahrscheinlich, daß er meinen Wagen auf dem Parkplatz von Microcomp entdeckt hatte. Immerhin fällt ein blauer Volvo, der mit *Kauft amerikanisch* beschmiert ist, unweigerlich ins Auge.

Soweit ich wußte, war ich Sutton nie begegnet. Ich bezweifelte deshalb, daß er mich erkannt hatte. Alexander Brody hatte mein Auto nicht gesehen, doch jemand anderes hatte es – der Barkeeper im Spades. Ich erinnerte mich, daß ich mich gefragt hatte, warum er mir bis zur Tür gefolgt war. Hatte er einen Blick auf meinen Wagen werfen wollen, um ihn dann Tim Sutton beschreiben zu können?

Einen Trost gab es bei dem nächtlichen Abenteuer. Sutton war mir allein gefolgt. Wären die Männer, die Peter festgehalten hatten, in der Nähe gewesen, hätte sich mehr als ein Auto auf dieser Straße befunden.

Peter wartete, als ich nach Hause kam. Er war nicht begeistert, von meinem nächtlichen Abenteuer zu hören. Dan war immer zornig geworden, wenn er glaubte, ich sei in Gefahr. Es war eine angenehme Überraschung festzustellen, daß Peter zärtlich wurde. Er schloß mich in seine Arme, hielt mich lange fest und sagte dann: »Nichts Böses mehr über den blauen Bus.«

»Wenigstens können wir jetzt ziemlich sicher sein, wer der Mörder ist«, meinte ich.

Peter nickte. »Er hat endlich einen Hinweis auf sich gegeben. Jetzt steht nur noch die Kleinigkeit an, das zu beweisen.«

»Ich bin todmüde«, gestand ich. »Ich würde das lieber morgen in Angriff nehmen.«

Peters Arm lag immer noch um meine Taille. Er zog mich näher an sich. »Wie todmüde ist todmüde?« fragte er.

»Nicht derart todmüde«, erwiderte ich und schmiegte mich in seine Arme.

Wieder ein Samstagmorgen, wieder eine Besprechung. Mit etwas Glück war es vielleicht die letzte. Meine Leute kreuzten vollzählig um halb zehn auf. Sie sahen ein wenig erschöpft aus, doch es beklagte sich keiner. Als ich berichtete, was ich in Boston erfahren hatte, und von »der großen Autojagd« erzählte, wurden sie alle hellwach.

Es sah so aus, als sei Sutton der Hauptverdächtige, doch ich überprüfte nochmals jeden, um sicherzugehen, daß wir nicht irgendwelche anderen Spuren übersahen. Peters Besuch im Spades enthüllte, daß Spielen wahrscheinlich ein genauso wichtiger Teil des Geschäfts war wie Drinks zu verkaufen. Es lief dort beträchtlich mehr ab als ein paar harmlose Pferdewetten. Die Tatsache, daß der Barkeeper der einzige war, der mit Sutton in Zusammenhang stand und mein Auto gesehen hatte, sprach stark für eine Verbindung zwischen den beiden Männern.

Eileens Befragung der Bewohner des Apartmenthauses, in dem Marilyn in San Francisco gewohnt hatte, hatte eine Nachbarin zutage gefördert, die die tote Frau gekannt hatte. Dabei handelte es sich um eine sehr attraktive Eurasierin, die für einen Begleitservice arbeitete. Sie hatte bestätigt, was Marilyns Freundin in Washington vermutet hatte – daß Marilyn Callgirl gewesen war.

Eileen hatte mit dem Leiter des Begleitservice gesprochen, der Marilyn eingestellt hatte. »Sie kündigte, als sie nach Palo Alto zog«, erklärte Eileen. »Der Begleitservice hatte Mädchen auf der Peninsula, und sie versuchten sie zu überreden, weiterzuarbeiten. Doch sie lehnte ab. Sie verdiente 100 Dollar die Stunde, ohne Trinkgelder.«

»Hübsche Neuigkeit«, bemerkte Jesse. »Und ein gutes Stück Arbeit. Du solltest diese Lady einstellen, Boß.«

Eileen errötete über das Kompliment. Bei dem Gedanken, daß sie Marilyns schöne Nachbarin und den Leiter des Begleitservice befragt hatte, mußte ich lächeln. Ob sie wohl dieselbe Mischung aus Verlegenheit und Faszination verspürt hatte wie ich, als ich mich zum erstenmal in einer ähnlichen Situation befunden hatte?

Peter und Jesse stritten sich freundschaftlich darüber, ob es moralisch verwerflich sei, jemandem eine vielversprechende Angestellte wegzuschnappen, bis ich darauf hinwies, daß ich ihm, wenn wir uns nicht an die Arbeit machten, Eileen gar nicht mehr würde wegschnappen müssen. Ihr Boß säße dann nämlich im Gefängnis.

»Alles deutet auf Sutton«, sagte Peter. »Es wird Zeit, daß

wir ein paar Beweise in die Hand bekommen, die wir der Polizei vorlegen können.«

»Und wie, schlägst du vor, sollen wir sie bekommen?« fragte ich.

»Wir könnten uns seine Wohnung ansehen, vielleicht finden wir dort etwas«, schlug Jesse vor.

Ich warf ihm einen äußerst vernichtenden Blick zu. »Das ist Hausfriedensbruch, außer du hast eine Einladung.«

Peter stimmte zu. »Das letzte, was wir wollen, ist irgendwie in die Nähe von Suttons Wohnung zu kommen. Wenn es dort Beweismaterial gibt, darf es keine Möglichkeit geben, daß wir es dorthin gebracht haben.«

Jesse sah ein wenig ernüchtert aus. »Was haltet ihr von einer Falle?« fragte er.

»Besser als Hausfriedensbruch«, sagte ich und merkte, daß Jesses Gedanken sich in eine ähnliche Richtung bewegten wie meine. »An was denkst du da?«

»Wenn er die Pläne immer noch hat, wird er nach einem Käufer suchen. Ich könnte den Käufer spielen, ein Tonband mitnehmen und ihn dazu bringen, sich zu belasten.«

Wir hatten denselben Gedankengang gehabt, mit einem bedeutenden Unterschied allerdings. »Ich habe in eine ähnliche Richtung gedacht«, sagte ich, »nur daß ich vorhatte, selbst diejenige mit dem Band zu sein.«

Jesse sah zwar enttäuscht aus, aber nicht direkt deprimiert. »Du bist der Boß«, sagte er.

»Außerdem bin ich diejenige, die den schwarzen Gürtel hat, was mir in dieser Situation einen gewissen Vorteil verschafft.«

Amy wählte diesen Augenblick, um mit einem Tablett Hörnchen und einer Kanne frischem Kaffee hereinzukommen. Peter runzelte die Stirn, wartete jedoch, bis das Tablett herumgegangen war, bevor er sprach.

»Selbst für einen schwarzen Gürtel könnte das gefährlich werden. Was ist, wenn er eine Pistole bei sich hat?«

»Wir werden das Treffen an einem öffentlichen Ort vereinbaren, einem, wo eine Menge Zeugen sind und ihr in der Nähe sein könnt, ohne Verdacht zu erregen.«

»Er könnte versuchen, im Gewühl zuzuschlagen.«

»Dann müssen wir einen Ort aussuchen, wo das nicht möglich ist.«

»Es ist verdammt riskant und es besteht keine Garantie, daß du ihn dazu bringst, etwas Belastendes zu sagen«, wandte Peter ein. »Er wird dich wahrscheinlich erkennen und sich weigern, überhaupt mit dir zu sprechen. Dann wäre es uns lediglich gelungen, ihn davonzujagen.«

»Er ist bereits ausreichend in Panik, um zu versuchen, mich zu töten«, wies ich hin. »Ich bezweifle, daß er mehr als eine allgemeine Vorstellung davon hat, wie ich aussehe. Letzte Nacht hat er mich wahrscheinlich wegen des Autos entdeckt, doch für den Fall, daß er mich erkennen könnte, töne ich mein Haar schwarz und setze eine Brille auf. Ich bin ziemlich geschickt, wenn es darum geht, mein Aussehen zu verändern.«

Peter sah skeptisch aus. Er versuchte einen neuen Kurs. »Was läßt dich glauben, daß er die Pläne nicht schon an seine alten Freunde in Boston verkauft hat?« fragte er.

»Ich nehme an, das hat er«, erwiderte ich. »Sie haben die Schläger geliefert, sie wissen sicherlich auch über die Ware Bescheid. Ich denke aber auch, daß ein Mann wie Sutton nicht widerstehen wird, die gleichen Pläne zweimal zu verkaufen, wenn er glaubt, daß ihm das gelingen kann.«

Peter überlegte. »Er ist ein Spieler. Verrückt genug könnte er sein, es zu versuchen.« Er war nicht überzeugt davon, doch er begann sich dafür zu interessieren.

Wir diskutierten eine Weile über den Plan. Peter erhob jeden Einwand, der ihm einfiel. Er hatte recht damit, daß es kein großartiger Plan war. Selbst mir gefiel er nicht besonders. Ich mochte mich vor allem nicht mit einem Killer treffen, der unter Umständen mehr über mich wußte, als uns klar war, und der vielleicht meine Stimme wiedererkannte. Doch wir hatten keinen anderen Plan. So beschlossen wir am Ende, ihn durchzuführen, wenn wir einen Treffpunkt ausfindig machen konnten, der sicher war.

Unsere erschreckend klischeehafte Wahl fiel auf einen öffentlichen Park. Sutton würde zu einer Bank dirigiert werden, die von allen Seiten sichtbar und von jeder Lärmquelle weit genug entfernt war, damit wir eine gute Bandaufnahme bekamen. Ich würde mich zu ihm auf die Bank setzen. Peter würde nach Komplizen Ausschau halten und Jesse Sutton beobachten. Es klang wie das Drehbuch für einen Fernsehkrimi. Dort aber hatte man wenigstens den Regisseur auf seiner Seite.

Eileen hatte still unseren Plänen gelauscht. Schließlich sagte sie: »Ich würde auch gerne mitkommen.«

Peter und Jesse sahen unschlüssig aus. Peter begann es ihr auszureden, doch ich unterbrach ihn. »Wenn Sie glauben, daß Sie damit fertig werden, dann kommen Sie mit. Wir können eine zusätzliche Hilfe gebrauchen.«

»Damit werde ich fertig«, sagte sie, und die Art, wie sie es sagte, zeigte mir, daß sie es auch tatsächlich würde.

»Jetzt brauchen wir nur noch den Park zu finden. Dann können wir Mr. Sutton anrufen.«

Wir nahmen zwei Autos und erkundeten die Parks auf der Peninsula. Nachdem wir mehrere miteinander verglichen hatten, die in Frage gekommen wären, wählten wir den Rinconada Park in Palo Alto.

Der Rinconada hatte den Vorteil, groß, aber ziemlich offen zu sein. Obwohl der Verkehr auf zwei der Straßen, die ihn begrenzten, dicht war, lag die Mitte des Parks ein gutes Stück von den Straßen entfernt. Der Spielplatz und andere für Kinder eingerichtete Plätze lagen am westlichen Ende des Parks, Tennisplätze und ein jetzt geschlossenes Schwimmbad am östlichen. Wir konnten das Treffen am östlichen Ende arrangieren, so weit wie möglich von den kleinen Kindern entfernt.

In kurzer Entfernung vom Schwimmbecken und gegenüber den Tennisplätzen befand sich ein kleines rotes Gebäude, das Toiletten und eine leere Imbißstube enthielt. Die Bank davor wurde von der einen Straße durch die Tennisplätze abgeschirmt und von der anderen durch das Gebäude. Das war für unsere Zwecke ideal.

Die Tennisplätze lagen nicht so nahe, daß der Lärm die Aufnahme hätte stören können, doch sie lieferten eine perfekte Deckung für Jesse. Ausgerüstet wie ein Tennisspieler, konnte er sich den Anschein geben, als warte er auf das Eintreffen seines Partners. Wenn wir das Treffen auf heute oder morgen ansetzten, würden die Plätze voller potentieller Zeugen sein, und Jesse wäre wahrscheinlich nur einer unter vielen, die auf einen Platz warteten.

Wir gingen den Plan durch, wobei Peter Sutton spielte, und versuchten jede mögliche Art, mich umzubringen, herauszufinden. Jesse und Eileen probierten verschiedene Positionen durch, bis sie Stellen fanden, von denen aus drei Personen in der Lage waren, sich gegen jedes Szenario zu verteidigen, das Peter und ich uns ausdenken konnten. Es war zwar ein wenig unheimlich, meine eigene Ermordung zu planen, doch ich hatte noch keiner Aufgabe mehr Aufmerksamkeit geschenkt.

»Ich denke, wir sollten das Treffen so kurz wie möglich nach dem Telefongespräch festsetzen«, schlug Peter vor.

Ich stimmte zu. Wenn ich erst einmal mit Sutton in Kontakt getreten war, wollte ich ihm keine Zeit mehr geben, einen Hinterhalt zu arrangieren oder kalte Füße zu bekommen. Es war jetzt halb drei. Ich würde ungefähr zwei Stunden brauchen, um mir die Haare zu färben und mich in jemand anderes zu verwandeln. Was ich brauchte, hatte ich bei mir; Peter hatte seinen Revolver dabei. Bis fünf Uhr konnten wir für ein Treffen bereit sein.

»Ich denke, wir sind jetzt fertig«, sagte ich. Ich blickte in die Runde. »Spricht irgend etwas dagegen, daß wir weitermachen und es so schnell wie möglich hinter uns bringen?«

Keine Einwände. Ich drehte mich zu Eileen. »Sind Sie sicher, daß Sie mitmachen wollen?« Ich wußte, sie konnte es, doch ich wollte sichergehen, daß auch sie es wußte.

»Ich werde damit fertig«, sagte sie ruhig.

Sie klang ein ganzes Stück überzeugter, als sie sich innerlich wahrscheinlich fühlte, doch seine Rolle glaubhaft zu spielen, ist ein guter erster Schritt, und ich freute mich für sie.

Wir fuhren zu Eileens Wohnung in Palo Alto, um von dort aus Tim Sutton anzurufen. Ich schloß das Tonbandgerät ans

Telefon an. Das Band würde vor Gericht nicht zugelassen sein, doch vielleicht etwas enthalten, was die Polizei interessieren könnte.

Sutton nahm beim dritten Läuten ab.

»Ist dort Tim?« fragte ich.

»Ja, mit wem spreche ich?«

»Ich bin eine Freundin von Marilyn«, sagte ich. »Ich arbeite für ein paar Leute, die an etwas, das Sie haben, wirklich interessiert sind.«

»Ich weiß nicht, wovon Sie sprechen«, erwiderte Sutton. Er klang nervös.

»Ich denke schon. Ich hoffe es wirklich, denn ich habe einen Geschäftsvorschlag für Sie.«

»Ich weiß nicht, wovon Sie sprechen«, wiederholte er, diesmal weniger unnachgiebig. »Doch wenn Sie mir ein Geschäft anbieten wollen, höre ich Ihnen zu.«

»Gut«, sagte ich. »Die Leute, für die ich arbeite, würden gerne die Ware erwerben, über die Sie mit Marilyn gesprochen haben. Sie sind bereit, einen sehr guten Preis zu zahlen. Wenn Sie darüber sprechen möchten, könnten wir ein Treffen arrangieren.«

Es herrschte eine lange Pause, dann antwortete Sutton: »In Ordnung. Ich treffe mich mit Ihnen.« Er machte wieder eine Pause.

Bevor er eine Zeit oder einen Ort vorschlagen konnte, sagte ich: »Schön. Treffen wir uns um fünf im Rinconada Park in Palo Alto.«

Sutton schien bestürzt. »Nein, nein, ich kann mich heute abend nicht mit Ihnen treffen«, stotterte er. »Es geht erst morgen.«

»Morgen ist in Ordnung«, erwiderte ich. »Ein Uhr nachmittags. Ich werde Sie mittags anrufen, um Ihnen zu sagen, wo wir uns treffen. Und, Tim, ich weiß nicht, was zwischen Ihnen und Marilyn geschehen ist, doch ich arbeite für eine große Organisation, und meine Freunde würden es sehr übelnehmen, wenn mir etwas zustieße. Verstehen Sie?«

»Ich weiß nicht, wovon Sie sprechen, doch wenn Sie über

Geschäfte reden wollen, dann werde ich um eins dort sein.« Er legte auf.

Er hatte nicht gewimmert und gejammert und war nicht mit einem vollen Geständnis herausgeplatzt. Aber schließlich hatte ich das auch nicht erwartet, obwohl es sicher schön gewesen wäre.

Ich sah auf meine Uhr. Es war 14.45 Uhr. Ich hatte wirklich keine Ausrede, nicht im Stanford Kinderkrankenhaus vorbeizuschauen und Susan Clayton aufzusuchen.

15

Ich fuhr auf den Parkplatz des Stanford Kinderkrankenhauses und stellte Peters schmuddeligen alten MG zwischen zwei gepflegten silbernen BMWs ab. Das Auto sah genauso aus, wie ich mich fühlte – überarbeitet und zu schlicht gekleidet. Wenigstens hatte ich keine Jeans angezogen.

Ich erblickte Miri drüben beim Anmeldetisch, wie sie sich mit einer jüngeren Frau unterhielt, die gerade einem New Yorker Werbeplakat entstiegen zu sein schien. Die beiden boten ein höchst gegensätzliches Bild. Miri war klein und drahtig, ihr lockiges Haar von weißen Strähnen durchzogen, ein winziges Energiebündel. Ihre Begleiterin stellte ein stattliches Zeugnis dafür dar, was ein guter Knochenbau und Geld bei einer Frau bewirken können. Für ihre Körpergröße von etwa einssiebzig hatte sie genau das richtige Gewicht. Welliges blondes Haar bildete den krönenden Abschluß. Wenn das Susan Clayton sein sollte, schuldete Peter mir für die offensichtlichen Auslassungen in der Beschreibung, die er von ihr gegeben hatte, eine Erklärung.

Anstatt ihre Unterhaltung zu unterbrechen, stellte ich mich ein kleines Stück von ihnen entfernt hin, wo Miri mich sehen konnte. Nach wenigen Augenblicken dirigierte sie die Frau zu jemandem an einen Tisch auf der anderen Seite der Eingangshalle und kam zu mir herüber. Ich dankte ihr für ihre Hilfe und versicherte ihr, daß der Fall gut voranging, ohne ihr zu sagen, wie gut. Sie führte mich in den Innenhof, wo Susan Clayton mit zukünftigen Freiwilligen plauderte.

Susan war um einige Zentimeter kleiner als die Frau, die ich bei Miri gesehen hatte, doch sie hatte das gleiche klassische gute Aussehen. Ihr blondes Haar fiel gerade auf die Schultern und war unten eingerollt. Sie trug ein blaues Kleid, dazu einen beigen Leinenblazer und italienische hochhackige Lederschuhe, deren Blau genau zu ihrem Kleid paßte und die wahrscheinlich mehr gekostet hatten als meine gesamte Kleidung.

»Sag ihr, ich hätte darum gebeten, sie zu treffen, weil ich glaube, wir seien zusammen zur Schule gegangen«, schlug ich ihr vor. »Auf diese Weise bist du aus dem Schneider.« Miri nickte, führte mich zu Susan hinüber und stellte mich so vor, wie ich ihr empfohlen hatte. Bevor wir beginnen konnten, uns zu unterhalten, entschuldigte Miri sich und ging in die Eingangshalle zurück.

Es hatte nicht viel Zweck, um die Sache herumzureden. »Ich habe Miri etwas vorgelogen«, verkündete ich. »Wir sind uns nie begegnet, doch wir haben einen gemeinsamen Freund, und ich muß mit Ihnen sprechen.«

Sie sah überrascht aus, aber gelassen. Das war nicht im geringsten das Verhalten, das sie vor Peter gezeigt hatte.

»Mein Freund heißt Peter Harman«, verkündete ich. Das weckte eine Reaktion. Susan war sichtbar verunsichert; zwar erholte sie sich schnell, doch ihre vorhin noch so anmutige Erscheinung wirkte jetzt verkrampft.

»Was wollen Sie?« fragte sie mit leiser, gezwungener Stimme.

»Nur reden«, erwiderte ich. »Gibt es hier einen Ort, wo man ungestörter ist?«

Sie führte mich zurück ins Krankenhaus und durch die Halle zu einem kleinen Warteraum mit Kaffee- und Imbißautomaten. Der Raum war leer. Ich verspürte ein plötzliches Verlangen nach Kaffee, selbst wenn er aus einem Automaten kam, und ich vermutete, sie würde etwas gebrauchen können, das ihr über die nächsten paar Minuten hinweghalf. »Kaffee?« fragte ich.

Sie nickte geistesabwesend. Ich war mir nicht einmal sicher, ob sie mich gehört hatte, doch ich holte trotzdem zwei Tassen.

Wir setzten uns an einen kleinen, runden Tisch in der Ecke. »Ich muß wissen, warum Sie Peter engagiert haben«, sagte ich.

»Aus dem Grund, den ich ihm genannt habe. Um Beweise zu beschaffen, die mir helfen würden, das Sorgerecht für meine Kinder zu bekommen.« Sie studierte die Tasse, als könne sie die Antwort dort lesen, wenn sie nur genau genug hinsah.

»Untreue berührt Sorgerechtsentscheidungen nicht. Das muß Peter Ihnen gesagt haben«, meinte ich.

»Das hat er.«

»Warum also haben Sie ihn engagiert, Ihren Ehemann zu observieren?«

»Ich war verzweifelt.« Sie sagte das mit tonloser Stimme, die eher depressiv als verzweifelt klang.

»Das glaube ich Ihnen, doch ich weiß auch von Peter, daß Sie eine zu kluge Frau sind, um überhaupt nicht mehr zu wissen, was Sie tun sollen.«

Sie zögerte. Sie hatte ihren Kaffee ausgetrunken und begann nun, die Styropor-Tasse auseinanderzunehmen, riß ein Stück vom Rand ab und dann noch eines. Ich sah zu, wie die winzigen weißen Stückchen aus ihren Fingern fielen und einen Halbkreis um die Tasse bildeten.

»Es war eine vage Vermutung«, sagte sie, »doch ich hoffte, die Bilder von wenigstens einer Frau würden blaue Flecken oder ähnliches zeigen.«

Ich wartete, als sie fortfuhr, die Tasse zu zerpflücken und den Mut aufzubringen versuchte, mir zu sagen, was sie Peter nicht hatte erzählen können.

»Ich hatte gehofft, Peter würde Beweise dafür finden, daß er eine seiner Geliebten geschlagen hat. Ich kann nicht beweisen, daß mein Mann mich schlägt, doch wenn ich nachweisen könnte, daß er jemand anderen verprügelt, würde mir vielleicht jemand zuhören.«

»Also verprügelt er Sie«, sagte ich.

»O ja. Nicht zu oft und selten so, daß man es sieht, doch er schlägt mich.«

»Sie könnten zur Polizei gehen. Die Tatsache, daß er Sie mißhandelt, wäre sowohl für die Scheidung als auch das Sorgerecht von Belang.«

Sie schüttelte den Kopf. »Sein Arzt würde bezeugen, daß ich mir das selbst angetan habe. Ich hatte früher Depressionen. Man könnte mich als verrückt hinstellen und mir die Kinder nehmen. Er darf die Kinder nicht bekommen«, erklärte sie mit erstaunlicher Heftigkeit. »Jennifer ist im Trotzalter. Er schlägt mich, weil ich sie nicht unter Kontrolle habe. Wenn ich nicht da wäre, würde er sie schlagen. Ich kann nicht zulassen, daß das geschieht.«

Es stand mehr auf dem Spiel, als ich vermutet hatte, und ich wußte sofort, daß Susan Clayton für Peter keinesfalls aussagen würde. Wir konnten sie nicht einmal darum bitten.

Ich kam heim, um Peter, Jesse und Eileen kichernd beim Trivial Pursuit zu finden.

»Gott sei Dank bist du da«, dröhnte Peter. »Diese erbärmlichen Kinder haben keine Chance gegen einen alten Profi.«

Ich studierte das Spielbrett. »Wie kommt es, daß Jesse all die Tortenstückchen hat?« fragte ich.

»Weil er mogelt«, rief Peter. Jesse wollte protestieren, doch Peter brachte ihn mit einem strengen »Niemand könnte so viele absolut leichte Fragen bekommen, ohne zu mogeln oder ohne göttliche Intervention« zum Schweigen.

Ich fing an zu erklären, daß wir mit unserer Zeit etwas besseres anfangen sollten, als Trivial Pursuit zu spielen, als mir plötzlich klarwurde, daß wir alle genau diese Art von Ablenkung brauchten. Das Treffen, das am nächsten Tag stattfinden sollte, waren wir einige Male mehr als nötig durchgegangen. Den Plan widerzukäuen würde uns nur nervös machen. »Bier ist im Kühlschrank und eine Pizza unterwegs«, verkündete Peter.

»Wehe, du hast das ganze Weinhard's getrunken«, warnte

ich und machte mich auf den Weg zur Küche. Peter hatte einmal den Fehler gemacht, mein Henry Weinhard's auszutrinken und es durch irgendein amerikanisches Bier mit deutschem Namen und absolut ohne Geschmack zu ersetzen. Bei Weinen kannte er sich großartig aus, doch bei Bier trank er so ziemlich jedes, solange es nur kalt war.

Die Menge an Bier im Kühlschrank ließ darauf schließen, daß Peter einen langen Abend geplant hatte. Wenigstens war es die richtige Marke. Ich nahm eine Flasche Weinhard's heraus und ging wieder ins Wohnzimmer. »Irgendwie hatte ich gehofft, als Henkersmahlzeit etwas anderes als Pizza zu bekommen«, sagte ich.

»Sicher«, erwiderte Peter. »Doch das ist nicht deine Henkersmahlzeit; es ist vielleicht nicht einmal deine letzte Mahlzeit für diesen Abend.«

Jesse unterdrückte ein Kichern. Er hütete sich, laut herauszulachen, denn er aß ebenso leidenschaftlich gern etwas spät am Abend wie ich. Unter uns gesagt, kannten wir beinahe jeden Ort, wo man zwischen Mitternacht und Morgengrauen etwas Ordentliches zu essen bekam. Das war eines der Schicksale unseres Berufs.

Ich fühlte mich schon benommen, als ich noch nicht einmal etwas getrunken hatte. Ein rasches Zählen der leeren Bierflaschen offenbarte, daß die allgemeine Heiterkeit nicht auf den Biergenuß allein zurückzuführen war. Die Kombination von wenig Alkohol und viel Anspannung kann jedoch eine berauschende Wirkung haben.

Es klingelte an der Tür. In der Annahme, es sei die Pizza, und in der Hoffnung, daß Peter keine Anchovis bestellt hatte, ging ich öffnen. Es war Dan.

»Dan, komm rein«, sagte ich und empfand ein unbestimmtes Gefühl der Verlegenheit.

»Es war Jesse, der die Anchovis bestellt hat«, rief Peter aus dem anderen Zimmer, gefolgt von heiserem Gelächter.

Dan ignorierte die Gruppe im Wohnzimmer. »Ich habe Neuigkeiten, die für deinen Fall wichtig sein könnten«, sagte er.

»Komm doch rein.« Ich führte ihn ins Wohnzimmer. Peter und Jesse stritten lautstark, ob Peters Antwort auf eine Sport- und Freizeitfrage zu ungenau gewesen war. Sie wurden sofort still. Beide erhoben sich, um Dan zu begrüßen.

»Hallo, Harman«, meinte Dan, während er ihm die Hand entgegenstreckte.

»Inspektor.« Peter schüttelte ihm die Hand und stellte Eileen und Jesse vor. Nachdem die Formalitäten vorbei waren, standen sie da und betrachteten einander verlegen.

»Dan hat Informationen über den Fall«, erklärte ich. Ich bot Dan an, in einem Sessel Platz zu nehmen, während mir deutlich bewußt war, daß Peter seinen Lieblingsplatz am Ende der Couch belegt hatte.

»Einer der Namen, die du mich zu überprüfen gebeten hast, war Tim Sutton, nicht wahr?« fragte Dan.

Peter und ich tauschten rasch einen Blick. »Ja«, antwortete ich nervös.

»Wir haben einen Bericht hereinbekommen, daß ein Mann dieses Namens vor ein paar Stunden auf dem Skyline Drive bei einem Autounfall ums Leben gekommen ist.«

»Fuhr er einen weißen Porsche?« fragte ich heiser.

Dan nickte.

Eileen ließ ein leises Keuchen vernehmen, doch abgesehen davon war es sehr still im Raum. Peter sackte ins Sofa zurück und starrte ausdruckslos zur Decke. Jesse studierte den Fußboden. Mir war, als hätte mir soeben jemand einen Schlag in den Magen versetzt.

Meine Augen sahen das Zimmer, doch in meinem Kopf herrschte Leere. Als mein Gehirn wieder zu funktionieren begann, merkte ich, daß Dan darauf wartete, daß ihm jemand erklärte, warum seine Ankündigung eine solch dramatische Wirkung gehabt hatte. »Sutton hat Marilyn Wyte umgebracht«, erklärte ich. »Morgen hätten wir den Beweis gehabt.«

Dan begriff sofort. »Und jetzt?« fragte er.

Ich schüttelte den Kopf. »Nichts.«

Er nickte, und seine gewohnte Neutralität wurde durch

einen Ausdruck aufrichtiger Sorge ersetzt. »Das tut mir leid«, sagte er. Es gab nicht mehr zu sagen. Mit seinem üblichen Takt- und Zeitgefühl erhob er sich zum Gehen. Er legte Peter die Hand auf die Schulter. »Wenn ich helfen kann, Harman, dann lassen Sie es mich wissen.«

An der Tür hielt er inne. »Du solltest Lou Martin anrufen und ihn wissen lassen, daß Sutton in Verbindung mit dem Wyte-Fall steht. Es könnten Beweise in seiner Wohnung sein.«

»Das werde ich tun«, sagte ich. »Weißt du irgendwelche Einzelheiten über den Unfall?«

»Nein, aber wenn du willst, sehe ich, was ich bekommen kann.«

»Dafür wäre ich dir dankbar«, erwiderte ich. »Ich bin besonders daran interessiert zu erfahren, ob es etwas gibt, das auf ein eventuelles Fremdeinwirken schließen läßt.«

»Ich werde es nachprüfen«, versprach er. »Doch bei einem schlimmen Unfall ist es fast unmöglich, noch irgend etwas zu sagen.«

Das hatte ich vermutet. Als ich Dan zur Tür brachte, traf mich die unheimliche Erkenntnis, daß ich in der Geschichte, die ich mir für Suttons Freund ausgedacht hatte, Suttons Todesart exakt vorausgesagt hatte.

Peter saß noch genauso da wie eben, als ich den Raum verlassen hatte. Jesse und Eileen unterhielten sich leise. Es gab nichts, was wir heute abend hätten tun können. Also schickte ich die beiden heim und versprach, am Morgen anzurufen.

Ich holte den Brandy aus dem Eßzimmer und schenkte Peter großzügig ein. Er trank ihn hinunter wie Wasser und zuckte dabei mit keiner Wimper. Er saß noch ein paar weitere Augenblicke still da, zog mich dann zu sich her und drückte mich an sich. »Verdammt blöder Zufall«, sagte er.

»Wenn es ein Zufall ist«, widersprach ich.

»Du meinst, es war vielleicht kein Unfall?« schlug Peter vor. »Wieviel davon ist Wunschdenken?«

»Einiges. Doch erinnere dich, Sutton konnte sich heute

abend nicht mit mir treffen. Vielleicht hatte er andere Pläne. Vielleicht war er mit jemand anderem verabredet.« Peter überlegte.

»Vielleicht«, sagte er.

Es klingelte an der Tür. Ich ging, um die Pizza entgegenzunehmen, die niemand mehr wollte. Als ich sie in die Küche brachte, hörte ich, wie Peter telefonierte.

»LeRoy, ich bin's, Peter. Ich brauche Hilfe. Ist Carlos immer noch im selben Geschäft? Gut. Ich werde vielleicht einen längeren Urlaub im Ausland machen müssen. Kannst du dich erkundigen, welche Gegend er vorschlagen würde und was er braucht, um das Ganze zu arrangieren?«

Es folgte eine Pause. Peter wandte mir den Rücken zu, so daß ich nicht sehen konnte, was für ein Gesicht er machte, doch seine Stimme klang ernst. »Ja, es ist schlimm. Hör zu, sag ihm, Rechtsdiktaturen sind out. Ich ruf dich morgen abend an. Und danke.«

Als er sich mir zuwandte, mußte er die Bestürzung in meinem Gesicht gelesen haben. Er nahm mich in seine Arme. »Ich hau nicht gleich jetzt ab«, sagte er. »Doch so wie die Dinge im Moment laufen, wäre ich ein Narr, wenn ich nicht ein paar Vorsichtsmaßnahmen treffen würde. Wenn es wirklich soweit kommen sollte, Catherine, werde ich mein Leben nicht in einem Gefängnis verbringen.«

Er hatte natürlich recht; und mein anfänglicher Schreck war nur ein Überrest meiner Erziehung als Polizistentochter. Doch was mir wirklich Sorgen machte, war etwas anderes, etwas, das ich nicht zur Sprache bringen konnte. Wo kam ich in seinem Plan vor? Sollte ich ihn zum Flughafen bringen und ihm einen Abschiedskuß geben, bevor er in den Sonnenuntergang davonflog, oder nahm er an, daß ich mitkommen würde?

Ich wollte, daß ihm genügend an mir lag, um mich zu bitten, mit ihm zu kommen, doch ich wußte nicht, was ich antworten würde, wenn er es tatsächlich tat. Ich kam mit der Vorstellung von Heirat nicht zurecht, und jetzt hatte ich vielleicht sogar zwischen Peter und meinem Leben in San Francisco zu wählen. Das war ebenso unheimlich, wie dem Mörder von Marilyn Wyte gegenüberzustehen.

Wir sprachen noch ein wenig über den Fall, doch wir waren beide mit unseren eigenen Gedanken beschäftigt. Ich fühlte mich zunehmend einsam und isoliert. Schließlich verkündete Peter, er müsse eine Weile allein sein, und sagte gute Nacht.

Deprimiert ging ich zu Bett und wachte ebenso deprimiert wieder auf. Da es Sonntag war und mir nicht eine einzige Sache einfiel, die ich tun konnte, saß ich fast den ganzen Vormittag mißmutig in der Wohnung herum. Am Nachmittag dann hatte ich von mir selbst genug und beschloß, einen Spaziergang zu machen. Er hätte mich aufheitern sollen, doch das tat er nicht. Jedesmal, wenn ich über den Fall nachzudenken versuchte, hatte ich das Gefühl, als sei mein Kopf voller Kartoffelbrei.

Schließlich wurde mir klar, was ich brauchte: Ich mußte ins Dojo gehen und trainieren. Aikido würde für mich der beste Weg sein, dem Ansturm durcheinandergeratener Emotionen entfliehen zu können. Der 16-Uhr-Kurs am Sonntag war ein allgemeines Training, offen für Schüler jeder Stufe. Ich konnte es noch schaffen, wenn ich mich beeilte.

Sobald ich das Dojo betrat, spürte ich seine beruhigende Wirkung. Es war tröstlich, einfach in dem großen lichtdurchfluteten Raum zu stehen. Ich meldete mich im Büro und erklärte, daß jemand anderes nächste Woche meine Kurse übernehmen müsse. Zu jeder anderen Zeit hätte Frank mir die Hölle heiß gemacht, weil ich so viele Kurse ausließ, doch heute nickte er nur verständnisvoll und meinte, ich solle mir die Zeit nehmen, die ich brauchte. Mir wurde klar, daß ich wirklich schrecklich aussehen mußte, um so spontanes Mitleid zu erwecken.

Das Training bestärkte meine Selbsteinschätzung. Ich war nicht beweglicher als ein Stock, und mein Timing war weg. Doch wie das so oft während eines Trainings geschah, wurde mein Geist ruhiger, und eine andere Art von Bewußtsein gewann die Oberhand. Ich begann die Energie meiner Partner zu spüren und darauf zu reagieren, und die Bewegung wurde zu einer Art Meditation. Am Ende der Stunde fühlte ich mich leichter und ruhiger als die ganze Woche zuvor.

Als ich heimfuhr, konnte ich endlich klar über meine Situation mit Peter nachdenken. Ich hatte fast 24 Stunden gebraucht, um mich an die Lektionen zu erinnern, die ich den Anfängern beizubringen versuchte. Man kann nur auf das reagieren, was da ist, nicht auf das, was da sein könnte. Es war nutzlos, mir Gedanken darüber zu machen, ob Peter mich bei sich haben wollte oder nicht. Ich konnte nur warten, bis er diese Entscheidung für sich selbst traf. Dann konnte ich der Frage gegenübertreten, ob ich mit ihm kommen würde oder nicht. Während ich wartete, daß sich mein Leben von selbst ordnete, gab es Dinge, die ich in der Zwischenzeit tun konnte – zum Beispiel an der Ermordung Marilyn Wytes und an Tim Suttons vorzeitigem Tod zu arbeiten. Und jetzt, da ich etwas von dem Wirrwarr aus meinem Kopf geworfen hatte, kam ich vielleicht auch weiter.

Montag morgen war es in der Stadt neblig, in Palo Alto jedoch klar und wunderschön. Ich war um neun dort auf dem Polizeirevier; Lou Martin kam um 9.10 Uhr. »Ich habe Informationen für Sie«, sagte ich, während ich neben ihm herlief.

»Kommen Sie mit herein«, bot er in einem Ton an, der von Begeisterung weit entfernt war. Er machte auf dem Gang halt, um uns beiden Kaffee einzugießen, der wahrscheinlich tags zuvor gekocht worden war, und begleitete mich zu seinem Büro.

Ich erzählte ihm von Tim Suttons Beziehung zu Marilyn Wyte, was ich über Suttons Vergangenheit erfahren hatte und meine Theorie über den Diebstahl des Herstellungsverfahrens für Chips. Ich erzählte ihm auch von Suttons Tod. Er hörte mir gleichmütig zu, nickte ein paarmal, um mir zu verstehen zu geben, daß er nicht eingeschlafen war, und machte ein paar flüchtige Notizen auf einem herumliegenden Blatt Papier. Als ich fertig war, fragte er: »Werden Sie mir den

Namen des angeblichen Spions und des anderen Typs, den sie zu erpressen versucht hat, geben?«

»Nein«, erwiderte ich, »nicht jetzt. Wenn wir zu dem Punkt kommen, an dem diese Informationen helfen werden, Peter zu entlasten, bekommen Sie sie von mir.«

Er hatte gewußt, daß meine Antwort so lauten würde. Dennoch sah er nicht erfreut aus. Er kritzelte eine Minute gedankenlos vor sich hin und verkündete dann: »Wir werden Suttons Wohnung überprüfen.« Er öffnete eine Schreibtischschublade und suchte nach einer Akte. »Ich habe die Kontoauszüge, für die Sie sich interessiert haben«, meinte er.

Er fand die Akte und begutachtete den Inhalt, ohne ihn mir zu zeigen. »Zusätzlich zu ihrem monatlichen Lohn erhielt Miss Wyte jeden Monat eine beträchtliche Summe von einer Scheinfirma, der wir bis jetzt noch nicht nachgehen konnten.« Er machte eine Pause, um die Information wirken zu lassen. »Interessant, nicht wahr?«

»Eine Scheinfirma?« wiederholte ich. Er nickte. »Und nur ein Scheck pro Monat.« Es war gewiß nicht das, was ich erwartet hatte, doch es mußte etwas bedeuten. »Was halten Sie davon?« fragte ich.

»Das wollte ich Sie fragen«, erwiderte Martin.

»Klingt entweder nach Erpressung oder nach Gehalt«, erwiderte ich. »Liefen alle Schecks über dieselbe Summe?«

»Ungefähr. Sie erhöhte sich zweimal und blieb dann auf dem größeren Betrag stehen.«

»Das muß ja beinahe Erpressung sein«, vermutete ich, »aber mit nur einem Opfer.«

»Dieses eine Opfer wird ganz schön ausgenommen«, verkündete Martin. »Wir versuchen die Quelle der Schecks herauszufinden, doch derjenige, der die Scheinfirma ins Leben gerufen hat, hat ganze Arbeit geleistet, seine Spur zu verwischen.«

Ich hatte mit dieser Art von Dingen oft genug zu tun gehabt, um zu wissen, was er meinte, und um keinen zu raschen Erfolg zu erwarten.

»Wie lange hat sie diese Schecks bekommen?« fragte ich.

»Wir haben nur um die Auszüge vom letzten Jahr gebeten. Sie hat sie das ganze Jahr über erhalten.«

»Sie ist vor zweieinhalb Jahren hierher nach San Francisco gezogen. Mich würde interessieren, wann die Zahlungen begonnen haben.«

»Das würde es mich auch. Diese Information sollte ich heute nachmittag bekommen. Ich wäre eventuell bereit, sie Ihnen zukommen zu lassen, wenn Sie mir sagen wollen, warum Sie sich dafür interessieren.«

Das ließ mich innehalten. Wenn die Schecks die ganzen zweieinhalb Jahre zurückreichten, war die Quelle mit ziemlicher Sicherheit Clayton. Dafür aber hatte ich keinen Beweis, und Martin seinen Namen zu geben, konnte Susans Rolle in dem Fall enthüllen. Mein Vater hatte mich gelehrt, immer die Wahrheit zu sagen; Peters Grundsatz war es, dann die Wahrheit zu sagen, wenn einem nichts besseres einfiel. In diesem Fall lief beides auf das gleiche heraus. »Ich möchte Ihnen helfen, doch ich habe ein Problem«, erklärte ich. »Wenn die Schecks zweieinhalb Jahre zurückreichen, dann habe ich eine ziemlich gute Vorstellung davon, wer sie ausgestellt hat. Doch es ist eine unschuldige Person darin verwickelt, und ich muß einen Weg finden, die Identität dieser Person zu schützen.«

»Das ist Ihre Entscheidung«, sagte Martin. »Wenn Sie sich zur Zusammenarbeit entschließen, rufen Sie mich an, und Sie bekommen die Information.«

Ich mußte nachdenken, was diese Schecks alles aussagen konnten. Meine halb ausgegorenen Gedanken würde ich Lou Martin nicht mitteilen. Also bedankte ich mich bei ihm und machte meinen Abgang.

Ein Scheck, eine Quelle – sollte es sich um Erpressung handeln, war es bestimmt nicht die Art, die wir erwartet hatten. Marilyn hatte sich mit vielen verschiedenen Männern getroffen, doch nur einer hatte sie bezahlt, und dies wenigstens ein Jahr lang. Der einzige, von dem wir sicher wußten, daß er sie über so lange Zeit regelmäßig besucht hatte, war Hugh Clayton. Er war die wahrscheinlichste Quelle. Doch ich konnte ihn mir einfach nicht als Opfer einer Erpressung vorstellen.

Wenn Clayton die Quelle der Schecks war, dann war er auch ein Hauptverdächtiger für den Mord. Doch wenn Sutton nicht der Mörder war, warum hatte er dann versucht, mich Freitag nacht von der Straße abzudrängen? Es gab zu viele lose Enden, zu viele Dinge, die nicht zusammenpaßten.

Es gab da noch eine andere Möglichkeit. Was war, wenn es Clayton nicht war? Wenn es keiner der Männer, von denen wir wußten, gewesen war? Es konnte jemand aus Marilyns Vergangenheit sein, jemand, den sie in San Francisco kennengelernt hatte. Vor zwei Tagen wäre ich bei dem Gedanken, noch einmal von vorn zu beginnen, entsetzt gewesen; heute jedoch würde ich für alles dankbar sein, was nicht auf Tim Sutton deutete.

Ich rief Peter an. Er war nicht zu Hause, und ins Büro war er auch nicht gekommen.

Die Heimfahrt verbrachte ich damit, über das nachzugrübeln, was ich erfahren hatte. Als ich bei meinem Büro ankam, hatte ich immer noch keine Antwort gefunden. Es war beinahe so, als hätte ich zwei getrennte Fälle, die sich irgendwo treffen mußten, aber es nicht taten. Die Schecks sprachen für Erpressung und einen Mörder, der nicht mehr zahlen wollte. Doch die zeitliche Koordinierung legte nahe, daß Marylins Tod mit den Plänen für das neue Herstellungsverfahren verbunden war. Ich zog meine Notizen hervor und ging sie noch einmal durch. Irgendwo war da eine Verbindung, die ich übersehen hatte, eine Frage, die ich hätte stellen sollen.

Dreimal war ich durch und hatte immer noch nichts gefunden. Ich spürte, wie ich nervös wurde, versuchte, den Seiten eine Antwort abzuzwingen. Aikido hatte mich gelehrt, daß das niemals funktionierte. Es gibt eine Zeit für konzentrierte Aufmerksamkeit und eine Zeit, um zu entspannen und einer anderen Stimme zu lauschen. Ich hatte das erste getan. Jetzt war es Zeit für das zweite.

16

Ich machte einen langen Spaziergang, setzte mich in den Park und betrachtete die Gegend. Schließlich ging ich heim. Einer Antwort war ich nicht näher gekommen, doch ich fühlte mich besser.

Ich stand gerade unter der Dusche, da fiel es mir ein. Es war seit meiner Unterhaltung mit Martin heute morgen dagewesen. Als er mich nach meiner Meinung bezüglich der Schecks gefragt hatte, hatte ich erwidert, es müsse sich entweder um Erpressung oder um ein Gehalt handeln. Zwei Möglichkeiten, und ich hatte die falsche gewählt. Ich hatte soviel Zeit damit verbracht, Marilyn für eine Erpresserin zu halten, daß ich die zweite Möglichkeit nicht einmal in Erwägung gezogen hatte.

Die Schecks waren kein Schweigegeld, sie waren eine Bezahlung. Und Marilyn war nicht die Erpresserin, sondern arbeitete für jemand anderen. Dieser jemand mußte Hugh Clayton sein. Clayton, der Mann, der Informationen zu Geld machen konnte, der Mann, der wußte, wo man gestohlene Teile verkaufen konnte. Es war eine elegante Masche. Eine schöne Frau, die nicht zu intelligent erschien, die aber eine verständnisvolle und bewundernde Zuhörerin war, konnte viele Männer dazu bringen, ihr fast alles zu erzählen. Ein bißchen Wein, ein romantisches Zwischenspiel, und wenn alles andere versagte, die Drohung mit Erpressung. Alles, was Clayton zu tun hatte, war, sie auf den richtigen Mann anzusetzen und auf ihre Berichte zu warten.

Doch mit einer Sache hatte er anscheinend nicht gerechnet. Marilyn war ehrgeizig, und als sie die Herstellungspläne für den Alice-Chip in die Hände bekam, beschloß sie, freiberuflich zu arbeiten. Deshalb natürlich hatte er sie umgebracht. Er hatte Peter eine Falle gestellt, um der Polizei einen Täter zu präsentieren und um zu verhindern, daß sie Marilyns Affairen zu gründlich unter die Lupe nahm.

Ich spülte das Shampoo aus dem Haar und sprang aus der Dusche. Während ich mich abtrocknete, fiel mir etwas anderes ein, das plötzlich eine neue Bedeutung gewann. Marilyn Wyte war nicht die einzige Frau, die Hugh Clayton besuchte. Es gab da noch mehrere andere. Sie waren wahrscheinlich im gleichen Business wie Marilyn.

Die anderen Frauen waren der Schlüssel zu dem Fall. Wenn ich eine von ihnen dazu bewegen konnte, vor der Polizei auszusagen, konnte ich sowohl nachweisen, daß Clayton mit Industriespionage zu tun als auch ein ausgezeichnetes Mordmotiv hatte. Was würde nötig sein, damit eine von ihnen redete? Die Androhung einer Mordanklage, verbunden mit dem Versprechen der Immunität, sollte eigentlich genügen. Marilyn war keine abgebrühte Kriminelle, nur eine Opportunistin ohne viele Skrupel. Wenn die anderen wie sie waren, würde nicht viel nötig sein, um sie zu überzeugen, sich selbst zu retten und ihren Boß über die Klinge springen zu lassen.

Ich rief Peter an. Noch immer ging niemand ran, und bei meinem Auftragsdienst lag auch keine Nachricht vor. Ich versuchte es in meinem Büro. Es war nach fünf, und Eileen war als einzige noch da. Ich bat sie, noch zu warten, während ich mir etwas zum Anziehen überwarf und mich auf den Weg zum Büro machte.

Zusammen mit Eileen ging ich meine Theorie durch. Sie schien richtig; alles paßte zusammen. Doch es war immer noch nicht genug, um die Polizei einzuschalten. Wir brauchten ein Geständnis von einer der Frauen. Geständnisse zu bekommen, war eine meiner Spezialitäten. Ich vermutete, daß Claytons Mädchen einfacher zu handhaben sein würden als Wirtschaftskriminelle.

Eileen fand Peters Notizbuch mit den Adressen der Frauen, die er beschattet hatte. Außer Marilyn gab es noch vier weitere. Diejenige, die am nächsten wohnte, hieß Sally Trilson. Sie lebte in Daly City, ein Stück südlich von San Francisco, ungefähr 30 Minuten entfernt. Ich konnte kurz nach sechs dort sein. Wahrscheinlich würde sie etwa zu dieser Zeit auch aus der Arbeit kommen. Ich notierte mir ihre Nummer auf einer kleinen Karte und erzählte Eileen, was ich vorhatte.

Daß sie kein Theater machte oder sich wegen der Gefahr beunruhigte, zeigte, wie weit sie inzwischen war. Sie hörte aufmerksam zu und sagte dann: »Wäre es nicht besser, morgen hinzugehen, mit Peter und Jesse als Unterstützung?«

Natürlich wäre es das. Doch ich war nicht sicher, ob wir soviel Zeit hatten. Claytons nächster Schachzug konnte sein, Peter zu verfolgen oder seine Mädchen fortzuschaffen, damit wir sie nicht fanden. In keinem der beiden Fälle konnten wir es uns leisten, zu warten.

Es war Montag; Jesse würde bei seiner Computergruppe sein. Mit Sally Trilson glaubte ich allein fertig werden zu können, doch da ich von Natur aus vorsichtig bin, machte ich mich nicht ohne irgendeine Art von Rückversicherung auf den Weg. »Können Sie hier warten und das Telefon bedienen?« bat ich Eileen.

»Sicher.«

»Gut. Ich werde mich etwa um sieben Uhr telefonisch bei Ihnen melden. Nein, ich brauche vielleicht länger, stellen Sie sich auf halb acht ein. Wenn ich nicht anrufe, bedeutet das, daß etwas schiefgegangen ist.« Ich gab ihr Dans Nummer und bat sie, ihn anzurufen und ihm zu erklären, wohin ich gegangen war und warum. Von meinem Exmann, dem Macho, gerettet zu werden, war keine angenehme Aussicht, doch immer noch besser als die Alternative.

Ich legte daheim einen Zwischenstop ein, um meine Jeans auszuziehen und mich umzukleiden. Der Eindruck, den ich auf Sally Trilson machte, würde großen Einfluß darauf haben, wie kooperativ sie war. Ich wollte einschüchternd wirken, damit sie sich vorkam, als würde sie ein gemütliches Schwätzchen mit dem Staatsanwalt halten. Ich zog mein kohlschwarzes Geschäftskostüm an und feste flache Schuhe. Außerdem nahm ich meine schwarzlederne Aktentasche mit. Unterlagen durchzublättern, während man den Kopf schüttelt und die Stirn runzelt, entnervt die zähesten Burschen. Das hatte ich von den Steuerprüfern gelernt.

Es war das Ende der Rush-hour, und ich kam genau nach Plan bei Sally Trilsons Wohnung an. Wie Marilyn Wyte lebte auch Sally beträchtlich besser als eine durchschnittliche Sekretärin. Ihre Wohnung lag in einer Gruppe zweistöckiger Holzgebäude, die geschmackvoll um Innenhöfe arrangiert waren. Die Höfe waren verschwenderisch mit reizvollen Bäumen und Sträuchern bepflanzt, die trotz der großen Zahl von Menschen, die hier wohnten, die Illusion von Ruhe und Intimität vermittelten.

Ich parkte vor dem Komplex und machte mich auf die Suche nach dem Apartment 117. Ich fand es im Erdgeschoß eines der Gebäude bei einem der weiter hinten liegenden Innenhöfe. Ich läutete. Nichts rührte sich. Ich läutete wieder und wartete. Ich hoffte, es würde nicht damit enden, daß ich im Auto saß und wartete, daß sie nach Hause kam. Mehr als das aber hoffte ich, daß sie nicht Angst bekommen hatte und davongelaufen war.

Endlich hörte ich Schritte. Die Tür ging auf, doch nur einen Spalt breit. Eine dunkelhaarige Frau Ende Zwanzig spähte zu mir hinaus.

Offenbar stimmte etwas nicht. Sie sah nicht direkt verschreckt aus, doch ihre Vorsicht war nicht normal. »Ich bin Catherine Sayler«, begann ich. Bevor ich fortfahren konnte, wurde die Tür aufgestoßen und gab den Blick auf einen großen Mann frei, der neben dem Mädchen stand. Er hatte einen Revolver in der Hand und zielte auf mich.

»Kommen Sie nur herein, Miss Sayler«, sagte er. Er schob das Mädchen zur Seite und trat zurück, um mir Platz zu machen. Ich überlegte, ob ich davonrennen sollte; wahrscheinlich würde er mich im Hof nicht niederschießen, doch »wahrscheinlich« war einfach nicht genug. Ich betrat die Wohnung.

Er winkte mich zu sich herüber an die Wand und schloß die Tür; dann sagte er zu dem Mädchen: »Los, Sally, hol deine Sachen. Du brauchst dich nicht um Miss Sayler zu kümmern.«

Jetzt, wo ich das Mädchen sehen konnte, erkannte ich, daß sie Angst hatte. Ich wußte nicht, ob ich oder der Mann mit dem Revolver daran schuld war. Sie blickte von ihm zu mir und sagte dann mit flehender Stimme: »Brennan, bitte –«

»Es ist in Ordnung«, schnitt er sie ab. »Hol einfach deine Sachen, wie ich dir gesagt habe. Der Boss wird sich um alles kümmern.«

Sie zog sich ins angrenzende Zimmer zurück, und Brennan wandte mir seine Aufmerksamkeit wieder zu.

Mit einiger Überraschung stellte ich fest, daß ich keine Angst hatte. All das Training im Dojo zahlte sich jetzt aus. Ich beobachtete Brennan und wartete. Es unterschied sich nicht allzu sehr davon, darauf zu warten, daß ein Gegner angriff. Ich glaubte nicht, daß er mich erschießen würde, jedenfalls nicht sofort. Es blieb mir nichts anderes, als auszuharren.

Meine Ruhe schien ihn zu ärgern. Schließlich sagte er: »Ziehen Sie Ihre Jacke aus, ganz langsam. Lassen Sie sie auf den Boden fallen.«

Ich zog sie aus und ließ sie auf den Boden fallen.

»Drehen Sie sich jetzt um und legen Sie die Hände gegen die Wand.«

Er würde mich durchsuchen, keine angenehme Aussicht, doch möglicherweise eine Gelegenheit zum Handeln für mich. Wenn ich Glück hatte, würde er solange seinen Revolver weglegen. Ich drehte mich um und stellte mich nahe an die Wand, so daß ich im Gleichgewicht sein würde, wenn ich eine Möglichkeit zum Zuschlagen hätte. Brennan blieb, wo er war. »Zurück mit Ihren Füßen«, befahl er.

Ich tat so, als hätte ich ihn nicht verstanden.

»Zurück mit Ihren verdammten Füßen«, knurrte er. Er kam neben mich und trat mir hart gegen das Schienbein. Ich schrie auf und bewegte meine Füße zurück.

»Weiter«, knurrte er, und ich folgte dem Befehl. Schließlich endete ich in einer so unmöglichen Stellung, daß ich aufs Gesicht gefallen wäre, wenn ich versucht hätte, meine Hände von der Wand zu nehmen.

Er steckte seinen Revolver ins Halfter zurück, doch das nützte mir in der jetzigen Position nicht mehr viel. Er nahm sich bei der Durchsuchung Zeit und war ein gutes Stück gründlicher, als erforderlich gewesen wäre. Als ich seine Hände auf meinem Körper spürte und es hilflos über mich ergehen lassen mußte, kämpfte ich gegen Wut und dann gegen Angst an.

Als er fertig war, befahl er mir, mich an die Wand auf den Boden zu setzen. Sally Trilson kam mit einem kleinen Koffer ins Zimmer zurück. Sie sah aus, als fühle sie sich ebenso unbehaglich wie ich. Brennan ließ sie in einem Sessel Platz nehmen.

»Wo ist das Telefon?« fragte er.

»Auf dem kleinen Tisch neben der Küchentür«, antwortete Sally mit schwacher Stimme.

Er ging hinüber, ohne seine Augen von mir zu lassen. Ich versuchte die Nummer zu sehen, die er wählte, doch es gelang mir nicht. Wahrscheinlich war es sowieso egal. Ich war ziemlich sicher, wer »der Boss« war, und ich hatte das Gefühl, daß ich ihn schon sehr bald zu Gesicht bekommen würde. Brennan nannte seinen Namen und berichtete, daß er sich in Sally Trilsons Wohnung befand. »Rate mal, wer hier aufgetaucht ist«, verkündete er mit etwas, das Freude zu sein schien. »Catherine Sayler. Ja, das ist richtig. Frag den Boss, was ich mit ihr machen soll.«

Es folgte eine endlos lange Pause, schließlich grunzte Brennan, »Ja, sicher«, und legte auf.

Er latschte zum Sofa zurück und setzte sich, den Revolver hielt er dabei genau auf meinen Kopf gerichtet.

Ein paar Minuten lang zu warten ist eine Sache, doch länger auszuharren, ist schon schwieriger. Man hat dann zuviel Zeit zum Nachdenken. Brennan sah aus, als richtete er sich auf ein langes Warten ein. Ich würde jetzt eine echte Möglichkeit haben, das alles anzuwenden, was ich im Dojo gelernt hatte, um konzentriert zu bleiben. Ich versuchte die alte Regel zu wiederholen: *Wende deine Aufmerksamkeit dem zu, was ist, nicht dem, was sein könnte. Bleibe in der Gegenwart.*

Sally fiel das Warten keineswegs leichter als mir. Sie zappelte unruhig hin und her und versuchte schließlich, Brennan in ein Gespräch zu verwickeln.

»Wohin willst du mich schicken? Ich könnte einfach zum Flughafen gehen und selbst einen Flug irgendwohin nehmen. Vielleicht wäre das besser. Es würde allen weniger Mühe bereiten.«

Brennan schüttelte den Kopf. »Der Boß wird sich um alles kümmern. Tu einfach, was er sagt und hör auf, dir Gedanken zu machen.«

Klangen seine Worte auch vage beruhigend, sein Ton war es nicht. Ich hätte nicht viel auf Sallys Chancen »beim Boß« gegeben. Ich bezweifelte, daß die Pläne, die er für sie hatte, etwas mit einer Flugreise zu tun hatten. Sie hätte meine Verbündete sein können, doch eingeschüchtert wie sie war, war sie unfähig zu handeln. Sie hegte immer noch eine gewisse Hoffnung, daß ihr nichts passieren würde, und wahrscheinlich würde sie weiterhoffen, bis Brennan seinen Revolver auf sie richtete. Aber schließlich hatte sie den Autopsiebericht über Marilyn Wyte nicht gelesen.

Ich konnte nicht einmal schätzen, wie lange wir gewartet hatten. Dann klopfte es an der Tür, und Brennan schickte Sally, um aufzumachen. Ein großer, stämmiger Mann mit gelichtetem, rotblondem Haar kam herein. Ich erkannte ihn sofort nach den Zeichnungen, die Peters Portraitkünstler angefertigt hatte.

Er blickte sich im Zimmer um, und seine Augen glänzten, als er mich sah. »Feine Arbeit«, gratulierte er Brennan. »Der Boß ist wirklich erfreut. Soll ich ihr die Hände fesseln?«

»Nein«, sagte Brennan. »Würde nur Verdacht erwecken.« Er gab mir ein Zeichen aufzustehen. »Verschränken Sie Ihre Arme vor der Brust«, befahl er. Ich tat, was er verlangte.

Brennan nahm meine Aktentasche und steckte meine Handtasche hinein. Er trug die Tasche und ließ mich vor sich hergehen. Der rotblonde Mann ging neben Sally. Sie führten uns zu einer dunkelblauen Limousine, die auf dem Parkplatz stand.

Brennan öffnete die hintere Tür und winkte mich hinein. Ich begann meine verschränkten Arme zu öffnen, als ich in den Wagen kletterte, doch ich erstarrte, als Brennan bellte: »Passen Sie auf Ihre Hände auf«. Ich fragte mich, ob Brennan von meinem schwarzen Gürtel wußte oder ob er einfach nur vorsichtig war. Was immer auch der Grund sein mochte, er fackelte jedenfalls nicht lange.

Alle warteten, während ich auf den Rücksitz kletterte. Brennan folgte mir hinein und sagte Sally, sie solle auf dem Vordersitz neben dem Fahrer Platz nehmen. Ich warf einen Blick zu Brennan hinüber. Die silberne Digitaluhr an seinem Handgelenk zeigte die Zeit – 19.19 Uhr. Es würde noch elf Minuten dauern, bis Eileen überhaupt in Betracht zog, Dan anzurufen, wahrscheinlich länger. Wenn er sofort handelte und die richtigen Vermutungen anstellte, würde er immer noch mindestens eine Stunde brauchen, um Sally Trilsons Wohnung zu überprüfen und zu Claytons Haus zu fahren. Ich bezweifelte, daß mir noch soviel Zeit blieb.

17

Wenn ich noch irgendwelche Zweifel hinsichtlich der Identität des Mörders von Marilyn Wyte gehabt hatte, so verschwanden sie, als das Auto die Abfahrt nach Woodside nahm. Der Fahrer bog in die Auffahrt zu Claytons Haus ein und hielt am Tor. Ein Mann tauchte aus den Büschen auf, blickte in den Wagen, nickte und ließ uns durch. Irgendwie machte es mir kein besonderes Vergnügen, meinen Verdacht bestätigt zu bekommen.

Das Haus war groß und teuer, doch ich schenkte der Architektur nicht viel Aufmerksamkeit. Viel zu sehr war ich damit beschäftigt, mich über die Türen und Fenster zu informieren. Der Fahrer stieg aus und öffnete die Tür auf meiner Seite; Brennan stieß mich hinaus, so daß ich auf den Knien landete. Als ich hochsah, blickte ich in den Revolverlauf des Fahrers. Peter hatte recht, diese Kerle waren Profis. Sie hatten nicht eine einzige unachtsame Bewegung gemacht, und es sah nicht so aus, als würden sie das noch tun.

Bevor ich wieder auf die Füße kam, packte mich Brennan an den Handgelenken und drehte mir die Arme auf den Rükken. Ich weiß nicht, ob es eine schmerzlose Art gibt, dieses Manöver durchzuführen, doch er suchte eindeutig nicht danach.

Er schob mich auf einen Weg, der um eine Seite des Hauses herum zu einer doppelten Glastür am Ende führte. Die Türen öffneten sich zu einem Arbeitszimmer. Genau in dieser Tür stand Hugh Clayton. »Guten Abend, Catherine«, begrüßte er mich freundlich. Absolut cool; er hätte mich auch zum Abendessen hereinbitten können. Mir lief es kalt den Rücken herunter.

Clayton trat zur Seite, so daß ich die Gestalten hinter ihm sehen konnte. Es waren zwei Männer und Peter. Peter stand irgendwie komisch da; dann erkannte ich, daß er weniger stand, als von dem Mann hinter ihm aufrecht gehalten wurde. Mit gequältem Blick sah er zu mir hoch, die Haut unter seinem rechten Auge begann anzuschwellen und sich blau zu färben. Brennan schubste mich zu Peter hinüber.

»Mr. Harman und ich haben über ein Geschäft geredet. Bedauerlicherweise war er nicht sehr gesprächig. Ich hoffe, Ihre Gegenwart wird ihn ermutigen, kooperativer zu sein. Versuchen wir es noch einmal, Harman. Ich möchte wissen, warum sie Marilyn Wyte beschattet haben und wer Sie dafür bezahlt hat.«

»Die Antwort hat sich nicht geändert, Clayton«, sagte Peter heiser.

Einer der Männer holte aus, um Peter zu schlagen, doch Clayton winkte ihn zurück. »Seien Sie vernünftig, Harman. Ich brauche diese Information, und ich bin bereit, zu tun, was immer nötig sein sollte, um sie zu bekommen. Ich mache keine Scherze. Wenn Sie mir erzählen, was ich wissen will, dann werden Sie rasch und schmerzlos sterben. Wenn Sie mich dazu zwingen, diese Information auf dem schwierigeren Weg zu bekommen, dann wird das Ganze für Sie sehr unangenehm werden. Markham hier –« er deutete auf den Mann, der Peter hatte schlagen wollen – »ist außerordentlich geschickt darin, Leute zu überreden, das zu tun, was er will. Ich glaube, es macht ihm großen Spaß.«

Und dir ebenfalls, du Bastard, dachte ich. Ich bewegte leicht meinen Arm, und Brennans Griff wurde fester. Das war nicht gut.

Clayton ging zu seinem Schreibtisch, zog etwas aus der Schublade und kam wieder zurück. Er blieb vor mir stehen und öffnete seine Hand leicht; zum Vorschein kam ein Springmesser. Clayton ließ die Klinge herausschnappen. Mein Magen fühlte sich an, als hätte jemand gerade einen Felsbrocken hineinfallen lassen.

Er bewegte die Klinge langsam zu meiner Schulter und setzte sie genau unter dem Knochen an. Dann zog er sie sehr bedächtig über die Haut und hinterließ einen fast zehn Zentimeter langen Schnitt. Ich unterdrückte den Drang, mich zu winden und zu schreien, und schaffte es, lediglich zusammenzuzucken und den Atem anzuhalten. Doch Clayton beobachtete nicht mich. Sein Blick lag auf Peters Gesicht. Er lächelte.

»Markham, ich glaube, wir konzentrieren uns auf Miss Sayler.« Er sah mich jetzt mit demselben häßlichen Lächeln an. »Sie hätten wirklich Ihre Finger von dem Fall lassen sollen, Catherine; wie ich Ihnen beim Essen bereits gesagt habe: Dies ist keine geeignete Tätigkeit für Frauen.« Dann wandte er sich Peter zu. »Es hängt ganz von Ihnen ab, Harman. Sagen Sie das Wort, und Markham hört auf. Wir haben alle Zeit der Welt, doch ich hoffe für Miss Sayler, daß Sie sich bald zur Zusammenarbeit entschließen.«

Da ich sonst wirklich nicht viele andere Möglichkeiten hatte, entschloß ich mich, ein bißchen hysterisch zu werden. Unsere einzige Chance, die im Augenblick allerdings nicht sehr groß zu sein schien, lag darin, diese Männer davon zu überzeugen, daß ich schwach und vollkommen hilflos war.

Meine Lippen bebten. Ich brach in Schluchzen aus. »Peter«, heulte ich, »laß nicht zu, daß sie mir weh tun. Peter, bitte.« Es war lausig, ihm das anzutun. Er würde zwar wissen, daß das nur gespielt war, denn ich hatte meine »Hysterische-Frau-Nummer« vor ihm geübt, um sie richtig hinzubekommen. Ihm mußte also klar sein, worauf ich hinauswollte, doch ich konnte sehen, daß ihn mein Weinen und Flehen dennoch schmerzte. Er biß die Zähne zusammen und wandte seinen Kopf ab.

»Peter« schrie ich verzweifelt und zerfloß dann in Tränen.

Clayton nickte in Richtung Tür, und Brennan schob mich darauf zu. »Lassen Sie sich nicht zu viel Zeit, Mr. Harman«, warnte er.

»Nein«, schrie ich mehrmals laut. Es gibt Männer, die nichts so sehr entnervt wie eine schreiende Frau. Ich hoffte, daß ich diese Wirkung auch bei einem unserer Entführer erzielen würde. Doch Clayton trat auf mich zu und schlug mir hart über den Mund.

»Schluß damit«, brauste er auf. »Sie können im Weinkeller schreien, so viel sie wollen, aber wenn Sie es hier oben noch einmal tun, werde ich Sie knebeln.«

Soviel zum Schreien. Ich schluckte, ließ den Kopf hängen und schluchzte leise vor mich hin.

Markham und Brennan brachten uns aus dem Haus und hinüber zu einem kleinen Nebengebäude jenseits des Swimmingpools. Markham öffnete die Tür, und Brennan schob mich vor sich her eine kurze Treppenflucht hinunter. Unten angelangt, beschloß ich, daß es Zeit zum Handeln war. Ich täuschte ein Stolpern vor, das Brennan aus dem Gleichgewicht brachte, und in dem Augenblick, in dem seine Aufmerksamkeit abgelenkt war, entzog ich ihm meine Hände. Er griff nach mir, doch diesmal war ich bereit. Die Bewegung ging so glatt, als trainierten wir im Dojo. Ich wirbelte ihn um mich herum und zog ihn dann nahe an mich heran, dabei drehte ich seinen Arm in einen Winkel, der ihn von jedem Versuch, sich zu bewegen, abhalten würde. Wir erstarrten dort in einer brutalen Umarmung. Brennan versuchte ein einziges Mal, sich zu bewegen, stöhnte vor Schmerz und gab den Versuch auf.

Markham zog seinen Revolver und drückte die Mündung gegen Peters Kopf. »Lassen Sie ihn los oder Harman stirbt«, knurrte er. Hier war ein Mann, der zuviel Krimis sah.

»Nein, Markham. Wir sind schon so gut wie tot. Sie werden sich schon etwas anderes einfallen lassen müssen.«

Markham hielt inne. Ich verschwendete keine Zeit, mich zu fragen, was er als nächstes tun würde, sondern versuchte fieberhaft, mich daran zu erinnern, wo Brennan seinen Revolver hatte. Ich suchte nach dem Bild, dem Augenblick, in dem er ihn in sein Halfter zurückgesteckt hatte – ein Schulterhalfter –, linke Seite.

Markham stieß Peter plötzlich auf mich zu, so daß er gegen Brennan krachte. In dem Augenblick, in dem Peters Körper zwischen uns kam, griff ich nach Brennans Revolver, trat zur Seite und feuerte.

Markham blickte leicht überrascht, als die Kugel ihn rückwärts gegen die Wand schleuderte. Er begann seinen Revolver zu heben, und ich feuerte wieder. Diesmal ließ er ihn sinken und sackte auf dem Boden zusammen. Ich war ziemlich sicher, daß er tot war.

Neben mir versuchte Brennan auf die Füße zu kommen. Ich ließ den Revolver schwer auf seinen Hinterkopf herabsausen. Er brach zusammen.

»Nicht schlecht für eine Frau, die Gewalt verabscheut«, bemerkte Peter, als ich mich abmühte, seine Handgelenke von dem Seil zu befreien.

»Irgendeine Idee, wie wir hier herauskommen?« fragte ich.

»Leider nein.«

»Kannst du gehen?«

Peter nickte. Er nahm Markham den Revolver aus der Hand. »Dann zurück zum Haupttor.«

Wir machten uns auf den Weg über die Treppen, so wie wir gekommen waren. Der Weinkeller mußte schalldicht sein, denn es gab kein Anzeichen dafür, daß jemand die Schüsse gehört hatte. Peter und ich glitten in die Büsche und begannen, uns zum Haupttor vorzuarbeiten. Glücklicherweise war ein guter Teil der Auffahrt von Oleanderbüschen gesäumt.

Wir näherten uns gerade dem Tor, als im Haus die Hölle losbrach. Wir begannen zu rennen, da es jetzt nicht mehr nötig war, vorsichtig zu sein.

Die Oleanderbüsche bildeten in der Nähe des Tores eine dichte Hecke, doch hinter ihnen lagen offene Felder, die keine Deckung boten. Wir kauerten hinter den Büschen, als zwei Autos zum Haupttor rasten und 30 Meter entfernt von uns bremsten. Ein Schuß ertönte, und ich warf mich zu Boden.

Ich hasse es, wenn auf mich geschossen wird. Mir hatten auch die anderen Dinge, die an diesem Abend geschehen waren, nicht gefallen, doch ich habe einen besonderen Horror davor, von jemandem beschossen zu werden, den ich nicht sehen kann und von dessen Anwesenheit ich nichts weiß, bis mich die Kugel trifft.

»Halte nach dem Mündungsfeuer Ausschau und schieß auf diese Stelle«, wies mich Peter an.

Ich zwang mich, den Kopf weit genug zu heben, um das Mündungsfeuer beobachten zu können. Eine Kugel krachte durch die Zweige über meinem Kopf. Ich sah nicht, woher sie gekommen war, denn ich hatte mein Gesicht schon in der Erde vergraben.

»Halte nach dem Mündungsfeuer Ausschau«, wiederholte Peter.

Wieder zwang ich mich aufzublicken. Meine Hand zitterte auf eine entschieden unheroische Weise. Ich hoffte, Peter konnte es nicht sehen. Es war Zeit, all das Training aus dem Dojo zur Geltung kommen zu lassen. Ich konzentrierte mich auf meinen Atem und versuchte einen klaren Kopf zu bekommen. Gerade als ich die Kontrolle zu gewinnen begann, bellte ein weiterer Schuß, und eine Kugel zischte durch die Büsche in der Nähe. Diesmal sah ich das Mündungsfeuer. Der Schütze befand sich hinter einem der Autos. Es bestand keine große Chance, daß ich jemanden hinter dieser Art von Deckung treffen würde. Peter feuerte zurück. Er traf aber niemanden.

Ich wartete darauf, daß mein Leben vor meinen Augen aufblitzte, und wünschte gerade, ich hätte Dans Scharfschützen-Lektionen mehr Aufmerksamkeit geschenkt, da hörte ich die Sirene. Zuerst dachte ich, daß irgendwo ein Verkehrsunfall passiert war, doch das Sirenengeheul kam immer näher.

Schließlich gab es keinen Zweifel mehr, daß der Streifenwagen auf dem Weg hierher war.

»Es ist die Kavallerie«, flüsterte ich, während ich darauf bedacht war, meinen Kopf unten zu behalten.

»Ja«, sagte Peter. »Gib mir deinen Revolver.«

»Warum?«

»Gib ihn mir einfach für eine Minute.«

Ich gab ihm den Revolver, und als er den Griff sorgfältig an seinem Hemdenschoß abwischte, traf mich die schreckliche Wahrheit. »Die Kavallerie bringt den Strick«, bemerkte ich.

»Sie kommen nicht, um uns dafür zu gratulieren, den Fall geknackt zu haben. Ich bin der Hauptverdächtige in einem Mordfall, du bist meine Freundin, und wir befinden uns auf dem Anwesen eines wohlhabenden und einflußreichen Geschäftsmannes, dessen Leibwache mit dieser Waffe erschossen wurde. Was meinst du, werden sie glauben – Entführung oder Einbruch?«

»Und dich wird man wegen Mordes verdonnern.«

»So, wie es im Augenblick aussieht, ja. Vom Inneren einer Gefängniszelle aus können wir nicht viel tun, um unsere Unschuld zu beweisen. Du wirst eine viel bessere Chance haben, auf Kaution freizukommen, wenn du nicht des Mordes angeklagt bist.«

Ich mußte zugeben, daß er recht hatte. Peter machte sich selten einer unaufgeforderten Galanterie schuldig.

Die Funkstreife hielt neben den beiden anderen Autos. Ich strengte mich an, zu erkennen, wer ausstieg. Es waren zwei Männer, einer in Uniform, der andere in Zivil. Ich war mir nicht sicher, ob die stämmige Gestalt im Anzug Martin war. Ich stand auf, erhob die Hände hoch über den Kopf und ging auf die Gruppe von Männern zu. Peter kam hinter mir her. »Lieutenant Martin«, rief ich. »Ich bin Catherine Sayler. Peter Harman ist hinter mir.«

Der stämmige Mann richtete seine Taschenlampe direkt auf unsere Gesichter und blendete mich dabei so, daß ich ihn nicht mehr sehen konnte. An der Stimme erkannte ich, daß es tatsächlich Lou Martin war. »Harman, Sie wissen, daß dies die Kautionsbestimmungen verletzt. Sie sind verhaftet.« Der Uniformierte trat vor, um Peter in Gewahrsam zu nehmen.

»Miss Sayler, ich hätte nicht gedacht, daß Sie sich in eindeutig illegale Aktivitäten verwickeln lassen würden. Ich glaube, ich habe mich in Ihnen getäuscht.« Seine Stimme war hart und sein Griff unangenehm fest, als er meinen Arm genau über dem Ellbogen anfaßte und mich zum Polizeiauto dirigierte. »Legen Sie bitte Ihre Hände auf das Dach.«

Ich brauchte einen Augenblick, bis mir klarwurde, daß er mich nach einer Waffe durchsuchen wollte. Ich zwang mich, die Hände auf den Polizeiwagen zu legen. Martins Durchsuchung war seltsam vorsichtig und sehr zurückhaltend, ein angenehmer Kontrast zu der Erfahrung, die ich an diesem Abend bereits gemacht hatte. Erst als er mir meine Rechte vorzulesen begann, drang es zu mir durch, daß ich gerade festgenommen wurde.

Ich freute mich nicht darauf, die Einlieferungsprozedur über mich ergehen lassen zu müssen und die Nacht im Gefängnis zu verbringen, es war jedoch eine deutliche Verbesserung gegenüber den vorherigen Alternativen.

Martin richtete seine Lampe auf meinen Arm. Es sah sogar noch schlimmer aus, als es sich anfühlte. »Was ist mit Ihnen geschehen?« fragte er.

»Fragen Sie den Mann in dem Haus dort«, erwiderte ich.

Er schälte den Stoff um die Wunde herum weg. »Es hat zu bluten aufgehört«, sagte er. Er nahm ein Taschentuch heraus und wischte das meiste Blut vorsichtig weg, suchte dann im Handschuhfach und kam mit einem Heftpflaster wieder, das er über die Wunde klebte. »Das wird reichen, bis wir auf dem Revier sind«, sagte er.

Ein zweiter Streifenwagen traf ein, und Martin befahl den Beamten, die Aussagen von Claytons Schlägern aufzunehmen. Er zog ein Paar Handschellen hervor und verkündete beinahe entschuldigend: »Da ich von Ihren Fähigkeiten im Kampfsport weiß, wäre es unklug, keine entsprechenden Vorkehrungen zu treffen.«

Das Gefühl des kalten Metalls an meinen Handgelenken

machte mir überdeutlich bewußt, daß ich jetzt als Kriminelle galt. Nach all dem, was diese Nacht geschehen war, hätte es für mich eine Erleichterung sein sollen, verhaftet zu werden. Aber ich spürte, wie meine Augen brannten, und mußte gegen die Tränen ankämpfen.

Martin nahm wieder meinen Arm und schob mich zu Peter auf den Rücksitz des Streifenwagens, während er verkündete, daß wir zum Haus gehen würden, um eine Aussage von Clayton zu bekommen.

Als er im Auto saß, drehte er sich zu mir um. »Dan Walker hat mich angerufen. Ich würde gerne glauben, daß mich meine Instinkte nicht so fehlgeleitet haben und ich mich von Ihnen habe zum Narren halten lassen. Bevor wir zum Haus gehen: Gibt es dort irgend etwas, wonach ich suchen sollte und das darauf hindeuten könnte, daß Sie dort nicht eingebrochen sind?«

»Suchen Sie nach einer jungen Frau, Sally Trilson. Man hat sie zusammen mit uns hierhergebracht. Sie arbeitete für Clayton, doch mit dem Mord hatte sie nichts zu tun. Wahrscheinlich hat sie sehr große Angst. Claytons Männer haben sich so ungezwungen vor ihr unterhalten, daß ich nicht glaube, sie werden sie am Leben lassen.« Ich stammelte hervor, was unsere letzte Hoffnung zu sein schien. Wenn Martin das Mädchen nicht finden und zum Sprechen bringen konnte, dann würde nicht einmal er uns aus der Klemme helfen können. Ich flehte, daß dies nicht eine Wiederholung der Tim-Sutton-Situation werden würde.

Clayton stand in der Tür, als wir zum Haus hinauffuhren. Ich schauderte, als ich seine Silhouette erkannte. Zu meiner Bestürzung mußte ich feststellen, daß die Gefühle, die ich mit so viel Mühe kontrolliert hatte, sich Bahn zu brechen drohten. Ich konzentrierte mich auf meinen Atem.

Clayton empfing Martin mit der Geschichte, sein Leibwächter hätte uns beim Einbruch in sein Arbeitszimmer überrascht und festgehalten. Er, Clayton, hätte den Leibwächter angewiesen, uns bis zum Eintreffen der Polizei in den Weinkeller zu bringen. Michael Markham, ein Sicherheitsbeamter aus seiner Firma, hätte seine Hilfe angeboten und den Leibwächter begleitet. Als die beiden nicht zurückgekommen seien, sei er selbst nachsehen gegangen und hätte den Leibwächter bewußtlos und Markham erschossen aufgefunden.

Das letzte Mal, als ich ihn gesehen hatte, hatte Clayton den coolen Geschäftsmann abgegeben. Jetzt war er ganz der besorgte Arbeitgeber. Seine Vorstellung war makellos. Ich fragte mich, ob Martin sich überhaupt die Mühe machen würde, die Suche durchzuführen.

Mein Mut sank, als er Clayton zu trösten und zu beruhigen begann. Dann erklärte er zu meiner Erleichterung freundlich, daß er das gesamte Grundstück absuchen wolle, um sicherzugehen, daß sich keine Komplizen mehr auf dem Besitz versteckten.

Clayton schien bestürzt. Er versicherte Martin, daß er und seine Angestellten das Haus und das Gebiet ringsum abgesucht und niemanden gefunden hätten. Martin entschuldigte sich, blieb aber hartnäckig. »Ich mute Ihnen und Ihrer Familie das nur ungern zu«, erklärte er, »doch dies ist ein Mordfall.«

Wie um den Ernst der Situation zu betonen, hielten neben uns zwei weitere Polizeiautos. Martin wies die Beamten an, das Haus und die Nebengebäude zu durchsuchen und jeden, den sie fänden, ins Wohnzimmer zu bringen. Er öffnete die Tür des Streifenwagens und befahl Peter und mir auszusteigen. Wir wurden zum Wohnzimmer begleitet.

Die Durchsuchung dauerte lange genug, um zu erkennen, wie schlecht die Dinge für uns standen. Wenn Martin Sally Trilson nicht fand, würde die Aktion Routineteil einer Mordermittlung in einem Fall sein, der nur als sonnenklar bezeichnet werden konnte. Ich versuchte, nicht über unser Strafmaß nachzusinnen oder darüber, wie es im Gefängnis sein würde. Ich warf einen Blick zu Peter hinüber. Die Prellung unter seinem Auge zeigte ein dunkles Purpurrot, und seine Unterlippe war aufgeplatzt und geschwollen; er beobachtete Clayton, der am anderen Ende des Zimmers stand und gegenüber einem der Beamten eine Aussage machte.

Im hellen Licht des Wohnzimmers konnte ich mich besser betrachten. Es ist erstaunlich, wieviel Blut eine oberflächliche Wunde hervorbringen kann. Mein Ärmel war damit getränkt, und meine Bluse und mein Rock hatten vorne große Flecken. Der Schnitt war nicht annähernd so schlimm wie er aussah, doch er bedeutete wahrscheinlich das Ende meiner Tage in ärmellosen Blusen.

Das Dienstmädchen wurde ins Zimmer gebracht; dann ein paar Männer, die ich nicht kannte. Susan Clayton war anscheinend nicht daheim. Schließlich kehrte Martin zurück. Sally Trilson war nicht bei ihm.

»Das wär's«, rief er.

»Haben Sie im Weinkeller nachgesehen?« fragte ich verzweifelt. Er nickte. »Was ist mit dem Poolhaus? Dem Keller?«

»Was soll das?« unterbrach Clayton. »Was für eine Art Ermittlung ist das, wo der Kriminelle die Fragen stellt? Diese beiden haben meinen Freund umgebracht. Ich möchte sie nicht mehr in meinem Haus haben.« Die Emotion in seiner Stimme gab mir die Hoffnung, daß er von einer Durchsuchung etwas zu befürchten hatte. Angestrengt überlegte ich, wo Sally versteckt sein könnte. Martin nickte dem Beamten, der hinter uns stand, zu, nahm meinen Arm und zog mich auf die Füße. »Gehen wir«, sagte er.

Als wir die Tür erreichten, fiel mir ein, daß Clayton etwas von Ritten im Morgengrauen erzählt hatte. Wenn es auf diesem Anwesen Pferde gab, dann mußte da auch ein Stall sein. »Der Stall«, japste ich.

»Stall?« fragte Martin. »Haben Sie einen Stall, Mr. Clayton.«

Clayton explodierte. »Jetzt habe ich aber genug«, brüllte er. »Diese Leute brechen in mein Haus ein und töten einen meiner Angestellten, und Sie stellen mir Fragen, als sei ich der Verbrecher.«

Martin ignorierte ihn. »Mueller, Jacobs, suchen Sie den Stall und überprüfen Sie ihn«, ordnete er an.

Clayton wies Martin aus dem Haus und begann Namen

von Stadträten hervorzustoßen, denen es nicht gefallen würde, wie man ihn behandelte. Martin machte ein paar versöhnliche Bemerkungen. Falls Claytons kaum verhüllte Drohungen ihn beunruhigten, ließ er sich das nicht anmerken.

Nach einer scheinbar endlosen Zeit des Wartens kehrten Mueller und Jacobs zurück. Sie hatten eine sehr erschreckte Sally Trilson bei sich. Bevor jemand etwas sagen konnte, platzte Clayton heraus: »Mein Gott, da war noch eine von ihnen.«

Beim Anblick von Clayton brach Sally in Tränen aus und klammerte sich an den Beamten, der sie aus dem Stall geholt hatte. Der andere Polizist erklärte: »Wir haben diese Frau im Stall gefunden, Sir. Sie war gefesselt und geknebelt.«

Ehe Clayton etwas einwenden konnte, verkündete Martin: »Ich denke, wir klären das besser in der Stadt. Leider muß ich Sie bitten, mit uns zu kommen, Mr. Clayton.«

Martin hatte Sally zu seinem Auto begleitet und Peter und mich zu einem der anderen Streifenwagen geschickt. Clayton bat darum, ein eigenes Auto fahren zu dürfen, doch Martin bestand darauf, daß er »die Gastfreundschaft der Polizei« annahm.

Wenn Martin unserer Geschichte Glauben schenkte, so hatte er die anderen Beamten jedenfalls nicht eingeweiht. Die beiden Männer, die Peter und mich in ihrer Obhut hatten, waren eindeutig der Meinung, sie würden Bonnie und Clyde in den Streifenwagen verfrachten. Wir hatten es noch lange nicht hinter uns. Sollte Sally die Wahrheit über die Ereignisse dieses Abends sagen, würde man uns nicht mit Markhams Tod belasten. Peter hatten wir damit jedoch immer noch nicht von dem Verdacht befreit, Marilyn Wyte umgebracht zu haben.

Selbst in diesem unangenehmen Bewußtsein fühlte sich der Rücksitz des Polizeiwagens wunderbar sicher an, und ich begann mich zum erstenmal in dieser Nacht zu entspannen. Allerdings mußte ich entdecken, daß die Entspannung eine zweischneidige Angelegenheit war. Meine Schulter begann zu klopfen, mein Nacken schmerzte, sobald ich den Kopf bewegte, und das Innere meines Mundes tat weh.

Ich sah zu Peter hinüber und erkannte, daß er sich noch unangenehmer fühlen mußte als ich. Er wandte sich mir zu und fragte: »Wie geht es dir?«

»Meine Schulter tut weh und mein Mund fühlt sich innen an wie ein roher Hamburger.«

»Tut mir leid«, sagte Peter, und in seiner Stimme lag etwas, das ich vorher noch nie gehört hatte. »Tut mir leid, was passiert ist, und es tut mir leid, was hätte geschehen können.«

Mir wurde klar, daß die relative Sicherheit des Polizeiautos, die mich meiner körperlichen Verletzungen hatte bewußt werden lassen, auf Peter eine ganz andere Wirkung ausübte. Der Schmerz, den er verspürte, kam nicht von den Prügeln, die er bezogen hatte.

»He«, sagte ich, »das ist das erste Mal, daß es einem Klienten leid tut, daß ich seinen Kopf gerettet habe.«

Peter lachte heiser. Es war weit von seinem üblichen Lachen entfernt, doch von jemandem, der in seiner Situation steckte, konnte man nichts anderes erwarten.

Wir fuhren schweigend weiter, während wir dem Knistern des Polizeifunks lauschten. Es erinnerte mich an die seltenen Gelegenheiten in meiner Kindheit, zu denen mein Vater mir erlaubt hatte, in einem Streifenwagen mitzufahren. Ich wollte nicht daran denken, was er von meiner gegenwärtigen Lage halten würde.

Der Ausdruck auf Peters Gesicht ließ vermuten, daß er sich wahrscheinlich gerade einige der schrecklichen Dinge vorstellte, die an diesem Abend bei Clayton hätten geschehen können. Ich versuchte es mit ablenkender Unterhaltung.

»Ich bin durch eine Kombination von brillanter Einsicht, Unvorsichtigkeit und Pech zu Clayton gekommen«, verkündete ich. »Und du?«

»Durch weniger Einsicht und mehr Unvorsichtigkeit«, schnaubte Peter. »Da sich all unsere Anstrengungen als fruchtlos erwiesen hatten, ging ich ganz zum Anfang zurück – zu den beiden Männern, die mich geschnappt hatten. Ich schickte ihre Bilder nach Boston und überprüfte dann den einzigen anderen Ort, von dem sie gekommen sein konnten –

von Clayton. Ich überwachte seine Fabrik. Ungefähr um vier Uhr kam Brennan mit ein paar anderen Typen herausgeschlendert. Bedauerlicherweise bin ich, während ich Brennan observierte, von jemand anderem beobachtet worden. Clayton dachte, ich würde für jemanden arbeiten, der sich in sein Geschäft einmischen wolle. Er war ganz außer sich vor Freude über die Gelegenheit, diese Information aus mir herauszuquetschen.«

Wir näherten uns dem Polizeirevier. Peter sagte: »Du solltest wahrscheinlich einen Anwalt hinzuziehen, bevor du irgend etwas sagst.«

Darüber hatte ich während der Fahrt reichlich nachgedacht. Wenn es je eine Situation gegeben hatte, in der es klug war, seinen Anwalt bei sich zu haben, dann war dies jetzt der Moment. Doch uns vor dieser Anklage jetzt zu schützen, konnte Peter sehr wohl die einzige Chance kosten, seine Unschuld beim Marilyn-Wyte-Mord zu beweisen. Wenn Clayton das Polizeirevier verließ, würde er als erstes jeden Beweis vernichten, der ihn mit dem Verbrechen in Verbindung brachte. Martin mußte den Fall heute nacht lösen, und das konnte ihm nur mit unserer Hilfe gelingen. »Ich denke, wir sollten Martin gegenüber jetzt vollkommen ehrlich sein«, sagte ich.

»Das bringt uns in beträchtliche Gefahr«, machte Peter mich aufmerksam.

»Aber in geringere, als wenn wir nicht reden. Ich habe vor, der Polizei genau zu erzählen, was heute abend geschehen ist, auch daß ich Markham erschossen habe«, sagte ich.

Er lächelte. »Hab mir gedacht, daß du das würdest«, sagte er. »Wenigstens müssen wir uns keine Sorgen machen, unsere Geschichten in Übereinstimmung zu bringen.«

18

Diesmal betraten wir das Polizeirevier nicht durch den Vordereingang. Man brachte uns unten hinein, in die Garage mit dem Gittertor, das nach oben geht, wenn der Streifenwagen hineinfährt, und wieder herunterkommt, bevor man aus dem Auto ausgestiegen ist. Die Polizisten sperrten ihre Waffen, Schlagstöcke und Knüppel ins Magazin, bevor sie uns aus dem Auto holten. Sie riskierten nichts.

Sie führten uns in einen Raum, in dem zwei Metallbänke an den gegenüberliegenden Seiten standen, und schlossen jeden von uns mit Handschellen an eine Bank. Der Beamte, der auf mich aufpaßte, schien ungefähr 18 Jahre alt zu sein. Er verkündete sehr steif, daß sie eine Blutprobe machen, Fingerabdrücke abnehmen und Fotos erstellen müßten.

»Komme ich jetzt in die Verbrecherkartei«, fragte ich.

»Nein, außer wir sind durch Ihre Ablehnung der Prozeduren, die ich eben beschrieben habe, dazu gezwungen«, erwiderte er und klang dabei, als würde er aus der Dienstvorschrift vorlesen.

Ich willigte in die Prozeduren ein.

Als sie meine Fingerabdrücke hatten, die Blutprobe und das wahrscheinlich schlimmste Foto, das je von mir gemacht worden war, wiederholten sie das ganze bei Peter und brachten uns dann über eine Metalltreppe hinauf ins Erdgeschoß.

Ich hatte gewußt, daß Dan auf dem Revier sein würde. Trotzdem war es für mich ein Schock, als ich ihn dort sah, wie er sich auf den Schreibtisch des Sergeants stützte. Wenn ich irgendwelche Illusionen über mein Erscheinungsbild gehegt hatte, so wurden sie von dem Schrecken und der Sorge, die ich in seinem Gesicht lesen konnte, sofort zunichte gemacht. Ich konnte nicht sagen, ob seine Reaktion durch mein schlimmes Aussehen oder die Handschellen an meinen Handgelenken hervorgerufen wurde.

Dans Augen wanderten hinüber zu Peter, und der Blick, den er ihm zuwarf, hätte »den Teufel das Fürchten gelehrt«, wie meine Mutter zu sagen pflegte. Dann verhärtete sich sein

Gesicht zu berufsmäßiger Neutralität, und er kam zu mir herüber.

»Ich denke, ich besorge dir besser einen Anwalt, Catherine«, sagte er. »Sage nichts, bevor er hier ist.«

Ich mußte über das Schauspiel, das sich mir bot – Peter, der alles erzählen wollte und Dan, der auf den Schutz eines Anwalts drängte – beinahe lachen, doch es unterstrich nur den Ernst der Lage.

Ich dankte Dan, schüttelte aber den Kopf. »Kein Anwalt.« Bevor ich mehr sagen konnte, schob der Beamte an meiner Seite mich vorwärts. Ihm gefiel Dans Einmischung ebensowenig, wie sie Dan an seiner Stelle gefallen hätte.

Dan hielt ihn auf. »Diese Frau braucht medizinische Versorgung.«

Der Beamte sah auf meinen Arm und schien erst jetzt zu erkennen, daß das Blut von mir stammte und nicht von jemand anderem. »Wir sorgen dafür, daß sie sie erhält«, versprach er.

Sie brachten Peter den Flur hinunter und führten mich in ein Vernehmungszimmer. Die Wände trugen eine verwaschene rosa Farbe, die mich an jene Medizin erinnerte, die ich als Kind von meiner Mutter immer bekommen hatte. Irgendwo hatte ich gelesen, daß Rosa eine beruhigende Wirkung haben soll. Bei mir funktionierte es nicht.

Wie versprochen, schickte der Polizist nach jemandem, der sich meinen Arm ansehen sollte. Kurz darauf erschien ein Polizist in Uniform mit einer Arzttasche. Er zog das Heftpflaster ab, nahm eine braune Flasche und etwas sterile Baumwolle heraus und begann, die Wunde zu reinigen. Es schmerzte höllisch, und er machte keinen Versuch, vorsichtig zu sein. Ein klarer Fall von Brutalität im Dienst. Er bandagierte meine Schulter, ließ seine Tasche zuschnappen und ging – alles, ohne ein Wort gesagt zu haben.

Ich hatte gehofft, Lou Martin zu sehen. Statt dessen eilte ein großspuriger junger Kriminalbeamter herein. Er legte eine übertrieben wichtigtuerische Diensteifrigkeit an den Tag. Sein Ziel war, mich einzuschüchtern. Nach einem Abend bei

Hugh Clayton war ich jedoch nicht beeindruckt. Er war so sehr damit beschäftigt, sich zu produzieren, daß er gar nicht bemerkte, daß ich zu einer vollen Aussage bereit war. Wir spielten Quiz, bis mein Ärger die Oberhand gewann.

Als er mich zum drittenmal nach meiner Beziehung zu Peter Harman fragte, explodierte ich.

»Verdammt noch mal«, rief ich, »ich bin entführt worden, man hat mich geschlagen, bedroht und auf mich geschossen. Ich habe einen Mann getötet, und alles, woran Sie denken können, ist, mir Fragen über mein Sexualleben zu stellen.«

Das ließ ihn jäh innehalten. »Was für einen Mann?« fragte er.

»Einen von Claytons angeheuerten Schlägern«, erwiderte ich. »Würden Sie gerne etwas darüber hören?«

Nachdem ich erst einmal seine Aufmerksamkeit gewonnen hatte, war er ein ziemlich ordentlicher Zuhörer. Er schnappte sich ein Tonbandgerät, und ich gab ihm meine Version der nächtlichen Ereignisse. Martin kam bei ungefähr der Hälfte herein und lehnte sich gegen die Wand, während er zuhörte. Ich wiederholte für ihn meine Theorie von einer Verbindung zwischen Clayton und Marilyn Wyte. Der junge Kriminalbeamte war nicht im mindesten am Wyte-Fall interessiert. Er wollte nur etwas über Markham erfahren. Zu meinem Verdruß machte Martin keinen Versuch, den Schwerpunkt der Vernehmung zu verlagern. Wir gingen die Szene in Claytons Haus mehrmals durch, und es wurde deutlich, daß niemand glaubte, daß Markhams Tod auf mein Konto ging. Sie nahmen an, ich würde Peter decken.

Nachdem ich zum vierten- oder fünftenmal genau beschrieben hatte, wie ich Markham erschossen hatte, ging Martin mit dem Kriminalbeamten nach draußen, um sich mit ihm zu beraten. Ein paar Minuten später kam er allein zurück.

»Ich bin im Augenblick nicht allzu interessiert daran, wer von Ihnen beiden Markham erschossen hat«, verkündete er. »Entweder er war ein Killer, und es war Notwehr. Oder er war es nicht, dann bringe ich Sie beide hinter Gitter.« Er machte eine Pause, um sich zu versichern, daß ich das begriffen hatte. Es war keine Frage, daß er genau das, was er gesagt hatte, auch meinte.

Er fuhr fort: »Ich möchte etwas über Hugh Claytons mögliche Rolle bei dem Ganzen wissen. Ich denke, jetzt ist es Zeit, daß Sie mir erzählen, was Sie wissen. Alles. Fangen wir damit an, was Sie dazu veranlaßt hat, zu Sally Trilsons Wohnung zu gehen.«

»Sie haben mich darauf gebracht«, erwiderte ich. »Als Sie mir von Marilyns mysteriösen Schecks erzählten.« Ich berichtete ihm alles, was ich über den Fall wußte und alles, was ich vermutete. Nur Susan Clayton erwähnte ich nicht.

Er bemerkte die Auslassung. »Und was war ursprünglich der Grund, warum Harman Clayton beschattet hat?«

»Das betrifft die Person, die ich schützen muß«, sagte ich. »Ich kann Ihnen nur sagen, es steht in keiner Weise mit Claytons verbrecherischen Aktivitäten oder dem Mord in Zusammenhang.«

Ich erwartete, daß er nachbohren würde. Er tat es nicht. Zu meiner Überraschung lächelte er. »Nicht schlecht«, meinte er. »Verdammt gut, eigentlich. Es paßt zu dem, was die kleine Trilson uns gesagt hat.«

Jemand klopfte an der Tür, und Martin ging hinaus, um mit ihm zu sprechen. Einen Moment später war er zurück. Er lächelte. Ich hoffte, das Lächeln war ein gutes Zeichen. »Sie haben recht mit dem abgekarteten Spiel«, informierte er mich. »Clayton warb Callgirls an, ließ sie einen Sekretärinnenkurs absolvieren und plazierte sie dort, wo er sie brauchte. Trilson hat über fünf Jahre für ihn gearbeitet. Erpressung war im Grunde nur ein kleiner Teil des Geschäfts. Viele der Informationen waren gratis, einfach von Typen, die gequatscht haben. Wenn das nicht funktionierte, deuteten die Mädchen an, daß sie einen Freund hätten, der für Informationen zahlte. Trilson denkt, daß sie eine Anzahl von Typen angeworben hat, die immer noch für Clayton arbeiten. Sie lassen ihn wissen, wenn sie auf etwas stoßen, das er gebrauchen könnte.«

»Haben Sie genug in der Hand, um ihn festzuhalten?« fragte ich.

»O ja, da ist zunächst einmal Entführung und Erpressung, und ich denke, daß wir, wenn wir mit allen Mädchen gesprochen haben, mehr Belastungsmaterial haben werden.«

»Aber nicht für den Mord«, sagte ich.

»Nicht für den Wyte-Mord, doch wahrscheinlich für den an Tim Sutton. Die Durchsuchung von Claytons Haus hat etwas zutage gebracht, das nach den Plänen aussieht, die Sutton bei Microcomp gestohlen hat. Außerdem haben wir eine Kiste mit Zeug sichergestellt, das wahrscheinlich aus Suttons Wohnung stammt. Das Dienstmädchen hat eine Aussage gemacht, nach der ein Mann, auf den Suttons Beschreibung paßt, gestern Abend in Claytons Haus war und mit Brennan und Markham zusammen um etwa zehn Uhr gegangen ist.«

»Also hatte Sutton eine Verabredung mit Clayton«, sagte ich. »Er muß versucht haben, Clayton die Pläne zu verkaufen.«

»Das ist meine Vermutung. Wir können es ohne Geständnis nicht endgültig beweisen, doch ich bin davon überzeugt, daß Clayton ihn umbringen ließ. Der Autopsiebericht über Sutton sagt, daß er an einem Schlag auf den Kopf gestorben ist. Meine Vermutung ist, daß der Schlag vor dem Unfall kam. Sie haben ihn getötet, ins Auto gesetzt und es einen Berg hinuntergeschoben. Ich werde den Wagen morgen durch die Spurensicherung überprüfen lassen.«

»Als Sutton versuchte, mich von der Straße zu drängen, hatte ich angenommen, er sei der Mörder«, erklärte ich. »Nun bin ich mir über sein Motiv weniger sicher.«

»Ich denke, Sie können davon ausgehen, daß er Ihnen nicht allzu wohlgesinnt war«, erwiderte Martin. »Er war kein Mörder, er war ein Dieb. Und er hatte eine Menge Gründe, Sie aus dem Weg haben zu wollen.«

Ich nickte. »Haben Sie etwas über den Wyte-Mord?« fragte ich.

»Noch nicht«, antwortete er. »Die kleine Trilson kann uns hier nicht helfen. Ich habe jedoch die Absicht, eine Menge Zeit mit Mr. Brennan zu verbringen, und denke, wir können ihn überzeugen, nicht für Clayton den Kopf hinzuhalten.«

»Was bedeutet das für Peter?« fragte ich.

»Trilsons Aussage entlastet Sie beide von dem, was heute nacht geschehen ist. Markhams Tod ist ein klarer Fall von Notwehr, also ist es egal, wer abgedrückt hat. Wir haben zwar nicht genügend Beweise, um Clayton und Brennan im Wyte-Fall anzuklagen, doch es sind genügend, um es verdammt schwierig zu machen, Harman vor Gericht zu stellen. Ich würde sagen, er ist diese Anschuldigung los.«

Eine Welle der Erleichterung durchflutete mich, rasch gefolgt von einem Gefühl der Erschöpfung. Ich hatte mich die ganze Zeit zusammengerissen, aber jetzt, wo wir wirklich in Sicherheit waren und ich von der Polizei nichts mehr zu befürchten hatte, war ich den Tränen nahe. Ich biß mir auf die Lippe und blickte auf den Tisch hinunter, um Martins Blick auszuweichen.

Er machte eine Pause, damit ich mich wieder fangen konnte, und fragte dann freundlich: »Sind Sie gewillt, alles, was Sie mir erzählt haben, auch unter Eid auszusagen?«

»Sicher«, erwiderte ich. Der Drang zu weinen war vorbei. Ich war bereit, diese Sache hinter mich zu bringen.

Ich machte meine Aussage und wartete dann im Vernehmungszimmer, während sie jemand vom Band übertrug. Ich begann gerade einzudösen, als Martin zurückkam. »Da ist jemand in meinem Büro, der Sie sehen möchte«, verkündete er.

Dieser »Jemand« mußte Dan Walker sein. Genau, was ich jetzt brauchte. Wie ein Verbrecher behandelt zu werden, war besser als die Mißbilligung oder das Mitgefühl, das ich von meinem Exmann erwarten konnte. Doch ich stand in seiner Schuld, und das mindeste, was ich tun konnte, war, ihm liebenswürdig zu danken.

Dan sah aus, als hätte er beinahe eine ebenso schwere Nacht gehabt wie ich. Sein normalerweise gepflegtes Äußeres war ruiniert. Unter den Augen hatte er dunkle Ringe, und seine Wangen waren mit Bartstoppeln bedeckt. Ich empfand eine spontane Welle der Sympathie für ihn.

Er trat auf mich zu und nahm mich in die Arme. Es fühlte sich gut an – sicher und tröstend. Nach einem Augenblick entzog ich mich sanft. »Du hast mir das Leben gerettet«, sagte ich. »›Danke‹ scheint ein wenig unangemessen zu sein.«

»Gott sei Dank waren wir rechtzeitig da«, stieß er hervor. Er blickte mich mit einer Intensität an, die entnervend war. In meinem Kopf klingelten die alten Alarmglocken.

Schließlich machte sich die lange Nacht bei mir bemerkbar; aufrecht zu stehen, erforderte viel Energie, doch ich wollte nicht, daß Dan das sah. Ich hockte mich auf den Rand von Martins Schreibtisch.

Dankbar stellte ich fest, daß ich keine Lektion über meine Sorglosigkeit oder einen Katalog der Schrecken, die mich hätten heimsuchen können, über mich ergehen lassen mußte. Das Schweigen wurde langsam peinlich. Dans Hinweis darauf, rechtzeitig gekommen zu sein, erinnerte mich an etwas, das mir die ganze Zeit schon Kopfzerbrechen bereitet hatte. »Während der Fahrt nach Woodside habe ich versucht, mir auszurechnen, wie lange ich würde aushalten müssen, bis du bei mir eintriffst, aber Martin war ein ganzes Stück eher da, als ich gehofft hatte. Wann hat Eileen dich angerufen?«

»Kurz nach sieben, glaube ich«, erwiderte Dan.

Ich lachte. »Gott sei Dank hat sie die Zeit durcheinandergebracht. Ich hatte ihr halb acht gesagt.«

»Es war so schon verdammt knapp«, erklärte Dan. »Ich fuhr nach Daly City. Dein Auto stand geparkt da, die Wohnung war leer und dein Jackett lag auf dem Boden. Ich wußte, wieviel du für dieses Jackett bezahlt hattest, du hättest es niemals einfach auf dem Boden liegen lassen.«

Über diesen Gedanken mußten wir beide lachen.

»Komm, ich bring dich heim«, sagte er.

Ich versteifte mich. Müde wie ich war, hatte ich das nicht kommen sehen. »Es tut mir leid, ich warte auf Peter.«

Dan explodierte. »Verdammt, Catherine, Harman hätte es heute nacht beinahe geschafft, daß man dich umgebracht hätte.« Er bekam sich rasch wieder unter Kontrolle und sagte nichts mehr, doch den Zorn und Schmerz konnte er nicht verbergen.

Mit Schrecken erkannte ich, daß er erwartet hatte, meine

Begegnung mit dem Tod hätte mich davon überzeugt, auf dem Irrweg gewesen zu sein. Und da er Peter als den Grund für das ganze ansah, nahm er an, ich würde den Mann, dessentwegen ich beinahe umgebracht worden wäre, zugunsten desjenigen, der mich gerettet hatte, zurückweisen.

Früher hätte ich ihn beschimpft, weil er annahm, Peter hätte mich in etwas hineingezogen. Dabei hatte ich es doch ganz allein fertiggebracht, da hineinzustolpern. Jetzt war ich zu müde. Es schien einfach nicht mehr so wichtig. »Ich bin dir wirklich dankbar dafür, was du heute nacht getan hast, aber das ändert die Dinge nicht«, sagte ich, küßte ihn sanft auf die Wange und trat zurück. Dan nickte und schaffte es zu lächeln.

Lou Martin stand im Flur und grinste wie ein Kuppler, doch sein Lächeln verschwand, als er Dans Gesicht sah. Sie tauschten Höflichkeiten aus, dann machte sich Dan auf den Weg zum Parkplatz. Martin sah mich an und schüttelte den Kopf. »Ich werde die Frauen nie verstehen.«

Ich mußte lange warten, während man meine Aussage übertrug. So hatte ich viel Zeit zum Nachdenken. Ich hatte einen Menschen getötet. Es war die Vorstellung, die mich quälte, nicht die Tatsache, daß es Markham gewesen war. Hätte ich ihn länger als ein paar schlimme Stunden gekannt, hätte ich vielleicht ein Gefühl des Verlustes über seinen Tod empfunden. Zweifelsohne gab es Gründe, weshalb er zu dem geworden war, was er war, und hatte es eine Zeit gegeben, zu der er etwas anderes gewesen war. Doch am Ende hatte er sich dafür entschieden, Killer zu werden, und ich würde nicht in Sack und Asche gehen, weil ich mich dafür entschieden hatte, nicht sein Opfer zu sein.

Noch etwas anderes quälte mich. Die Stimme meiner Mutter hörte nicht auf zu flüstern. »Männer mögen keine Frauen, die allein zurechtkommen; sie möchten das Gefühl haben, daß eine Frau auf sie angewiesen ist.« Ich hatte mich gegen ihren Rat aufgelehnt, und es hatte mich mehrere Beziehungen und eine Ehe gekostet. Heute nacht hatte ich mich selbst übertroffen – den Fall gelöst und unser Leben gerettet. Ich fragte mich, ob ich auch meinen Geliebten verloren hatte.

Endlich kam die Aussage, und ich unterschrieb sie. Martin begleitete mich in die Eingangshalle. »Harman wird bald dasein«, verkündete er.

Der Himmel draußen begann gerade, heller zu werden. Es war eine lange Nacht gewesen. Meine Schulter tat weh, mein Mund war wund. Ich verspürte einen dumpfen Kopfschmerz und hatte ein starkes Bedürfnis nach Schlaf. Ich dachte gerade über das Problem nach, wie wir nach Hause kommen würden, da brachte man Peter heraus.

Er sah schrecklich aus. Nur mit Mühe konnte er gerade stehen, und er ging merkwürdig. Ein Auge war zugeschwollen und seine Lippe aufgeplatzt.

»Du bist ja schlimm zugerichtet«, meinte ich liebevoll.

»Paßt zu der Art, wie ich mich fühle«, erwiderte er. Die Wunde an seinem Mund machte seine Aussprache ein wenig undeutlich. »Martin sagt, du hättest es abgelehnt, dich von einem echten Prinzen nach Hause fahren zu lassen, um stattdessen auf mich zu warten. Er war von deiner Urteilskraft offensichtlich nicht beeindruckt.«

»So bin ich halt, treu wie ein Hund«, scherzte ich. »Man wird mich nicht so leicht los.«

»Ich bin froh«, sagte er und legte seinen Arm um mich. Ich wollte ihn an mich drücken, doch er zuckte zusammen, und ich ließ ihn los. Ich spürte, daß uns außer den geprellten Rippen noch etwas anderes trennte.

»Gehen wir hier raus«, sagte er. »Ich habe zuviel Zeit an diesem Ort verbracht.«

Wir gingen nach draußen. Die Luft war kalt und rein, erfrischend nach der abgestandenen Luft im Vernehmungszimmer. Der Himmel war dunkelblau. Peter atmete mehrmals tief ein. »Ich komme mir beschissen vor«, verkündete er.

»Du brauchst etwas Schlaf«, schlug ich vor.

»Nein, ich meine, ich fühle mich wegen letzter Nacht beschissen. Ich habe es vermasselt, und du wärst deshalb beinahe draufgegangen.«

»Wir haben beide genügend vermasselt, sonst hätte Clayton uns nicht erwischt«, machte ich ihn aufmerksam. »Du fühlst dich wahrscheinlich schlecht, weil du die Fesseln an unseren Handgelenken nicht gesprengt, diesen beiden Schlägern nicht die Revolver weggenommen und mich nicht auf einem Schimmel in Sicherheit gebracht hast. Das ist nur recht und billig.«

Er mußte unwillkürlich lachen, obwohl es offensichtlich weh tat. »Ja, ganz genau, das ist es«, gab er zu.

»Nun, ich kann darüber hinwegsehen, wenn du es kannst«, bot ich an.

Er legte seine Hände auf meinen Nacken und fuhr mir mit den Fingern nach oben durchs Haar. Dann zog er mich sehr sacht an sich. »Du bist sensationell«, sagte er. »Und es ist unglaublich, wie du mit diesen beiden Schlägern fertiggeworden bist, absolut unglaublich.«

Er begann mich zu küssen, und wir zuckten beide vor Schmerz zurück. »Du kannst nicht umarmen, und ich kann nicht küssen«, scherzte ich. »Wir werden für die nächste Woche oder so ein großartiges Liebesleben haben.«

»Kein Grund zur Eile«, erwiderte Peter. »Wir haben eine Menge Zeit.«